晩秋行

ばんしゅうこう

大沢在昌
Osawa Arimasa

装幀／泉沢光雄
写真／小嶋禎一
fantom_rd/iStock by Getty Images

1

店の電話が鳴ったのは、鳥肉、里芋と一緒に煮る大根の皮を円堂が剝いているときだった。大根の皮は千切りにしてひと塩し柚子の皮と合わせると、雑炊とともにだす漬け物のかわりになる。これを気に入った客がいて、皿いっぱいだしてくれといわれたことがある。元は大根の皮なので、一日に多くは作らない。断わると、作り方を教えてくれと食い下がられた。確か、自分も料理をするという推理小説家だった。

「親方、お電話です」

受話器を手にしたケンジがいった。

「作家の中村さんて方です」

「おい、火」

円堂はいった。ケンジはパンプキンシードの塩煎りを作っている最中だった。乾かしたカボチャの種の芯を宮古島の雪塩で煎るのだ。ワインやウイスキーに合うのだが、煎りすぎると爆ぜて食感が悪くなる。

「あっ」

ケンジはフライパンの火を止めた。

作家のことを考えていたら、別の作家から電話がかかってきた。包丁をおき手をぬぐって、円堂は受話器を耳にあてた。

「なんでいちいち作家と断わるんだ。ただの中村でいいだろうが」

「だって中村っていっぱいいるだろうが。だからって中村充悟とフルネームを名乗るのも恥ずかしい」

「作家と自ら名乗るほうが恥ずかしくないか」

「いいんだよ。お前のとこの若い衆なのだから」

三十年を超えるつきあいだ。お互い、そっけないやりとりになる。

「今、仕込み中だ」

「わかってる。携帯に電話してもでないから店にかけたんだ」

いわれて円堂は、店のカウンターにおいていた携帯に目をやった。仕込みが終わるまではいつもマナーモードにしている。

「急ぐ理由があるのか」

「あるからかけてるんだ。赤のスパイダーを見た奴がいる」

「どこで?」

「うちの近所だ」

中村は十年前、愛犬とともに栃木県に引っこした。那須(なす)の外れにある別荘地の古い一戸建てを格安で手に入れたのだ。当時は小説家としてデビューしたばかりで、東京で暮らしていくのがきつかったようだ。今は時代小説作家としてそこそこ売れているらしい。

「二見(ふたみ)は那須に別荘をもっていたろう」

中村にいわれ、思いだした。那須の他にも熱川(あたがわ)と軽井沢(かるいざわ)にももっていて、沖縄にも建てようとしていた。金の使い途に困っていたのだ。

「本当にスパイダーなのか」

円堂は訊ねた。

「まちがいない。四つ葉社の担当がかわってな。新しい担当が挨拶にきたんだ。そいつは前に車雑誌の編集部にいて、クラシックカーの連載を担当してたからスパイダーが日本に何台あったのかも知っていた」

「乗っている人間は見たか」

「サングラスをかけた女だったそうだ」

「ひとりか」

「ひとりだったらしい」

円堂は宙を見つめた。

二見がもっていたのは、一九六〇年に発売されたフェラーリ250GTカリフォルニア・スパイダーというオープンカーだ。二見の話ではフェラーリ250GTカリフォルニア・スパイダーは一九五七年から六三年にかけて一〇四台が作られた。話を聞いた当時でもクラシックカーで、二見はそれを十億以上の金を払って手に入れた筈だ。

二見がもっていた車は、その250GTだけではない。ふだんの移動は運転手つきのロールスロイスで、軽井沢の別荘にはランボルギーニをおいていた。ランボルギーニは音がうるさいからと、あまり乗らなかった。

だが一九九一年九月、スパイダーを運転している姿を見られたのを最後に、行方がわからなくなった。以来、消息は不明だ。

そして君香も姿を消した。

君香のことを考えると、いまだに怒りと後悔がこみあげる。三十年もたっているというのに、まだ踏んぎりがついていない自分が腹立たしい。

真剣に惚れていたからだけではない。これほどひどい裏切りをうけたこともなかった。

いや、裏切られたのは自分だけではないかもしれない。二見もまた、裏切られたのではなかったか。

「例の女じゃないのか」

中村の声が円堂を現実にひき戻した。君香という源氏名を中村も知っている筈だ。君香が働く六本木のクラブにさんざんつきあわせた。だが中村は、「例の女」としかいわない。

当時から君香のことを嫌っていた。

「ああ。だが本人の筈はない。生きていたらもう六十近い」

「そんなのわからないだろう」

「いや、俺にはわかる。あいつは生きてない。二見も、生きていない」

「じゃあスパイダーをどう説明する。あんな珍しい車が何台もある筈ない」

円堂は黙った。確かにスパイダーが、そう何台も残っているとは思えない。しかも色は赤だ。

二見は日本にはこれ一台だけだと自慢していた。

「俺たちは貸しがある」

中村がいった。

「貸し――」

「もし二見が生きていて、スパイダーをもっているなら、その貸しを返してもらってもバチは当たらない」

「二見に貸しがある奴なら、いくらでもいるぞ」

会長の二見が失踪したとき「二見興産」が抱える負債は千億を超えていた筈だ。債権者は金融機関だけではなかった。裏の筋の金も相当額、「二見興産」には流れこんでいた。

暴力団や政治団体も二見には稼がせてもらっていた。「地上げの神様」と、二見を呼んだ銀行マンもいた。

「だが俺たちのは労働債権だ」

「そんなものはとっくに時効さ。何年たったと思ってる」

円堂と中村は「二見興産　調査部」の名刺を与えられていたが、正社員ではなかった。

中村はルポライター、円堂は示談交渉人が本業だった。本業といっても職業として名乗れるようなものではなく、法ぎりぎりのところで稼ぐ灰色稼業だ。

それは二見に雇われていたときもかわらない。地主の情報を探り、弱みをつかんで「二見興産」に土地を売らせるよう仕向けるのが、二人の仕事だった。

地上げにはやくざも多く使われていた。バブルの最中だ。地主や借地人を立ち退かせるために家族を威(おど)したり放火するような奴もいた。

二見はそういう連中を「外道(げどう)」と呼んで蔑(さげす)んだ。

「札ビラで動かないなら、気持に訴えろ」

とよくいわれたものだ。高齢の両親、留学したがっている子供、不始末を起こした道楽息子、さらには入手が難しいコレクターズアイテム、地主や借地人がいうことを聞かざるを得(え)なくなる〝理由〟を探し、説得するのが中村と円堂の仕事だった。

そうして立ち退きに合意させ、転売して得た利益の二パーセントが二人の報酬になった。

一億なら二百万、十億なら二千万だ。

二人が二見から得た報酬はいくらだったろう。合わせて一億は下らなかった筈だ。入るそばから、円堂は使っていった。「地上げの神様」についている限り、永遠に稼げると信じていた。

バブルが弾け、「二見興産」に債権者が押し寄せたとき、二人に支払われるべき報酬は八千万ほど滞っていた。

「二見興産」だけではない。地上げ、土地転がしが限界にきていることは少し前から匂っていた。が、誰もが自分だけは売り抜けられると、根拠なく信じていた。

土地転がしに携わる誰もが、導火線に火がついた爆弾でキャッチボールをしていたのだ。

が、あるとき、それらの爆弾が一斉に爆発した。まだ導火線は残っていた筈なのに、次の奴に渡す前に全員の手の中で爆発した。

「飛ぶ」と、あの頃はいった。

奴は飛んだ、あの社も飛んだ。そんな言葉をうんざりするほど聞いた。弾け飛んだ、という意味だ。何もかもが消え、身ぐるみ一切を奪われる。債権者から守るため家族と別れ、土地も家も車も絵もゴルフ会員権も、すべてを失くす。

「二見興産」も飛び、中村と円堂も飛んだ。

中村には贅沢好きの女房がいた。ブランド品が大好きで、車はメルセデス一辺倒だった。

中村が職を失ったことを聞くと、その日のうちに、買わせた洗いざらいをメルセデスに積んで、でていった。

円堂は独身で、金の使い途は女と食いものだった。六本木や銀座のクラブの女とうまいものを食べ歩き、体を重ねた。

中村よりははるかにいい思いをした、といえるだろう。金を自分の楽しみに使ったのだ。

「じき三十年。確かに時効だ。お前はいいよな。好きなことに使って、挙句に居酒屋の親父におさまった。食べ歩きも無駄じゃなかったのだからな。だが俺はどうだ？　映子(えいこ)がでていって何も残っちゃいない」

映子というのが中村を捨てた女房の名だ。確か元はさほど売れていないモデルだった。

「だが今は立派な作家先生だ」

「あのな、作家なんてのは浮き草稼業だ。働いたぶんしか金にならない肉体労働者なんだよ。売れなくなれば注文はこない。注文がきても書けなくなったらそこで終わりだ」

「才能があるから作家になったのじゃないのか」

「才能だと。才能は壺の中にあって、掻きだしているうちに、いつ底をつくかわからないんだよ。今日か、明日か、と怯えてる」

「だからどうしたいっていうんだ」

「捜そうぜ、スパイダーの持ち主を。もしそれが例の女で、二見も生きているとなれば、俺らには、いくらか貰う権利がある」

「仮りに二人とも生きていたとしよう。お前と同じように小さな家でひっそりと暮らしてるとする。金なんかとれないぞ」

「スパイダーがあるじゃないか。走れるくらいの状態なんだ。売れば十億や二十億にはなる」

確かにそうかもしれない。だが円堂は気がすすまない。二見を探すのは君香を探すのと同じだ。いまだに痛みが残る。三十年前の古傷をつつきたくない。

「親方」

ケンジに呼ばれ、我にかえった。

「その話はまたにしよう。仕込みに戻らなけりゃならない」

円堂はいって電話を切った。

2

居酒屋「いろいろ」は、中目黒(なかめぐろ)の駅に近い雑居ビルの地下にある。六時開店、十時半ラストオーダー、十一時半閉店だが、十一時過ぎまで客が残ることはめったにない。

店を始めた九年前に比べても、大酒を飲んだり長っ尻の客は減っている。

　一部の人間を除けば、夜遊びに関して皆おとなしくなっている、というのが円堂の印象だ。

　この二年は手伝いのケンジの成長もあって商売は順調だった。お運びのユウミも客に人気がある。下積みの舞台女優だが、すれたところがなく、黒髪でピアスも入れていない。

　ケンジは三十二、ユウミが二十二だ。円堂の目には、互いを憎からず思っているように映る。が、男女のことだ。もつれてどちらかが辞める、というような流れにはなってほしくない。といって、つきあうなというのも、いくら店主とはいえ横暴だろう。

　ケンジは前に勤めていた鮨店でのいじめに耐えかねて「いろいろ」の求人に応じてきた。

　チェーンの大型鮨店で、話を聞くと、板場は厨房というより工場のようだった。先輩料理人によるいじめが横行していて、口の重いケンジは標的にされたらしい。

　暖簾（のれん）をおろしたあと板場の片づけは円堂の、カウンターと小あがりの掃除はケンジとユウミの仕事だ。

　解放感からじゃれあうケンジとユウミに、微笑ましいものを感じながら、

「お先に」

　といって円堂は店をでた。店の鍵はケンジにも、もたせてある。最近はちょくちょくひとりで仕入れにもいかせていた。食材への目を養わせるためだ。駄目なものを買ってきたら、なぜ駄目なのかを教える。

　昔の料理屋では、若い板前が悪い品を仕入れると、花板と呼ばれる板長が理由もいわずゴミ箱に

叩きこんだという。

　自分は本職の料理人ではない。ただの好きが昂(こう)じて包丁を握るようになった素人だ。そんな人間が、目下の者につらく当たるのは論外だと思っている。

　厳しい修業を経て、技術や目を身につけたわけではないのだ。所詮、真似ごとにすぎない。本来なら、年を食っていても板場で一から修業すべきだったのを飛ばして、店を始めた。

　初めの何年かはほぞをかむことも多かった。

　なりがよくいかにも食通然とした客がくると緊張し、ひと口だけで箸をおかれて愕然としたこともある。

　不味(まず)いなら不味い、といってもらえるほうがよかった。何がどう不味いかを訊ね、今度に役立てられる。

「お口に合わないようでしたら、お勘定はけっこうです」

　と頭を下げると、

「私からはとらないが、他の客からはとるのかね」

　蔑んだように返されたこともあった。

　万人が旨(うま)い、と感じるものなどない。塩加減、脂ののりかた、火の入り具合、肉、魚、野菜すべてに人の好みがある。名店といわれる店は、味のパターンを守り、変えない。それを好まない客であっても、不味いとは決して思わせない。

　そこに到達するのは不可能だと円堂は思っている。修業を積んだ料理人でも、ごくひと握りしか、たどりつくことはできない。

　プロの料理とは再現性なのだ。

　人間なのだから、日々の体調は変化する。

暑い、寒い、乾いている、湿気がある、どんなときでもプロの料理人は同じ味をだす。だが実はそれは同じ味ではない。

汗をかく夏は塩気を少し強くし、外が冷える冬は熱いものを熱いうちにだすことを心がける。

その境地に達する料理人には母性が必要だ。

上手に作るのではなく、おいしく作ろうという気持は、子供に対する母親の気持に近い。

女房も子供もいない円堂が、客に対し母親のような気持で料理を作っているといったら、常連客ですら不気味に感じるにちがいなかった。

足りない技術は気持でカバーする他ないのだ。

店をでた円堂は、徒歩で十五分ほどの自宅マンションに向け歩きだした。

が、中目黒駅の高架を見て気持がかわった。地下鉄日比谷線の北千住行き電車に乗りこむ。銀座で降り、七丁目の雑居ビルにある、委津子(いつこ)の店に向かった。

委津子とはバブルまっ盛りの一九八八年に銀座のクラブで知り合った。ずば抜けた美人ではないが頭が切れ、腹がすわっていた。有名な大箱のナンバーワンだった。

当時の銀座でナンバーワンになるホステスは、抜群に美しいか頭が切れるかのどちらかだった。

近くで見ているだけで男を幸せな気持にする美人がこの世にいることを、円堂はそのとき知った。

頭の中身など空っぽでもいい。ただ隣りにすわり笑いかけられるだけで、いくら使っても惜しくないと思わせられるような美女だ。

さもなければ談論風発(だんろんふうはつ)、どんな話題にもついてきて、出過ぎた発言は決してせず、客が店に求めるものをいわれる前に提供する。接待をするなら、この店のあの女に任せるに限ると客に信頼される。

　委津子はまさにそういうホステスだった。大手銀行、ノンバンクを問わず金融機関の客から全幅の信頼を寄せられていた。

　バブルが弾けたとき、相当の売りかけをくらった筈だが、それでも生きのびた。

　銀座のホステスは、売れっ子になると「売り上げ」といって、客の払いに責任を負うようになる。ひと晩に何十万と使う客はその場で支払いなどしない。売りかけというツケにして、月末などに精算する。

　もしその客がパンクすれば、店への支払い義務はホステスに生じる。「売り上げ」になれば給料は客の使う金に連動して上がる。稼ぐホステスは月に一千万を超える。その一方で客へのつけ届け、若い「ヘルプ」のホステスへの気配りで、でていく金も多い。さらに立場に応じて、着物やドレスも安物は着られない。稼いでも、でていく金は多く、太客が飛んだとたん、何千万という売りかけを背負わされ、クラブからソープランドへと職場をかわらざるをえなくなることがある。

　もちろん消える女もいる。店への借金を払わず、ほとぼりがおさまった頃、他の街でホステスを始める。

　が、水商売の世界は狭い。銀座をばっくれた女が、薄野(すすきの)や錦(にしき)、新地(しんち)、中洲(なかす)などで働きだせば、必ず見つかり古巣へ知らせがいく。

　一方でソープランドで稼いで売りかけを完済した女が銀座に戻ってくることもある。ソープにいたとは決して口にしない。

　銀座でいくら口説いてもものにできなかった女がソープにいるとわかれば、大喜びでいく客もいるだろうが、ソープで働いていることは決して教えない。

　なぜなら、ソープランドで払う金額を、銀座のクラブではすわっただけでとるのだ。抱いた女に、手も握らないでそんな金を払う男はいない。だからソープで見たことがあるという客がいても、他人の空似で押し通す。ソープランドと銀座の高級クラブでは客種が異なるので、思いのほかばれない。

　大箱のナンバーワンを経て、委津子は雇われのママを十年ほどやり、やがて自分の店をもった。それはおおかたの予想を裏切りクラブではなく、こぢんまりとしたスナックだった。バーテンがひとりに手伝いの女の子が二、三人という小箱だ。料金もクラブに比べれば半分以下で、売りは料理とカラオケだった。

　料理は、バーテンが洋食を、委津子が和食を作る。求められれば、味噌汁と飯をつけ定食にもする。

　十二時には女の子を帰すが、クラブとちがって朝まで営業する。

　委津子と知り合って三十年以上になる。知り合ったときすでに委津子はナンバーワンだった。

　男女の関係にはならなかったが、太客でもない円堂を決してないがしろにすることはなかった。それが委津子が多くの客に信頼された理由のひとつだ。

　バブル崩壊とともに多くの客を失っても生きのび、水商売をつづけ、今は「お母さん」と女の子たちに呼ばれている。店の名も「マザー」だ。

　クラブの勘定など払える身分ではなくなった円堂が今も通う、唯一の銀座の酒場だ。

「いらっしゃい」

「マザー」の扉を押すと割烹着を着けた委津子がカウンターの中で迎えた。手伝いのユキという大学生の娘が帰り仕度をしている。

「お先です。あ、円堂さん――。円堂さんがいるのなら残業しちゃおうかな」

「タクシー代はでないぞ」

円堂はわざといった。

「だって円堂さん、中目黒でしょ。あたし恵比寿だから落っことしてもらえるもん」

店に他の客はいなかった。

「子供は帰んなさい」

「あっ、お母さんといいことするんだ」

ユキが円堂をにらむ。

「そりゃお母さんとお父さんだもの。たまにはそういうこともしないとね」

委津子がにたっと笑った。

「やだっ。親のエッチの話は聞きたくない。帰ろうっと」

ユキはいって店をでていった。

「どっちにする?」

吉四六(きっちょむ)とオールドパーのボトルをカウンターにおき、委津子は訊ねた。焼酎とウイスキーの二種を、円堂はキープしている。

わずかに息を吸い、円堂はオールドパーのボトルをさした。

「飲みかたは?」

「ハーフロック」

委津子は頷き、丸氷をいれたロックグラスに、ウイスキーと水を同量注いだ。

ホステス時代に比べればひと回りふくよかになり、そのぶんやさしげになった。現役時代の委津子は店のすみずみにまで目を配り、黒服に厳しく接していた。声を荒らげて怒ることはしなかったが、対応の悪い黒服には厳しく注意した。

　委津子ママのおかげで一人前になれたという、元ボーイ、今はクラブの社長が何人も「マザー」の客にいる。

「あたしも飲んでいい？」

「もちろん」

　小さなグラスに手早く水割りを作った委津子と円堂は乾杯した。

「何かあった？」

　以前はシャンペンを日に三本も四本も空けた委津子だが、今は口を湿らすていどしか酒を飲まない。

「二見の車を見たって奴がいる」

　わずかに間をおき、委津子が訊ねた。

「二見会長も見たの？」

　委津子に初めて会った店は、二見に連れていかれたクラブだった。君香もそうだ。円堂が足を運んでいた銀座や六本木のクラブは、どこも最初は二見に連れていかれた。

　二見は月曜から金曜まで、毎日飲んでいた。それも十二時までは銀座、それ以降は六本木、そして両方のクラブのホステスを連れて〝アフター〟にもいっていた。

　アフターとは、店がはねたあとのホステスを連れて遊びにいくことだ。食事や歌、場合によってはそのままベッドになだれこむこともある。

　湯水のように金を使い、しかしそれをひけらかすことをしなかった二見はもてた。抱いた女には、それなりに礼を払っていた。アフターが終わり近くなると、

「今日はあたし」

というホステスが、二見の隣りを奪いあうこともあった。挙句に、

「今日は二人いっぺんに面倒をみて」

といわれ、

「そんな体力あるかよ」

と苦笑していた。

当時五十の半ばを過ぎていたが、毎晩飲み、二、三日に一度はホステスを「お持ち帰り」していた。離婚し独身だったとはいえ、驚異的な体力だった。

だからこそ円堂は、二見には特定の女はいない、と思っていた。

気にいっていた女はいたろう。月に一、二度は同じ女を抱くこともあったとは思う。

が、君香が二見にとって特別な女だとは、円堂はまるで考えていなかった。君香本人も、

「二見会長とは何もないよ。だってあたし、好みのタイプじゃないもん」

といっていた。

その通りで、二見はバストの大きい、グラマラスな女が好きだった。君香は細身で、胸は決して大きくなかったのだ。

「いや、女が運転していたそうだ」

円堂は委津子に答えた。

「本当に会長の車だった?」

「百台くらいしか作られなかった、フェラーリのクラシックカーだ。たとえレプリカでもめったにない。色も同じ赤だったそうだ。見たのはクラシックカーに詳しい人間らしいんで、まちがいないだろう」

委津子は円堂を見つめた。

「会長は生きてるってこと?」

「わからない。一番気にいった車に乗って行方がわからなくなった。どこか山奥で死んだと思っていた」

「ひとりで?」

「いや。たぶん君香と」

「君香さん。円堂さんがつきあっていた、六本木の人ね」

「つきあっていた、か」

円堂はつぶやき、酒を口に含んだ。つきあっていると思っていたのは自分だけだ。

君香が本当に惚れていたのは二見で、自分は遊ばれていたに過ぎない。

「思いだすと今でも自分に腹が立つ」

委津子に目を向け、

「三十年もたっているのにな」

といった。

「つまり今も惚れているってことね。そうでなければ腹を立てたりしない」

円堂は息を吐いた。

「未練がましい男だよ。自分じゃなけりゃ、ひっぱたきたいね」

「かわりにひっぱたいてあげようか」

委津子は微笑んだ。

「やめてくれ。本気で殴られそうだ」

円堂は首をふった。

「そうよ。お母さんになったたってヤキモチは焼く」

「おいおい、何もなかったろう、俺たちは」

「だから焼けるのよ」

委津子はいった。

「よしてくれ。お母さんに惚れられているなんてわかったら、何人に目の敵にされるか」

本気で委津子に結婚を申しこんだ客を三人は知っていた。ひとりは大相撲の横綱、ひとりは三代つづく大阪の大問屋の社長、もうひとりは妻に先立たれた国会議員だ。後に閣僚になった。

「皆(み)んなにいって、とっちめてもらおうかしら。ずっと円堂さんに片想いしていたのに相手にしてもらえなかったって」

「話を作るなよ」

委津子は笑い声をたてた。

「皆んな、あたしにはすごいパパがいると思っていたのよ」

「わかるよ。でも、始めたのがこの店で、『なんだ売れない絵描きか役者でも養ってたのか』っていわれたろう」

円堂がいうと委津子はにらんだ。

「ずっと男がいなかったとはいわないけれど、面倒をみてくれた人もみた人もいない」

「崎田(さきた)さんだったりして」

「お呼びですか」

キッチンからバーテンの崎田が顔をのぞかせた。じき七十三になる。委津子がママをつとめていた大箱で働いていた。退職して妻と洋食屋を田舎で始めようとした矢先に、その妻が癌(がん)になり、治療費に困っていたのを委津子が助けた。やがて妻は亡くなったが、崎田は田舎に帰らず「マザー」で働いている。

「やめて。崎田さんはマジメなんだから、そんな話をしたら切腹しかねない」

委津子がいった。すると、

「ここだけの話ですが」

と崎田が声を潜め、円堂と委津子は真顔になって見つめた。

「ママが私の娘だって噂があるんです」

「いやいや、年が合わないだろう。崎田さんがいくつのときの子供だよ」

「失礼ね。あたしはまだ五十代よ」

「だとしても年が近過ぎる」

「二人とも年をごまかしているんです。本当は私が八十で、ママが四十代なんです」

崎田がとぼけた顔でいったので、円堂と委津子は吹きだした。

「意味がわかんないよ。崎田さんが年を若くいって、ママが多くいってるってこと?」

「そうなんです。親子だというのがバレないように」

崎田は細い目を大きくみひらいて頷いた。真剣な表情だ。

「本当のところ、私もこんなに働き者の娘がいたらありがたかったんですが」

崎田には息子が二人いるらしいが、どちらも警察の厄介になりがちだと聞いていた。

「崎田さんがお父さんだったら、もっとお料理を習えた。今だって教えてくれないのよ」

委津子がいうと、崎田は鼻の穴をふくらませた。

「当然ですよ。ママが料理を覚えたら、私はお払い箱になっちまいます。こんな年寄りを雇ってくれる店はもうありませんからね」

「そんなことないわよ。一昨日も『ルアーナ』の社長が崎田さんを欲しいって口説いてたじゃない」

「えっ本当ですか。いっちゃおうかな。でもいじめられるだろうな。爺い、何しにきたって」

「崎田さんは『マザー』にいなけりゃ駄目だよ。俺もいろいろ習いたいのだから」

円堂はいった。崎田は、洋食のソースを作るコツを、いくつか円堂に教えてくれたことがあった。

「じゃあさ、円堂さんだけ別チャージね。崎田さんから料理を習ったら、指名料ってことで」

「それは私に入るんですか？」

崎田が訊ね、

「折半」

委津子は答えた。

「こんなしがない居酒屋のオヤジからぼったくるのかよ」

「若いときにとらなかったから、今、とるわ」

涼しい顔で委津子が頷いた。

「それはしかたないですね」

崎田がいい、

「何だよ。崎田さん、どっちの味方だよ」

円堂は口を尖らせ大笑いになった。


笑いやむと、委津子がいった。

「乗ってたのは君香さんかしら」

「わからない。生きているとしても君香だってい い年だ。それにどうやって生きのびたのか。心中したのだとばかり思ってた」

円堂は首をふった。崎田は無言でキッチンにひっこんだ。

「無理心中？」

「二見はそういうタイプじゃなかった。死ぬなら自分ひとりで死ぬ。心中したのなら、君香のほうからもちかけたのだろう」

「なぜ？」

円堂は酒を呷った。自分と二見との三角関係に倦んでいたからではなかったか。

円堂は本気で惚れていた。結婚すら考えていた。それをいついいだそうか迷っているうちにバブルが弾けた。

君香は君香で、本当は二見の愛人だったのに、遊びでつきあった円堂に真剣になられ疲れていたのではないか。

二見との関係を露ほども円堂に気づかせないために苦労し、何もかもが嫌になったのかもしれない。

「疲れてたのだろう」

ぽつりといった。委津子は首を傾げた。

「あのとき、たいていのホステスは疲れていたし、焦ってもいた。とんでもない売りかけをしょわされて自殺した子もいっぱいいた。結局、店ごと潰れちゃうから関係なかったのにね」

売りかけが回収できれば店は安泰だが、とてもそんなわけにはいかないと、クラブのオーナーたちもすぐ知ることになった。

電話一本で土地を転がし、

「おい、また一億儲かっちゃったよ」

笑って、アイスバケットにドンペリを空けさせ、ホステスと回し飲みした客が一夜明けると文無し以下、一生かかっても返せない借金に溺れていた。

「今考えると信じられないよね。うちに帰って着物脱ぐでしょ。ぽたぽた折った万札が落ちてくるの。チップでつっこまれたお金。日給よりそっちのほうが多かったもの。若い子に話すと、嘘でしょっていわれる」

「皆が欲ボケしていたんだ。土地は永久に値上がりする。日本列島の土地の値段で、アメリカがいくつも買えるなんて馬鹿なことをいってた」

円堂はつぶやいた。

「でも君香さんが死んだとは思えないな。もし死ぬのだったら、二見会長とじゃなくあなたと死んだわよ」

「俺は自殺しない。自殺を考えなきゃならないほど大物じゃなかった」

「だったら二見会長だけ死なせて、あなたと生きる道もあった」

「それはひどすぎないか」

「そう？　女は皆んなしたたかよ」

そうしてくれたら自分はつらい日々を送らずにすんだ。だがあくまでも真実を知らなければの話だ。

二見とのふたまたを知ったら、君香を許すことはできなかったろう。心中ではなく、殺す道を選んだかもしれない。

「あいつが二見といっしょに消えて、初めて俺は二人がつきあってたことを知ったんだ。二見との関係をこれっぽっちも疑ったことはなかった」

「二見会長に恨みはないの？」

「まったくないわけじゃない。だがそれは君香のことを俺に黙っていた点だけだ。あれだけの人だ。君香が惚れたのも当然だ」

「今でも尊敬しているの？」

「尊敬か……。かっこいい人だったとは思う。理由は、わかるだろう」

委津子は頷いた。

「わかるわよ。稼ぎかたも使いかたも、下品なところが少なかった。お金って、なくてもありすぎても、人の本性をむきだしにする。いくらでもお金があると、世の中のことはたいてい思い通りになる。その結果、信じられないくらい卑しいことをするの」

「俺よりお前さんのほうが詳しいだろうな」

「ホステスは金で思い通りになる。ホステスは人間じゃない。本気でそう考えている人がたくさんいた。いい学校をでていい企業に入って、たっぷり稼いでいる人に限って、そうだった」

「そういう奴らも、今はちがう。破産して消えてなくなったのは別だが、生きのびた連中は皆、反省してるさ」

「反省なんかしてないわよ。自分は悪くない、時代が悪かったんだっていうばかりで」

「そういう客はくるか」

「くるわよ、たまに。クラブ時代、さんざん使ってやったのだから、ただで一杯飲ませろっていうの」

「飲ませるのか」

「本当に一杯だけね。二杯めは正規のお値段をいただく」

円堂は首をふった。たいしたものだ。もし委津子とつきあっていたら自分はどうだったろう。

もう少しまともな生活を送っていたかもしれない。だが長くはつづかなかった。自分が捨てられて終わり、こうして向かいあって飲む関係にはなれなかった。

「何を笑ってるの」

委津子が訊ねた。

「笑った？　俺が？」

「そうよ。今黙って笑った。何かおもしろいことを考えていたでしょう」

委津子が円堂の目をのぞきこんだ。円堂は笑いだした。

「いえないね」

「何よ、嫌な人ね。わかった。君香さんのことを思いだしていたんでしょ」

「まったくちがう」

「嘘よ」

「本当だ」

「じゃ、いいなさいよ」

　円堂は首をふった。いうわけにはいかない。この場がぎくしゃくしてしまう。「マザー」で軽口を叩きながら飲む時間を失いたくなかった。

「感じ悪い」

　いって、委津子は円堂のグラスに新しい酒を注いだ。そしていった。

「捜しにいけばいいじゃない」

「何を？」

「決まってる。二見会長の車。君香さんに会えるかもしれないわよ」

　円堂は委津子を見つめた。

「会いたいのでしょ」

　委津子はいった。

「別に今さら――」

　いいかけたのを委津子はさえぎった。

「よりを戻したいとか、そういうのじゃないことはわかってる。でも会って、いいたいこととか訊きたいことがあるのじゃない？」

　さしだされたグラスを円堂は口に運んだ。

「ほら、吸いこみがいい。図星だ」

「中村に誘われた。いっしょに捜そうって」

「中村さんて、中村先生？」

　中村が小説家になっていることを教えると、いつからか先生と委津子は呼ぶようになった。本を読むのが好きで、物書きを無条件で尊敬しているのだ。

「そうだ。二見に貸しが残っている、というんだ。それを回収しよう、と。生きている筈ないし、たとえ生きていてもできるわけないのに」

「お金じゃないわよ。中村先生の本、売れているもの」

委津子が断言した。

「じゃあ何だ？」

「決着をつけたいのよ」

「決着？」

「あなたとは理由がちがうだろうけれど、中村先生も自分の昔に決着をつけていない。奥さんに捨てられたのでしょう？」

「金の切れ目でな。別に未練はない、と思うぞ」

「じゃあ、あなたは未練があるの？　君香さんに」

「それは、ない」

「だけど思いだしては楽しんでいる」

「楽しんでる？　俺がか」

「そうよ。男って本当に馬鹿だなって思うのが、昔の女の思い出にひたるところ。とっくにあんたのことなんか忘れて楽しくやってるっていうのに、あいつは今でも俺に惚れてるなんて、感傷的になる。そういうのでお酒を飲むのが大好きなのよ」

「ひどいことをいうな」

「女は昔の男のことなんてこれっぽっちも思いださない。年をとったら、男よりいいものがたくさんある。おいしいものを食べたり旅行にいったり、年なりのお洒落をしたり。男はさ、いつまでも甘い思い出にひたってる。ま、安あがりといえば安あがりよね」

「そんなことはないだろう。思い出酒を飲ませて金をとるのだから」

円堂がいうと、委津子は舌をだした。

「だっててちょろいんだもの。『今でもあの人のこと好きなんでしょ』って水を向けるだけで、勝手に喋り始めてボトルが空いちゃう。あんなことやこんなことをしてくれた、いい女だったたって。ひとりで気持よく語りだすからね。こっちはハイハイって頷くだけで儲かっちゃう。あげくの果てに『あいつも俺にまだ惚れてるよ』って。そんなわけないじゃない。あんなことやこんなことは、次の男にも今の男にもしてるし、あんたのことなんてこれっぽっちも覚えていませんからって」

「そういえよ」

「駄目よ、お店が潰れちゃう。潰れたら『いろいろ』の女将さんにしてくれる？」

「そんな給料払えるわけないだろう」

委津子はにらんだ。

「意味がちがう。あたしはね、円堂さんの思い出酒にだけは、つきあうのが嫌なの。だから決着をつけてほしい」

「どう決着がつくんだ？」

「そんなのわからない。二見会長も君香さんも、生きているかも死んでいるかもわからない。でもその車を捜せば、どうなったのかはわかるのじゃない？　それだけでもひとつ、決着をつけられる」

「君香が生きていて、よりを戻すって俺がいいだすかもしれないぞ」

「そのときはそのときよ。円堂さんがそうしたいならすればいい」

「強いな、お母さんは」

円堂は首をふった。

「あなたがずっと引きずっているのを見たくないだけ。二見会長が消え、君香さんがいなくなって、本当は何があったのか知りたくてしかたないくせに、痩せ我慢しているのが丸わかりなの」

円堂は首を傾げた。

「俺、そんなに思い出話したかな」

「してないわよ。思い出になんかなってないのだから」

思わず委津子を見つめた。

「今の円堂さんは不幸じゃない。それは確か。お店がうまくいって、あたしもよかったって思っている。でも、明日もし死んじゃうとしたら、気にならない？　思い残すことはないといえる？」

「思い残すことがない奴なんていないだろう」

「理屈をいわないで。あたしはあなたの話をしているの。君香さんに何があったのか、知りたいのでしょう」

「わかった、わかった。勘弁してくれよ」

「ここにきたのは、自分の気持を確かめたいから。昔話の相手ができる人はあたししかいない」

委津子の声は厳しかった。

「参ったな」

円堂は息を吐いた。

「煙草、あるか」

「駄目。何年も前に止めたでしょう」

「一本だけだ。気持の整理をつけたい」

委津子はかがみ、カウンターの下から封の切られたメンソール煙草の袋をとりだした。

「はい。お客さんの忘れもの。一本だけよ」

委津子は煙草を吸わない。あの時代、煙草を吸わないホステスはほとんどいなかった。

円堂は一本つまみだした。カチリ、とライターの火を点し、委津子がいった。

「吸い終わるまでに決めてよね」

円堂は頷き、煙を吸いこんだ。喉が苦しく、むせた。ニコチンの苦みを感じ、すぐ口から離す。

「マズい」

「やめたあとは、おいしかった記憶しかないけれど、実際吸ったらおいしくない」

「何だよ。思い出といっしょっていいたいのか」

「よくおわかりで」

委津子はにたっと笑った。

「考えるよ。店のこともあるしな」

円堂はいって、灰皿にひと口吸っただけの煙草を押しつけた。

「ケンジさんに任せられるでしょ、何日間かなら」

ケンジを一度連れてきたことがあった。あの子はいい、と委津子はいった。口が重くて腰が軽い、理想の板前になる、というのだ。

下戸（げこ）だ、という点も気に入ったらしい。酒で舌が鈍らないから料理の味がかわらない。飲みながら作ってしくじった料理人はいっぱいいるというのだ。酔って、上客とそうでない客をあからさまに差別する。そういう店は必ず駄目になる、というのが委津子の持論だった。

「相談してみる」

円堂は答えた。

3

「マザー」をでたのは午前二時過ぎだった。銀座の飲み屋街では午後十時から午前一時までのあいだ決められた乗り場以外ではタクシーが拾えないが、この時間だと通りのあらゆるところに空車がいて、客を捜している。

下手な路地で拾うと、表通りにでるまで空車の渋滞に巻きこまれる。中央通りまででることにして、円堂は花椿通りを歩いていた。

「円堂さん！　円堂さんでしょう！」

不意に声をかけられ、足を止めた。明るいベージュのジャケットを着た白髪頭の男が通りの反対側からこちらを見ている。

赤い派手な眼鏡に見覚えがあった。名前は知らないがクラブ「モンターニュ」のポーターをやっていた男だ。ポーターとは、白タクの手配をしたり、客やホステスの車を自分が〝縄張り〟としている路上に止めて手数料を稼いでいる連中だ。バブルの頃、銀座の街には無数のポーターがいた。客の車を預かり、駐禁を切られないように見張るだけで、毎日チップこみで何万という稼ぎを得ていた。

中にはクスリや女の手配をする者もいて、そういう人間はどこかの組に片足をつっこんでいた。

バブル崩壊とともにポーターにチップを弾む客も消え、その大半がいなくなった。

「ああ。久しぶり」

「モンターニュ」は委津子がずっとナンバーワンだった大箱のクラブだ。今も並木通りの八丁目にある。

「ごぶさたしています。お元気そうで」

ポーターは頭を下げた。二見が乗るロールスロイスが止まるとすっとんできて外から扉を開け、「二見会長、こんばんは！」

と大声で挨拶をしたものだ。そして入る店を聞くと、ビルのエレベータのボタンを押し、

「いってらっしゃいませ！」

と叫ぶ。

「大声だすなよ」

といいながらも満更でもない表情で、二見はチ

ップを渡していた。毎晩のことだったので覚えている。

「何とかね。もう銀座なんてこられる身分じゃないけどな」

「またまた。もっといらして下さいよ。寂しいじゃないですか」

円堂は苦笑し、

「あなた、いくつになった?」

ポーターに訊ねた。自分と同じくらいの年だろう。

「え、年ですか。恥ずかしいな。六十八です。先日、孫が生まれました」

「俺より六つ上か。それは失礼しました」

「何をおっしゃっているんです。懐かしいですね、あの頃が。二見会長とよくおみえになっていて――」

いいかけ、

「そういえば、先日、会長と会ったって者がいました」

円堂の顔を見つめた。

「二見さんに?　嘘だろう」

「あたしと同じポーターだった人間なんですが、今は田舎に帰って蕎麦屋をやってるんです。そいつの店に二見会長がきたって」

「まさか」

ポーターはあたりを気にするように声をひそめた。

「会社が飛んで、会長も行方不明になったじゃないですか。正直、生きてはいらっしゃらないだろうなって。何人もいましたから。毎晩銀座でお会いしていて首を吊った方が」

「本当に二見さんだったのか」

「そいつも訊こうと思ったけどやめたそうです。もしそうだとしても認めたくないだろうって。あれだけ羽振りのよかった人ですから」

「その人はひとりできたのか」

　ポーターは頷いた。

「おひとりだったそうです。そいつの店はバス停の前にあって、盛りを食ったあと、二見さんはきたバスに乗っていったって」

「どこなんだ?」

「福島の南会津です。山の中ですよ」

「南会津」

「会津高原の『高取』って店です。円堂さん、二見会長とはその後――」

　円堂は首をふった。

「いなくなってからは、それきりだ。亡くなったと思っていた」

「え、じゃマズいこといっちゃいましたかね」

　ポーターは首をすくめた。

「いや、俺は二見さんに恨みはないよ。あったとしても今さらどうしようもない。二見さん、ていうか、その似た人ってのは、どんな感じだったんだ?」

「そこまではわからないですけど、何なら訊いてみますか――」

　携帯をとりだしかけ、舌打ちした。

「あ、もう寝てるな。田舎暮らしなんで」

「会津高原の『高取』さんだね」

「ええ、ですけど――」

「大丈夫、迷惑はかけないよ」

「いや、そんな迷惑なんて……」

　ポーターは口ごもった。

　これも縁か。円堂は思った。中村が二見の車を見た者がいると知らせてきた日に、昔馴染みのポーターから二見が生きているらしいという噂を聞く。

　自分の昔に決着をつけろ、という委津子の声がよみがえった。

「あの、他人の空似かもしれないんで……」

　不安になったのか、ポーターは口ごもった。

「大丈夫だよ。あちこちで喋ったりはしない。でもその蕎麦屋さんに、もしかしたら俺が訪ねていくかもしれないと、明日にでも伝えておいてくれないか」

　いって、円堂は財布からだした五千円札を押しつけた。ポーターは手を振った。

「いや、お金をいただきたくて話したわけじゃないんで――」

「わかってる。でも覚えてもらっていて、俺も嬉しかったんだ」

　円堂がいうと、ポーターはようやく受けとった。

「あなたの名前を教えてくれないか」

「浜田(はまだ)です。蕎麦屋をやっているのは、店名通り、高取って奴で。もしいかれたら、俺の名前をだして下さってかまいませんから」

「わかった。ありがとう」

　ポーターと別れ、中央通りで拾ったタクシーに乗りこんだ。

　もし二見が生きているのなら、君香も生きていて不思議はない。

　だが蕎麦屋にきた客はバスに乗って帰ったと浜田はいった。あのスパイダーが今も走るなら、なぜ乗ってこなかったのか。

　目立ち過ぎるからだ。世界に百台しかない、フェラーリ250GTカリフォルニア・スパイダーは、その名を知らない人間にも、見るからに貴重なクラシックカーだとわかる。そんな車を始終乗り回していれば必ず噂になり、やがて二見に貸しがある人間の耳にも届く。

三十年がたち、バブル時代の債権など極道でも回収をあきらめている。だが売れればとてつもない金額になるクラシックカーを債務者が乗り回しているとなれば話は別だ。

ではなぜスパイダーを女が運転していたのか。

乗らなければエンジンが駄目になるからだ。作られてから六十年がたつ車を、極端に暑い日や寒い日、雨の日に走らせるのは故障の原因となる。壊れた部品の調達は容易ではなく、できるとしてもイタリアのフェラーリ本社とのやりとりになるだろう。

そこで年老いた犬を散歩させるように、日を選んで走らせていたのだろう。

ハンドルを二見ではなく女が握っていたのは、高齢の二見には運転の自信がなかったからではないか。

円堂は息を吐いた。考えが暴走している。

赤のスパイダーが那須を走っていたのは事実だとしても、運転していたのが君香と決まったわけではなく、会津高原の蕎麦屋を訪れたのも二見とは限らない。

二人が生きているかどうかすら定かではないのだ。

だが生きていて、今もいっしょにいるとしたら。

嫉妬が胸を焼いた。三十年間、世間から隠れ、肩を寄せ合って生きてきたとすれば、どれほど睦まじい関係なのだ。結婚すら考えていた自分より、二十五以上年上の二見と仲よく暮らしてきたというのか。

思わずため息がでた。

何もかもを失っても尚、自分より二見のほうが君香には魅力があったということだ。

男として人間として、二見にはとうてい太刀打ちできないとわかっていた。

委津子がいうように、円堂は二見を尊敬していた。同じことはできないし、同じようになりたいとも思わなかったが、円堂が生きてきた灰色の世界で、初めて筋が通っていると感じた人だった。

裏の世界の人間はすぐに「筋を通す」とか「人として」という言葉を口にするが、その大半は自分にとって都合のいい場合だ。

他人には筋を通せといっておいて、自分はその筋を平気で無視する。筋などという言葉は因縁をつけるための材料でしかない。

まっとうに生きている人間は筋を通すのがあたり前なのだ。契約を守らなければ取引相手を失くし、やがては訴えられる。

契約などない世界だからこそ、筋だの人だのという理屈が幅をきかせる。契約がないのは、筋など通していては金儲けができないからだ。

まっとうな金儲けをする能力がないからこそ、裏の世界で仕事をする。学歴がなくタネ銭ももたず、信用される所属先のない人間が大金を得たかったら、違法な手段に訴える他ない。法を犯せば、まともに勤めたのでは決して得られない金を短期間で稼ぐことができる。

だがひきかえに、刑務所にぶちこまれたり、別の奴にハメられたり、場合によっては命を落とす。

二見はそれをよくわかっていた。地上げのために、ここまではやってもこれ以上はしない、というルールを決め守っていた。二見興産が危なくなり、ケツに火がついていても、力ずくで金をむしるような商売はしなかった。

　それを甘いと嗤う人間もいたが、円堂は立派だと思っていた。

　君香のことさえなければ、生涯、尊敬しつづけたろう。

　君香も金ではなく、人間性で二見を選んだのだ。

　いや、スパイダーを残していたように、二見には隠した財産があり、君香はそれを選んだのではないか。

　そう思いたい。スパイダーを残しても尚、三十年間隠遁生活を送れるほどの財産があった。だから二見についていったのだ。

　中目黒のマンションに帰ると、円堂は明りもつけないまま、2LDKのリビングでアグラをかいた。

　自分のほうが若く、愛情においても負けていたとは思わない。それでも君香が二見を選んだのは、二見に隠し財産があったからだ。

　そう信じなければ、自分が惨めだ。

　自宅で酒を飲むことは滅多にない。だがひと通りはおいてある。「いろいろ」の周年のときに客からもらったスコッチがあった。

　アイラモルトで香りがきつく、一杯飲んだきりでやめていたボトルを、円堂は流しの下からとりだした。

　キャップを外し、ラッパ呑みする。

　こんな自問自答を何度くり返したろう。無意味だ。理由が何であれ、去っていった女は去っていった女で、まして三十年もたった今、どうすることもできない。

忘れようと決め、それに成功した、と思っていた。

中村の電話が、そうでなかったことを気づかせた。ヨード臭の強い酒が喉を焼き、胃袋を熱くする。自分を責め苛む気分にぴったりだ。このウイスキーを初めてうまい、と感じた。


翌日の午後、仕入れを終え、二日酔いが少しマシになるのを待って、円堂は中村に電話をかけた。

「はい」

執筆中だったのか、ひどく無愛想な声で中村は応えた。

「マズいならかけ直す」

「別にマズかねえよ。このクソ頭をカチ割りたいだけで。いつものことだ。何だよ」

「福島の会津高原てのは、そこから遠いか」

「会津高原？　それほど遠くない。栃木との県境の近くだ。なんでだ」

「二見を見たって奴がいる」

中村は黙った。円堂は言葉をつづけた。

「そいつは昔、銀座でポーターをやってて、今はひっこんで蕎麦屋をやってるらしい。その蕎麦屋に、二見がひとりで現われ、蕎麦を食って帰ったというんだ」

「スパイダーに乗ってたってか」

「いや、バスで帰っていった」

「バスなんて何本も走っているようなところじゃないぞ」

「だろうな」

しばらくどちらも無言だった。やがて中村がいった。

「くるのか」

「その蕎麦屋にはいってみようかと思っている」

「だったら東北新幹線で、那須塩原じゃなく新白河までできてくれ。うちからはそのほうが近い。迎えにいく」

「仕事は大丈夫なのか」

「お前がこられるとすりゃ、土曜か日曜だろ。それまでにはこの原稿のメドがついてる」

「車でいこうと思ってたんだが」

「やめておけ。帰りが渋滞する。車は俺のがある」

「わかった。土曜日にいく。泊めてもらうかもしれん」

「それはまったく問題ない」

「土曜日、乗る列車が決まったら連絡する」

「それまでにやっておくこと、あるか？」

中村は急にきびきびとした口調になった。

まるであの頃のようだ。中村が地主や借地人の情報を集め、円堂が立ち退き交渉に動く。

「スタンドだ」

円堂は答えた。

「スタンド？　ガソリンスタンドか」

「ああ。スパイダーに給油する客がいなかったか、時間があれば訊きこんでくれ」

「できる範囲でやっておく」

「よろしく頼む」

「円堂――」

「何だ？」

「いや、何でもない。土曜日、連絡をくれ」

「ああ」

電話は切れた。中村のいいかけたことは想像がついた。君香だ。君香を捜す気なのか、と訊きたかったにちがいない。

君香も二見も捜す。見つけて、金をとろうなどとは思っていない。恨みごとをいう気もない。元気でいるならそれでいい。確かめるだけでいいのだ。自分にいい聞かせた。

中村にいっても決して信じないだろう。だが、会えば、過去に決着がつく。それは確かだ。

4

立ち食いでもない蕎麦屋が朝から開いているとは思えない。早くてもおそらく十一時だ。それに夜型の中村に、朝早く駅まで迎えにこいというのは酷だ。そう考え、十一時過ぎに新白河に到着するやまびこに円堂は乗り、到着時刻をメールした。

列車が宇都宮を過ぎたあたりで、了解の返信があった。西側の高原口をでたところで待っている、とある。

駅をでると正面にビジネスホテルがそびえていた。他に大きな建物はない。駅前といっても民家ばかりで、はるか向こうは山並みだ。

中村のスバルがロータリーに止まっていた。古い4WDで十年近く乗っている。

膝の抜けたコーデュロイのパンツにハイネックのセーターを着け、革製のキャップをかぶった中村がボンネットによりかかっていた。

頭が薄くなり始めた五十代の初めからヒゲをのばしている。そのヒゲも半分近くが白い。

那須に越してから、十キロ近く太った。厳しい冬の寒さを乗りきるには脂肪をつける必要があったのだと主張している。

「よう。混んでたか」

リュックを背にした円堂に訊ねた。下着の替えと洗面道具だけを詰めてきた。

「多少な。那須塩原でほとんど降りた」

「店は休みか」

「いや。若い衆に任せた。土曜はけっこう客がくる」

これまでも何回か、ケンジに店を預けたことがあった。客から文句はでていない。

4WDの助手席に円堂は乗った。

「調べたら、会津高原尾瀬口のバス停のすぐそばに蕎麦屋があった」

運転席にすわった中村がいった。

「たぶんそこだ。『高取』という名らしい」

「まちがいない」

中村は頷き、エンジンをかけた。4WDにカーナビゲーションはついていない。

「道はわかるのか」

「途中まで一本だ。那須岳があるんで、そう何本もない」

4WDを発進させ、中村は答えた。西に向かう国道を走るようだ。

「知り合いがスパイダーを見たというのはこの近くか?」

「いや、ここよりだいぶ南西の那須高原の近くだ。那須塩原で列車を降りて、うちに向かっている途中で見たんだ。うちはかなり上のほうだから、那須高原を登ってこなきゃならない。駅だと新白河のほうが近いんだが、那須塩原でレンタカーを借りたらしい。ドライブがてら、うちにくるつもりだったようだ。カーナビを使わず、適当に走っていたら赤のスパイダーとすれちがったというのさ」

「どのあたりだ」

円堂はリュックから道路地図をとりだした。東京から二百キロ圏内が載っていて、ふだんは自分の車に入れている。

「適当に走っていたからうろ覚えだが、ゴルフ場の近くだといっていた」

円堂は栃木県北部のページを広げた。

「那須近辺だけで、いくつもゴルフ場がある。どのゴルフ場だ？」

「それはわからん。とりあえず那須湯本までできてからカーナビにうちの住所を入れたといっていたから、その途中のゴルフ場じゃないか」

那須塩原駅から那須湯本までで四つのゴルフ場がある。

「二見は那須に別荘をもっていなかったか？」

中村が訊ねた。

「もっていた。那須御用邸のそばだ」

円堂は答えた。一度だけ連れていかれた。銀座のホステスを連れてのゴルフに、員数合わせで呼ばれたのだ。

「そこじゃないのか」

「いや。その別荘はすぐに手放した。見かけは豪華だが、天井が高く、真夏以外は寒くて使えないというんで」

バブルは完全に弾けてはおらず、高値で売れたと聞いた。ゴルフ場の会員権やたいしたことのない別荘にも億の値がついた時代だ。

「蕎麦屋のあと、回ってみるか」

中村がいい、

「いちおう見ておこう」

円堂は答えた。

4WDは阿武隈川に沿って山道を登り、やがて左折した。「会津西街道」と地図には記されている道だ。会津鉄道に沿って南下すると、途中で右に折れる。「会津高原」の標識が見えた。

　右に折れてすぐの場所に、手書きの「蕎麦」という看板が掲げられていた。

「五百メートル先右側　手打蕎麦高取」とペンキで記されている。

「あれだな」

　中村がつぶやいて、４ＷＤのスピードを落とした。

　掘っ立て小屋とまではいわないが、粗末な造りの木造家屋がぽつんとあった。「蕎麦」というのぼりが道沿いに立っている。かたわらの空き地が駐車場がわりのようで、軽トラックが一台止まっていた。中村はその横に４ＷＤをすべりこませた。

　二人は車を降りた。土曜日とはいえ、走る車も少なく、あたりは静寂に包まれている。甲高い鳥の鳴き声が山林のどこからか聞こえた。

　民家のような扉に「営業中」という札が下がっていて、円堂はノブを引いた。

　板張りの店内に安物のテーブルが四つ並んでいた。客はひとりもいない。

「いらっしゃいませ」

　店の奥から作務衣（さむえ）を着た浅黒い顔の男が現われた。六十代で、手ぬぐいを頭に巻いている。他に人けはなかった。

「蕎麦をいただけますか」

　円堂はいった。

「はい。盛りかかけで、天ぷらはちょっと時間がかかります」

「山菜は？」

　中村が訊ねた。

「今、切らしていて。明日、入るんですが」

探るように中村を見た。円堂はいった。

「じゃあ盛りをふたつ。ここのことは、銀座の浜田さんから聞いて、きたんです」

「浜田……」

男は瞬きした。

「ポーターの」

円堂はつけ加えた。

「わかりますよ」

男は無表情に頷いた。

「そっちのヒゲの人は覚えてないけど、あんたはときどき二見会長といるのを見たことがある」

円堂は中村と目を見交した。

「すごい記憶力だな」

中村がいった。

「こっちじゃ、めったにお客さん以外の人と会わないんで、昔会った人のことを忘れない」

男は答えた。

「浜田さんから、ここに二見会長がきたと聞いたんで、懐かしくなってきたんです」

円堂がいうと、男は小さく頷いた。

「たぶん会長だった」

「声はかけなかったのですか」

「かけられる感じじゃなかったな。蕎麦はいらないのかい」

「いや、いただきます」

「じゃあ作るから。話は食べながらするさ」

男はいって奥に引っこんだ。

「お前のことも覚えていた。まちがいなさそうだな」

中村が低い声でいった。

「だけど二見が生きているとしたら、九十近いぞ」

円堂はいった。姿を消したとき五十八だったのだから、八十八になる。

「あの人のことだ。きっと矍鑠としてるさ」

「いったい今までどこに隠れていたんだ」

円堂はつぶやいた。

「さあな。仙人みたいに生きていたのか、どこか外国にいたのが、ほとぼりも冷めたんで戻ってきたとか」

「海外はない」

円堂は首をふった。二見は外国嫌いだった。ハワイにも別荘を買えとさんざん勧められていたが、外国は嫌だと首を縦にふらなかった。

食事も和食一辺倒で、海外にもいい日本食レストランがあるといわれても、信用しなかった。

「そういや、飛行機も嫌いだったな」

中村がつぶやいた。過去にあった墜落事故で知り合いが亡くなったといい、飛行機にはよほどのことがない限り乗らなかった。

「あの人が何時間も飛行機に乗って外国にいくとは考えられない。たとえいったとしてもビザの問題があるから、三十年間一度も日本に戻ってこないわけにはいかないだろう。何カ月かに一度は飛行機に乗らなけりゃならない。そんな真似をする筈がない」

円堂はいった。

「確かにそうだな。沖縄に建てる別荘は社員の保養所にするといってた。自分じゃいく気はなかった」

中村は頷いた。

「一番気にいっていたのは軽井沢だった。隠れるなら軽井沢だと思っていた」

円堂がいうと、中村は首をふった。

「軽井沢はメジャーすぎる。一年を通して人が多いし、二見を知っている別荘族も多い。うろついていたら、必ず見つかって噂になる」

「それは那須もいっしょじゃないのか」

「ああ。だから隠れていたのはきっと那須じゃない。たまたまスパイダーを女が走らせていただけだ」

「たまたまはないだろう。あんな車を野晒しにはできない」

円堂がいうと、中村は考え、答えた。

「スパイダーだけ、那須のどこかにおいていた、というのはどうだ？　天気のいい人の少ない日を選んで、あの女が走らせていた」

「運転していたのが君香とは限らないぞ」

「そうだが、一番可能性が高い」

高取が蕎麦を運んできた。ザルにのせただけの盛りで、蕎麦汁(つゆ)には刻んだネギと山葵(わさび)が添えられている。本山葵だ。

「いただきます」

二人は蕎麦をすすった。香りと腰が強く、かなり旨い。残念なのは蕎麦汁で、市販品の味がした。高取は別の席にすわり、見つめている。

「うまい」

中村がいった。円堂は頷いた。

「蕎麦は確かにいける」

「汁かね」

高取がいって苦笑いをした。

「汁は難しい。自分でいくらやっても、売ってる汁よりうまくできない。うまい汁を作ろうとすると、蕎麦より原価がかかる」

「なるほどね」

頷いて中村は円堂を見た。

「鰹節は保存が難しい。かいてしまうと密封して冷蔵庫に入れておいても、香りが飛ぶ」

円堂はいった。

「そうなんだよ。だからってこまめにかくのは大変だ」

高取は頷いた。

「でもこの味なら、わざわざきて食べようという人もいるでしょう」

円堂は高取を見た。

「まあ、蕎麦好きってのはいるからね。中には蕎麦汁をもちこむ人もいる。いいかねと訊かれて、駄目ともいえんだろ」

高取は満更でもない表情で答えた。

「二見会長もどこかでここの噂を聞いたのかな。蕎麦好きだったっけ？」

中村がいった。

「蕎麦よりうどんだ。母親が四国の出身で、うどんを食って育ったといっていた」

円堂は答え、高取に訊ねた。

「ここのことを誰かから聞いてきたのですかね」

高取は首をふった。

「わかんないね。この近くにきて、たまたま小腹が空いてたのかもしれない」

「身なりはどんな感じでした？」

「ふつうだよ。山登りとかそういう感じじゃなかったな。着ていたジャンパーがすりきれていてね。だから二見会長かって訊くのをやめた」

「今ならけっこうな年だと思うのですが、ひとりだったんですか」

「ひとりだった。杖をもってたよ。その席にすわって、横の椅子にたてかけてた」

高取は円堂らの隣のテーブルを指して答えた。

「きたのは何時頃です?」

中村が訊ねた。

「昼過ぎだったね」

「バスできたのですかね」

「バスはね、一日三本しかこない。たぶんきたときは会津鉄道に乗ってきたんだと思うね。帰りは会津田島にいくバスに乗っていったが」

「会津田島なら会津鉄道でもいけますよね。なぜバスに乗ったんでしょう?」

中村が訊ねた。

「ちょうどうちをでたときに二時五十分発のバスがきたんだな。それで乗ったのじゃないのかね」

「たまたまバスが通りかかったので乗ってみた、ということですか」

円堂が訊くと高取は頷いた。

「ぼんやりした感じだったからね。うちに入ってきても、『蕎麦』といったきり、ずっと黙ってた。『盛りですかかけですか』と訊いたら、しばらくしてから『盛り』と。勘定を心配したくらいだった。くしゃくしゃの千円札を小銭入れからだして払っていった」

円堂は中村と顔を見合わせた。

「つまり徘徊していたのかもしれない?」

中村がいった。高取は頷いた。

「完全にぼけている感じじゃなかったが、ちゃんと家に帰れるだろうか、とは思ったな。二見会長だとわかったんで、逆に話しかけづらくなっちまった」

「どこからきたか、わかりました?」

円堂の問いに高取は首をふった。

「いや、まったくわからなかった。割と近くなのか、それとも何かの弾みで会津鉄道に乗っちまってここまできたのか。湯治場にでもきていて、退屈なんで、でてきたのかもしれんし」

「でも二見会長でまちがいはなかったんですね」

「よほど似ている他人じゃなけりゃ、な。だけど生きているとは思わなかったな。噂じゃ愛人と心中したって聞いていたから」

円堂は息を吸いこんだ。口を開く前に、

「俺たちもそう思ってました」

中村が答えた。

「まあ、人にはそれぞれ事情があるからな。よけいなことをいうもんじゃないとは思ったが、古い仲間にはつい話しちまった」

高取は立ちあがった。

「ご迷惑はかけません。ただ懐かしくて、どうしているかな、と」

円堂はいった。

「蕎麦湯は飲むかね」

それには答えず、高取は訊ねた。表情はまるでかわらず、考えが読めない。

「いただきます」

頷き、空になった二人のせいろを手に奥に入っていった。

蕎麦湯は濃厚で、うまかった。

「体があったまるな」

中村はいって、戻ってきた高取を見た。

「何か他に覚えていることはありませんか。携帯はもっていました?」

「いや、見る限りじゃもっていなかった。そうだ、腕時計をしていた。子供がするような、プラスチック製の安物だ」

円堂と中村は再び顔を見合わせた。二見は高価な腕時計をいくつももっていた。腕時計だけで億単位のコレクションだった。

「銀座にいた頃、文字盤にダイヤの入った時計をしているのを見たことがあった。本物なら何千万で、たぶん本物だろう。それがペラペラのプラスチックの時計だ。声なんかかけられやしない」

「きっと売っちまったか、借金のカタにおさえられたんだな」

中村がいうと、高取は頷いた。

「そっとしといてやるのがいい」

「そうですね」

円堂はいった。

「いろいろありがとうございました」

「いや。二人は今、何をしているんだい?」

「俺は物書きで、こいつは居酒屋の親父ですよ」

中村は答えた。

「居酒屋?」

高取は円堂を見つめた。

「たいした店じゃありません」

円堂は首をふった。

「東京にいったら、のぞかせてもらっていいかね」

高取は訊ねた。

「ええ。中目黒の駅に近い、『いろいろ』って店です」

「『いろいろ』」

「何でもあるんです。中華や洋食みたいのも作れるんで」

中村がいった。

「それはすごい」

「いや、素人の真似事です」

円堂は中村を目でうながした。金を払い、もう一度礼をいって、蕎麦屋をでた。

「盛りが一杯千円か。客がこないわけだ」

　４ＷＤに乗りこむと中村が首をふった。

「地元の人間は相手にしていないんだろう。観光客か蕎麦好きを狙ってて」

　円堂は答えた。

「それで暮らしていけるのか」

「それは俺にはわからんよ。貯金があるのかもしれん」

　扉を細めに開け、高取が見ていた。見送っているのか、見張っているのか。円堂はフロントガラスごしに手を振った。

　扉が閉まった。

　４ＷＤを発進させ、中村がいった。

「あまり歓迎してる感じじゃなかったな」

「二見のことを訊かれたのがおもしろくなかったのかもしれん。そっとしとけっていってたくらいで」

　円堂はいって地図を広げた。

「で、ガソリンスタンドのほうはどうだった？」

「自分がときどき使うところも含めて二軒ほど訊いたが、収穫なしだ。見たこともないとさ」

「それはスパイダーが走っていた道沿いか？」

「いや、あのあたりにスタンドなんかない。町中(まちなか)とちがって、そう何軒もスタンドはないんだ」

　中村は答えた。円堂は地図をにらんだ。

　那須湯本と会津高原は、県境をまたいだ直線だと、四十キロも離れていない。ただし中村がいったように那須岳があるので、まっすぐいききすることは不可能だ。那須岳を北か南に回りこむ必要がある。

「天気のいい日にちょっと走らせるくらいなら、ガソリンはたいして食わない。それに夜中にセルフのスタンドにいけば、人に見られることもない」

　中村はつづけた。

「確かにそうだな」

　円堂は息を吐いた。あちこちで見られているのならともかく、たった一度だけではスパイダーが那須におかれているという証拠にはならない。

「で、二見の別荘の場所はわかるか」

「まず御用邸に向かってくれ。そこを起点にすれば思いだせると思う」

「わかった。じゃあ今度は下からいってみよう。うちにきた編集者が通っただろう道を走ってみる」

　中村はいって４ＷＤを走らせた。

「きたときは会津西街道を使ったが、帰りは会津東街道で南下する」

　やがて４ＷＤは塩原温泉郷を抜けた。ゴルフ場の所在を示す看板が見えた。

「ゴルフ場があるな」

　円堂はいった。

「ああ。見たのはこのあたりか、もう少し上のハイランドパークのどちらかだと思う」

　答えて、中村はハンドルを左に切った。４ＷＤは那須高原を上っていく。県道だが、道の左右には観光客をあてこんだカフェやペンションなどが並んでいる。円堂はいった。

「ここは人目につきすぎないか」

「そうだな。ドライブで那須にきた連中が通るような道だ。もっと上のほうかもしれん。とはいえ、スパイダーが人目を忍んでいたとは限らないだろう」

　中村は円堂を見た。

「もしそうなら、あれだけの車だ。あちこちで見られて噂になってる」

円堂は首をふった。あのあと、インターネットのクラシックカー好きのサイトなどでカリフォルニア・スパイダーに関する情報がないかを検索していた。

「噂はなかった。もしオーナーチェンジで乗り回されているなら、必ず情報がある筈だ」

「なるほどな。となると、今も二見がもっているってことか」

「少なくとも売られてはいない」

「だがオーナーの二見はみすぼらしい格好をして、バスで動いている。あの女が運転しているにしても送り迎えくらいはしていいだろう。それとも二見は捨てられたのか」

中村の言葉は君香に厳しかった。


「捨てるならとっくの昔に捨てている。まだいっしょにいるだろうさ」

円堂は苦い気持で答えた。

「じゃあなぜひとりで蕎麦屋にきたんだ？」

「わからない。あの男がいったように、半分ぼけていたのかもしれん」

4WDは那須御用邸への道の入口まできた。あたりにはホテルや旅館、保養所などが多い。一軒一軒の敷地が広く、鬱蒼とした木立ちに囲まれている。

「あそこの先だ。左に曲がったところ」

旅館やホテルの名や外観は多くがかわっていたが、昔のままの保養所を円堂は見つけた。

円堂の指示のまま4WDを走らせた中村がブレーキを踏んだ。

「ここかよ」

いかにも若者受けしそうなペンションになっていた。よくいえばメルヘンチックだが、安っぽくけばけばしい。

「そうだ。そのでかい木に見覚えがある。まるで門柱みたいに二本、アプローチをはさんで立ってるだろう。まちがいない」

円堂は答えた。

二人はしばらく無言でペンションを見つめていた。週末だが客はいないのか、ひっそりとしている。窓にはカーテンがかかり、古い自転車が玄関の前に倒れていた。

「休みか潰れているか。潰れたっぽいな」

中村はつぶやいた。

二見の別荘は、ガラスをふんだんに使った、見るからに豪奢な建物だった。確かに暖房効率は悪いだろうが、ペンションにするなら、あの大きなガラス窓を残せばよかったのに、と円堂は思った。黄色とピンクの塗りがはげかけた板張りの壁がみすぼらしい、今の建物より、はるかにましだ。

「ここにいるわけないな」

中村がいった。

「売ったのは三十年以上前、まだ会社が回っていた頃だ。土地のもち主も何代か、かわっているだろう。少なくとも二見の別荘を買った人間が、あのペンションを作ったとは思えない」

円堂はいった。二見から買った人間は、個人か会社の別荘として使おうとした筈だ。それが年月を経て、建物が老朽化して売りにだされ、ペンションにたてかえられたと考えるのが妥当だ。

「つまり訪ねていっても情報を得られないか」

円堂は頷いた。三十年前、多くの人間が二見を捜した。二見興産に金を貸していた連中だ。そいつらは二見が隠れていそうな場所を洗いざらい当たった筈だ。当然、所有していた別荘やその周辺も嗅ぎ回ったにちがいない。

あれほど目立つ車に乗っていったのに、誰も見つけられなかった。

「しかたない。少しこのあたりを走り回ってみよう」

中村はいって、４ＷＤをバックさせ、きた道に戻った。

近くにあるゴルフ場の周辺を一時間ほど走ったが、手がかりは得られなかった。

やがて夕刻となり、中村の家に向かった。

5

中村の家は、別荘というには地味な建物だった。敷地は広いが、特徴のない二階屋だ。二階が書斎と寝室で、一階にリビングがある。その家で中村はムラマサというゴールデンレトリーバーと暮らしていて、週に二度、通いの家政婦がくる。掃除や洗濯の他にちょっとした買物もしてくれるらしい。

自炊には慣れているようだが、外に食べにいこうといって、中村はタクシーを呼んだ。

新白河の駅に近い居酒屋にいく。

「山国のわりに刺身とかもいいものをおいていて、キノコ鍋と締めのラーメンがうまいんだ」

予約してあったらしく、入口の扉を開けた中村に、

「先生、奥です」

カウンターの中から男が声をかけた。

「ラーメンてのは、鍋の締めか」

奥の小あがりで向かいあうと円堂は訊ねた。

「それもできるが、お勧めは醬油ラーメンだ。このあたりには白河ラーメンてご当地ラーメンがあって、けっこういける。居酒屋だが、白河ラーメンもやってるんだ。小盛りもあるんで、飲んだあとにはちょうどいい」

生ビールふたつと、キノコの天ぷら、山菜のおひたし、刺身の盛り合わせ、と中村はカウンターの男に叫んだ。

「常連だな」

円堂はいった。

「編集連中がくると、たいていここで晩飯を食って新幹線に乗るんだ。ラーメン屋を別にすれば、那須塩原ほど店がない」

届いたビールで二人は乾杯した。

「久しぶりだな、飲むのは」

中村がいった。

「一年半ぶりくらいか」

円堂は頷いた。土曜日の晩だからか、地元の人間と思しい客が次々とやってきて、カウンターはあっというまに埋まった。

店を人任せにして飲んでいる自分に、わずかだが、罪の意識を感じた。

「お、先生、こんばんは」

新来の客が中村に挨拶した。

「今度の本も買いましたよ」

「ありがとうございます。ここに預けておいてくれたら、サインします」

中村はていねいに応じている。

「人気者だな」

円堂は苦笑した。

「大事なお客さんだ。それに俺ていどでも、このあたりじゃ珍しい作家先生だからな」

中村は小声でいった。

キノコの天ぷらはうまかった。揚げ具合が絶妙なのもあるが、噛みしめるとキノコのうまみが口の中に広がる。天つゆではなく塩で食べたが、何もつけないほうが、よりおいしい。

山菜のおひたしには、本山葵の刻みがのっている。それがアクセントになっていて、安く山葵が手に入ったら、店でも試してみようと円堂は思った。キノコに関しては、新鮮なものが手に入らない東京では難しい。

「このあとはどうする?」

中村が訊ねた。キープしているらしい芋焼酎のボトルと氷が届けられる。

「スパイダーの線は難しいかもしれない。あとは蕎麦屋にきた二見だが、写真を見せて回るという手はある」

円堂は答え、つづけた。

「徘徊する癖があるなら、他の場所でも見られているかもしれんし、住んでいるのもそんな遠くじゃないだろう」

「その手があるか」

中村は頷いたが、訊ねた。

「だが二見の写真なんてもってるか」

「探せば一枚くらいはある」

あるとわかっている一枚は、君香の店で撮ったものだ。二見は二人のホステスにはさまれ、円堂の隣には君香がいる。円堂の前にはバースデイケーキがある。君香が〝サプライズ〟で用意してくれたのだ。誕生日のことなど忘れていた円堂には嬉しかった。

「ずっと前の写真じゃないのか」

中村が訊ねた。

「ああ。三十二、三年はたってる」

「それで二見がわかるかな」

「確かに難しいかもしれないが、高取は見て気づいた」

「パソコンにとりこんで加工してみるか」

中村はつぶやいた。

「そんなことができるのか」

「頭を白くしたり、皺を増やしたりくらいなら、俺でもできる」

二見興産の〝調査部〟にいたときから中村はパソコンを操るのが得意だった。当時はマッキントッシュが一番だと力説していた。

「今もマッキントッシュなのか」

円堂は訊ねた。中村は顔をほころばせた。

「マッキントッシュ。あの頃は、な。今はマックだ」

いわれて円堂は気づいた。

「いつのまにかマッキントッシュがマックにかわったな」

「たぶんアイフォンからだろう」

焼酎のロックを二つ作り、中村は一つを円堂の前においた。そしていった。

「考えたんだがな。スパイダーがこのあたりにおかれているのじゃないとしたら、ここにくるまでの道で、誰かに見られていておかしくないと思わないか。たとえば東北自動車道を走ってきたのなら、相当の数の人間に見られた筈だ」

「確かにそうだ。だがネットにはそんな情報は上がってなかった」

円堂が調べたサイトには、どこでどんなクラシックカーを見た、という目撃情報が集まっていた。

情報は一般道よりも高速道路上のほうが多く、それだけ目を惹くようだ。

「とすりゃ、やっぱり那須周辺に隠してある可能性が高い。外から見えないガレージにおいてあって、天気のいい日にときどき走らせる」

中村はいった。

「とすると、そのガレージのある家に二人は住んでるということか」

「二人かどうかはわからん。女は住んでいるが、二見は追いだされたとか」

「八十いくつの人間を追いだすか」

「追いだしたのはもっと前で、二見が那須から会津に移り住んだとしたら？」

中村がいったので、円堂は苦笑した。

「どうしても二人を別れさせたいのか」

「金の切れ目が縁の切れ目ということもある」

「それなら、会社が飛んだときに捨てるだろう」

「そのときは情もあったし、スパイダーも残っていた。いよいよ金を使い果たしたんで捨てたのさ」

「じゃあスパイダーをなぜ売り飛ばさない。売れば何億にもなるのだろう？」

円堂は中村を見つめた。

「調べたら、二〇一五年フランスのオークションで、スパイダーが一六三〇万ユーロで競り落とされていた。二十億以上だ」

中村は答えた。

「そんなにするものなら、まちがいなく売っている」

「だが売りかたが難しい。うまくやらないと、二見のスパイダーだと、すぐにバレる。そうなったら、昔の借金取りがわらわらと湧いてくる」

円堂は黙った。二見がスパイダーに乗って姿を消したことは、当時知れ渡っていた。二見を追う者はまず、赤のスパイダーを手がかりにした。その中には暴力団系の金貸しも多かった。

「焦げついた金が回収できるとなれば、三十年たっていても関係ない。世間的にはとっくに死んだと思われているような人間だ。何をしたってかまわないと考えるさ」

中村は空いたグラスに焼酎を注ぎ足した。

「それじゃ、売るに売れない」

円堂はいった。

「そういうことさ。秘かに買ってくれる相手が見つかるまで、壊れないようにときどき走らせている。あの女が、な」

円堂は焼酎を呷った。

「まあ、あの二人がいまだにくっついていようが別れていようが、どうでもいいことだ。俺にはな」

中村はつづけた。

「俺だってそうだ。今になって君香をどうこうしようとは思わない」

円堂がいうと、中村は無言でグラスの縁ごしに円堂を見た。円堂は目をそらした。

「白河ラーメンてのを食ってみよう」

「もう締め、か」

中村は目を丸くした。

「ああ。この時間なら、まだ東京に帰れるだろう?」

円堂が訊くと、中村は頷いた。

「ああ、まだな」

わずかだが寂しげな表情を浮かべている。

それに気づかないフリをして、円堂は告げた。

「帰って、二見の写真を捜してみる」

6

八時半には「いろいろ」に着いた。扉を開けると、カウンターは満席で、テーブルも二組が入っていた。

「親方」

馬刺しを切っていたケンジが驚いたように目をみひらいた。

「お、何だ。今日は休みだって聞いてたけど、親方でてきたのか」

カウンターにいた常連の客がいった。

「早めに用事が終わったんですよ」

答えながら、円堂はカウンターに入った。

ユウミが日本酒の燗をつけている。当初は熱燗と温燗の区別もつかなかったが、今は酒の燗を任せられるようになった。

「あ」

ユウミは目を輝かせた。

「お、ユウミちゃん、やけに嬉しそうな顔したね。さては親方に惚れてるな」

常連客がからかうと、

「ちがいます。思ったよりお店が混んじゃったんで、親方がきてくれてほっとしたんです」

頬をふくらませた。

調理服に着がえ、手を洗った。貼られた注文票をチェックする。土曜日は洋食や中華の注文が多い。

「チャーハンはやるから、ポークソテーを頼む」

ケンジに告げた。

「はい」

ケンジは豚肉のブロックをとりだすと、包丁をあてがった。

「チャーハン、並み盛りでいいんですね？」

「あ、大盛りでお願いします。ここのおいしいんで」

テーブルにいたカップルの男がいった。

「了解です」

円堂は中華鍋を熱し、油を多めに入れた。「いろいろ」では、塩を混ぜた溶き卵を前もって一パック分作っておく。そうしておくと炒めたときに卵がぼそぼそに固まらない。

ニラ玉などのシンプルな卵料理では、それがものをいう。

中華鍋に卵液を流しこみ、間をおかず飯を入れた。切った焼豚を入れ、塩コショウと化学調味料を振って炒め合わせる。あるていど炒めたところで刻みネギを入れ、鍋肌から醤油を垂らして香りづけをし、隠し味にネギ油を加えてできあがりだ。

卵液を入れてからは三分とかかっていない。

チャーハンに関して試行錯誤したが、皆が望む町中華の味に近づけるには、塩を多めに入れるのがコツだという結論に達した。

ケンジが下味をつけ小麦粉をはたいた豚肉を、バターを溶かしたフライパンに入れた。蓋をして、中まで火を通す。

その間にポークソテーの皿にキャベツとつけ合わせのポテトサラダを盛った。ポテトサラダも納得のいく味になるまで時間がかかった。

チャーハンやポテトサラダなどの料理は、贅沢な食材を使ったからといって、うまくなるわけではない。誰もが記憶の底にもつ味に近づけるのが、好まれる秘訣だとあるとき気づいた。

町中華や肉屋で売っている惣菜の味が最大公約数の「うまい」なのだ。あとはそれにひと工夫を加えるかどうかだ。

その夜は遅くなっても客が途切れることがなく、気づくと閉店の時間になっていた。

最後の客がでていき、大声で礼をいったケンジが円堂に向き直り、頭を下げた。

「助かりました」

「何いってる。店を空けたのは俺だ」

円堂は苦笑した。

「いや、今日は俺とユウミちゃんだけでがんばらなきゃいけないってわかってたんです。なのに混んで、パニクりました」

「そうだよー。ニラ玉と肉豆腐、できる順番が逆になって、やばって思ったもん」

暖簾をしまいながらユウミが口を尖らせた。

「順番が狂うことは、俺もある。数の多い注文からやるしかないときもある」

円堂がいうとケンジは息を吐いた。

「いや、まだまだです。親方の手際にはとうていかなわないって思いました」

「おいおい、明日にでも独立する気みたいだな。そんなことになったら、俺が困る」

「とんでもないっす。そんなことこれっぽっちも考えてません。もっと勉強させて下さい」

ケンジは真顔で首をふった。

「わかってる。マジメすぎだぞ。もっと肩から力を抜けよ」

円堂は笑った。そして、

「そうだ。これあわてて買ったからうまいかどうかわからないが——」

新白河の駅で買ったチーズケーキをさしだした。

「わっ、おいしそう」

ユウミが目を輝かせた。

「今、食べましょうよ。あたしコーヒー淹れます」

「じゃあ、そうしろ。俺は先にあがる」

円堂がいうと、ユウミは目を丸くした。

「えー、親方食べないんですか」

「俺は帰る。早起きだったんでな」

「お疲れさまでした！」

ケンジが叫んだ。

「じゃ、また来週」

「お疲れさまです！」

ユウミもいって、嬉しそうにケンジを見た。

店をでると、不意に疲れを感じた。仕事の疲れではない。店がいくら混んでも、疲れを感じたことはない。

移動の疲れだ。たいした距離でもないのに、新幹線と中村の車で動いたことで、体が疲れを訴えている。

これが年を喰うということか。円堂は息を吐いた。

自宅に帰りつくと、写真を捜した。おいた場所はおおよそわかっていたので、すぐに見つかった。あるとわかっていて、見まいとしていた写真を円堂は見つめた。

円堂も二見もダブルのスーツを着ている。君香は襟ぐりの深いミニドレスだ。

「ない胸をだすんじゃないよ」

二見にからかわれ、

「いいもん。この胸がかわいいっていってくれる人がいるのだから、ねーっ」

円堂の顔をのぞきこんだ君香を思いだす。

あのとき、自分は嬉しげに笑った筈だ。君香を自分の女だと信じていた。

二人の〝芝居〟にのせられていた。今となってはもう怒りは感じないが、苦い気持がこみあげる。

なぜ俺に隠していたんだ。そんな必要があったのか。

円堂は写真の中の君香を見つめた。おどけて頬をふくらませ、キラキラと目を輝かせている。切れ長の目と形のいい額を、円堂は好きだった。

ゲームのようなものだったのか。二見とつきあっていることを隠し、熱を上げている俺を笑い物にしたのか。

だが君香は円堂に抱かれた。それも一度や二度ではない。会った日は必ず求めたし、求められた。

相性がいい、そういっていた。セックスをすれば、少なくても四、五回、多いときは二十回以上、絶頂に達していた。

こんなによくいく女は初めてだ、と円堂がいうと、前はちがった、円ちゃんの体が合っているのよ、と笑った。

円ちゃん、と二人のときは呼んでいた。円堂って、呼びにくいんだもの。それに円堂さんていったら、お客さんとやってるみたいじゃない。

客じゃないか。

円堂がいうと、首をふった。

あたしは客とはやんないもの。円堂さんは客だけど、円ちゃんはあたしの男。

どうちがうんだ。

客とのつきあいは、水商売をアガったら終わり。円ちゃんは、あたしがホステスじゃなくなってもつきあうでしょ。

それはそうだが――。

いいのよ。あたしがわかっていれば。お店にいるときは「円堂さん」で、つきあっているのを他の客やホステスに絶対知られないようにする。二人きりになったら、円ちゃん。

そういって唇を押しつけてきた。押しつけたまま、大好き大好き、とくり返した。

写真から目をはがし、円堂は息を吐いた。

君香とのセックスを思いだし、欲望が兆していた。

立ちあがり、冷蔵庫から冷えた茶をだした。

酒は飲まない。飲めば、欲望がさらに増すことがわかっている。

君香がいなくなったあとも、体のつきあいまでいった女が現われなかったわけではない。

だが君香ほど惚れることもなく、長くもつづかなかった。

一番痛い目にあわされた女を、今も忘れられないでいる自分に腹が立つ。

君香への怒りは、いつしか自分への怒りにかわった。そしてそれはずっと消えずに燃えつづけている。

大きく息を吐き、テーブルにおいた写真を携帯で写した。二見の部分をトリミングし、メールで中村のパソコンに送った。

すぐに中村からの返事が届いた。

『写真、受け取った。粗いが、何とかなるだろう。加工した写真、そっちにも送ろうか』

『頼む。今日は先に帰って悪かった。団体の予約が入っていたのを忘れていたんだ』

円堂はそう返した。中村からの返事はなかった。

写真を見つめ、捨てようかと迷った。もっていても、怒りや情けない欲望しかひきおこさない。

捨てたほうがマシだ。

引き裂こうと指をかけ、思いとどまった。

捨てるのは、あのカリフォルニア・スパイダーの在り処をつきとめてからでいい。車が誰のもとにあり、君香と二見が今、どうしているかを知ったそのとき、この写真は不要になる。

大きく息を吸い、写真をおいてあった場所に戻した。クローゼットの棚においた、空の靴箱の中だ。煙草を吸っていた頃に使っていた、ダンヒルやカルティエのライターや、今となっては着けるのがためらわれるパテック フィリップの腕時計などがほうりこんである。ライターは二束三文だろうが、腕時計は売ればそこそこの金になる筈だ。「いろいろ」を始めるときに、もっていた預金はすべてはたいた。だから切羽詰まったときは、売ろうと決めている。

そんな日がこないことを願っているが、いつ何があるかわからない。そういう意味では記念品であり、虎の子だった。

自分と同じようにバブルの記念品を抱えて生きている人間はたくさんいるにちがいない。

その中では自分は、まちがいなく幸せなほうだ。

シャワーを浴び、ベッドに入った。写真を見てしまったことで、奥底に閉じこめていた君香との記憶が次々とよみがえってくる。

思いだすまいとしているうちは苦かった。が、明りを消し、目を閉じて、自らへの抵抗をあきらめると苦さは甘さにかわった。

眠りの入口で、円堂はあたたかな気持になった。甘さが苦さに戻るのは、明日の朝でいい。思い出は夢と同じだ。できれば、君香との幸せな時間を、夢の中でくり返したい。

7

　夢に君香は現われなかった。日曜は部屋の掃除と洗濯で潰れた。作るのは面倒で、マンションに近いラーメン屋で晩飯をすませ、円堂は早々にベッドに入った。月曜は朝から豊洲に仕入れにいく。仕入れた品を店におき、昼食をとって自宅で仮眠した。「いろいろ」ではランチはやっていない。やってほしいという客の声もあるが、今のところそのつもりはない。

　四時過ぎに店に入った。ケンジがすでにいて、仕入れた食材の下ごしらえをしている。

「おはようございます！」

「おはよう」

「さっき、親方あてに電話がありました」

　サクどりしたカンパチの身にペーパータオルを巻きながらケンジがいった。

「誰から」

「女の人です。名前訊こうと思ったら、切られちゃいました」

　円堂は首をふった。「いろいろ」を開店する前、携帯の番号を新しくした。心機一転、過去のしがらみと縁を切ろうと思ったからだ。

　だから二見興産にいた頃の自分を知る人間が、携帯にかけてくることはない。まして円堂が居酒屋の親父になっているのを知る人間など、当時の知り合いにはほとんどいない筈だ。

「何かの勧誘だろう」

　答えて、厨房に入った。六時から八名の予約が入っている。コースを頼まれているので、その準備にとりかかった。

五時にユウミがきて、客席の掃除を始めた。

六時に暖簾をだすと同時に、団体が入ってきた。お通し、刺盛り、揚げ物と板場は忙しくなった。団体以外の客もぽつぽつと入ってきて、ご飯ものの注文もある。

九時に団体がでていくと同時に、店が空いた。客がひとりもいなくなったのだ。

「引けが早いな」

円堂はいった。開店から今までで、ふだんの一日ぶんの客をさばいたのだから、当然といえば当然だ。おもしろいもので、開店から看板までひっきりなしに客が入る日がつづくことはない。混む日もあれば空く日もあり、月単位で見れば売り上げは極端にはかわらない。一日で測っても、早い時間がひどく忙しければ、遅い時間は暇になることが多い。それを一年で均(なら)しても同じで、売り上げが増える十二月もあれば、暇な八月もあるといった具合だ。

赤字ではないのだから、これが安定してつづけば十分だ、と円堂は思っている。居酒屋で蔵を建てようという気はさらさらない。

「なんか、嵐みたいでしたね」

片付けを終えたユウミがいって、カウンターの端に腰かけた。

そのとき、店の扉が開いた。

「いらっしゃいませ」

ユウミが弾かれたように立ちあがった。

飛びこみではこない客だ。入口に立った男女を見て、円堂は思った。男女とも四十にさしかかったかどうかだろう。女はエルメスのバーキンを携(さ)げ、鮮やかな色のパンツスーツを着けている。男はよく陽に焼け、白いイタリアンカラーのシャツに、カシミヤの紺のブレザーといういでたちだ。サラリーマンやOLの筈はなく、といって水商売ともちがう。

　芸能系の仕事をしていそうなタイプだ。

「二人なんですが、まだ大丈夫ですか」

男が訊ねた。甘い顔立ちでヒゲを生やしている。

「大丈夫です。どうぞ」

円堂はいった。男は女をふりかえり、

「よかったね」

と頷いてみせた。二人は席を訊ねることもせず、カウンターに寄った。

「あ、あちらのお席も空いています」

　ユウミがボックスを示すと、

「カウンターがいい。ね」

　女が男にいい、男も頷いた。

「どうぞ」

　ユウミがいって、品書きをさしだした。が、二人は壁に貼った短冊を見ていた。

「お飲みものは？」

「僕は生ビール」

「わたしも生ビールかな」

「承知しました」

　ケンジが素早くサーバーにジョッキをあてがい、円堂はお通しを用意した。

「カンパチの塩焼き」

　女がいった。

「僕はポテトサラダとニラ玉」

　ユウミが注文を書きとめていく。

「おいしい」

　お通しの南蛮漬けを口にした女がいった。美人ではないが、男好きのする顔だ。わずかに垂れた目尻と泣きボクロのせいだろう。

円堂は中華鍋を火にかけた。ケンジがニラを冷蔵庫からだし、刻んだ。

男がいった。

「ポテサラもうまいよ」

男がいった。言葉づかいも顔立ちもやさしいが、どこかとってつけたような空気がある。

中華鍋があたたまるのを待って、円堂はニラを入れた。塩をふって、さっと炒めたあと、一度鍋からだす。鍋に油を多めにいれ、卵液を玉で流しこんだ。半熟になったところにニラを戻し、鶏ガラスープの素とコショウをふり、醬油をたらす。

「本当！　おいしい」

ポテトサラダをつまんだ女が高い声でいった。

ケンジが円堂をちらりと見て、塩をふったカンパチの切り身をグリルにのせた。遠火の強火で焼き始める。

ニラ玉を食べた男が唸り声をあげた。

「うまい。こんなにうまいニラ玉は初めて食べた」

「ありがとうございます」

円堂はいって頭を下げた。

「わたし、ここにこんないいお店があるなんて知らなかった。長いんですか、こちら」

女が訊ねた。甘ったるい、どこか粘つく喋り方だ。

「九年になります。お近くなんですか」

「近いといえば、近いけど……」

男がいって、二人は顔を見合わせた。

「何時から何時まで、やっているのですか」

円堂は二人のかたわらに立つユウミに目をやった。

「六時から開けて、十時半ラストオーダーの十一時半閉店です」

ユウミが答えると、女は円堂と比べ見た。

「お嬢さん？」

「ちがいます。従業員です」

ユウミが首をふった。円堂は二人の手もとを見ていた。うまいを連発するわりに、料理も酒も減っていない。

「三人でやっていらっしゃるの？」

女がケンジをちらりと見やり、訊ねた。

「小さな店ですから」

円堂は答えた。

「お休みはいつですか」

男が訊ね、

「日曜日です」

ユウミが答えた。

「月曜から土曜、六時から十一時半までね」

女がいった。


「はい」

「あなた、お名前は？」

「ユウミです」

女が目を広げ、ユウミを見た。品定めをしているような視線だった。

「ユウミさんね。わたしは真紀子っていいます。沖中真紀子です。よろしく」

「上野です」

男がいった。円堂を見つめている。

「円堂と申します」

円堂は頭を下げた。

「失礼ですが、円堂さんのご出身はどちらですか」

「神奈川ですが、何か？」

「いや、小学校の同級生に円堂という奴がいましてね。僕は福井なんで、もしかしたら親戚じゃないかって。遠い藤の遠藤さんなら珍しくないけど、円にお堂って、珍しいお名前ですから」

　上野はいった。

「福井に親戚はいないと思います」

　答えながら、円堂は苦笑をかみ殺した。「エンドウです」と名乗りはしたが、字までは教えていない。なのに上野は、円堂の字がどう書くかを知っていた。

「この味なら、渋谷とか新宿でやったら、もっとお客さんが入るのに。もったいない」

　真紀子と名乗った女がいった。

「いえいえ。素人の真似ごとです。大きな街じゃ勝負になりません」

　円堂は首をふった。

「そうかなあ」

「上野さんはそういう関係のお仕事なのですか」

　円堂は訊ねた。

「いや。全然ちがう商売です。ユーチューブの番組を配信しています」

　いって上野は名刺をさしだした。

「ジャストTV　代表取締役社長　上野友稔（ともき）」と記されている。

「ユーチューブですか！」

　ユウミが目を輝かせた。真紀子がバッグを膝にのせた。名刺をだす。

「わたしは、ユーチューブのタレントさんをマネージメントしているの」

「オキナカプロ　沖中真紀子」とある。

「ショップカードあります？」

　真紀子が訊ね、円堂は首をふった。

「すみません。名刺とか、そういうちゃんとしたものがまるでないんです。ただの居酒屋なもので」

「うちの番組で、居酒屋を回るやつがあるんです。売れない芸人さんがやっているのですけど、こちらを紹介してもよろしいでしょうか」

上野がいってつづけた。

「あの、テレビほどは影響力がないので、あまり期待されても何なのですが」

「紹介していただくのはかまいません。ただ他のお客様を撮影されたりするのはちょっと――」

「もちろんそこは注意します。お顔にボカシをかけられますし、編集したものをご覧いただいて、まずいようならアップはしませんので」

「百万人近い人が見ている番組なんですよ」

真紀子がいった。

「すごい」

ユウミがいった。上野は首をふった。

「百万人っていったところで、テレビの視聴率でいえば、一パーセントですから」

「でもテレビとちがってユーチューブは、好きな人がチャンネル登録をしてくれるわけですから、テレビのながら見とはちがうんです」

真紀子はいってユウミを見つめた。

「あなた、ここ以外に何かお仕事していらっしゃるの？」

ユウミは困惑したように円堂を見た。円堂は無言で頷いた。

「劇団に所属しています。小さなところですけど」

「じゃあ女優さんなのね！」

ユウミは手をふった。

「そんなたいしたものじゃありません。ただ舞台が好きなだけで」

「お芝居見させて。近いうちに公演の予定はあるの？」

「いえ。たぶん来年になると思います」

「残念だわ。一度ゆっくりお話しさせていただいていいかしら？」

真紀子はいって円堂をうかがった。

「決めるのは彼女です」

円堂はいった。

「お名前、もう一度聞いていい？」

真紀子はかたわらに立つユウミの腕に手をかけた。

「穴井優美です」

字を訊き、真紀子は携帯に打ちこんだ。

「ラインを教えて下さる？」

「あ、はい」

ユウミは自分の携帯をとりだした。二人がラインを交換すると、

「いけない！」

上野が大きな声をだした。携帯をのぞきこんでいる。

「ミーティングがあるのを忘れてた。お勘定をしていただけますか」

「今度、またゆっくりききます。穴井さんは毎日ここにいらっしゃるの？」

真紀子の問いにユウミは頷いた。

あわただしく勘定をすませ、二人はでていった。焼きあがったカンパチにはほとんど箸をつけていなかった。

「うまいとかいうわりに、ほとんど食べませんでしたね。ビールも飲んでないし」

ケンジがぽつりといった。

「そういうこともあるさ」

円堂はいった。ユウミはもらった真紀子の名刺を見ている。

「会社はどこにある?」

円堂は訊ねた。

「六本木です。でも——」

「でも?」

「なんでうちにきたんでしょうね」

ユウミは首を傾げた。

「近所で会合か何かがあったのじゃないか」

ケンジがいって円堂を見た。

「さあな」

食事がしたくてきたのではないことは確かだ。

扉が開いた。すぐ近所に住む、常連の老人だった。

「いらっしゃいませ」

会話はそこで途切れた。

8

円堂は早めに「いろいろ」をでた。地下鉄で銀座に向かい、「マザー」の扉を押した。

「マザー」は混んでいた。六人の団体がカラオケを歌っている。カウンターにすわったものの、入ったことを円堂は後悔した。

「十二時までなの。ちょっと我慢して」

アイスペールを手に通りかかった委津子が円堂に耳打ちした。

円堂は腕時計を見た。まだ三十分以上ある。

「他で一杯やってくる」

カウンターの内側に立つ崎田にいって立ちあがった。崎田は無言で頷いた。

「マザー」をでてエレベータに乗りこみ、ビルの外に立った円堂は息を吐いた。他で、といったもののの、いくあてはまるでない。

少し歩き、並木通りの外れにあるカウンターバーを思いだした。委津子が大箱で働いていた頃、アフターでちょくちょく連れていかれた。バーテンダーひとりでやっている、暗い店だ。

今もあるだろうか。そこならショットで飲んで、数千円ですむ筈だ。

「ビュウ」という店だった。古い雑居ビルの地下にある。白地にそっけなく「ビュウ」と記された看板を見つけ、円堂はほっと息を吐いた。

階段を降り、木製の扉を押した。

「いらっしゃいませ」

口ヒゲを生やした、四十くらいのバーテンダーが、カウンターの中からいった。八人で満席になるバーだ。が、客はひとりもいない。

「お好きなところにどうぞ」

カウンターバーは、端を好む常連客が多く、自分の好きな席が埋まっていると帰ってしまうことがあると聞いていた。

「端の席でもいいですか」

「もちろんです。初めてのご来店ですか」

バーテンダーは頷いて、円堂を見た。

「いえ。三十年以上前に何回か、きたことがあります」

バーテンダーは片方の眉を吊り上げた。

「白い顎ヒゲをのばしたバーテンさんがいらっしゃった」

円堂がつづけると、バーテンダーは顔をほころばせた。

「伯父です」

「伯父さん、ですか」

「父の兄で、四年前に亡くなりました。亡くなる前日まで、この店にでていました。独り身で、店をどうしようかという話になり、僕がやらせてもらうことになりました。常連さんにいろいろ教えていただいて、何とかもっています」

「そうだったんですか」

カウンターの端からひとつ隣のストゥールに円堂は腰かけた。

「私はまったく常連ではありませんでしたが、伯父さんのお姿はよく覚えています。物静かで、いつもそこに立っていらした」

バーテンは頷いた。

「この、まん中ですよね。常連さんから教えていただいたんです。伯父はいつもここに立って、お客様のグラスに目を配っていた、と。あ、何を召し上がりますか」

「ジンリッキーを下さい」

「レモンかライムを搾りますか」

「レモンをお願いします」

タンカレーをソーダで割り、レモンを絞ったグラスが円堂の前におかれた。

「いただきます」

円堂はグラスを掲げた。バーテンダーが名刺をさしだした。「バー　ビュウ　川口拓也（かわぐちたくや）」と記されている。

「円堂です」

「円堂さん。よろしくお願いします」

「こちらこそ」

挨拶はしたものの、川口にそれ以上話しかけてくる気配はなかった。無駄なお喋りをしないことも、常連に教わったのだろうか。

だとすれば、立派な常連客をもっている店だ。

「静かだが落ちつける」というのが、あらゆる飲食店の理想だと円堂は思っていた。

従業員と常連客が始終喋っている店は、新来の客には落ちつかない。初めてでも十度めでも、同じような雰囲気にひたれる店が最良だと円堂は思っている。

メニューについて訊かれ、

「食べればわかります」

などと答える料理屋の親父は論外だ。味の好みもあるし、近年はアレルギーの問題もある。どんな食材を用い、味つけはどうしているのかを、円堂はなるべくていねいに答えることにしていた。

味に自信があればそんな必要はない、というのは、料理人の思い上がりだ。万一、客がアナフィラキシーショックを起こしたらどうするのか。知りませんでしたではすまされない。

人が口に入れるものを提供する責任は重い。

ジンリッキーを半分ほど飲んだとき、携帯が振動した。委津子からのメールだった。

『帰ったの?』

『バービュウにいる』

と返すと、

『いきたかったの。今からいく』

ときた。

『了解』

委津子は十分足らずで現われた。

「いらっしゃいませ」

「なつかしい」

つぶやいて、委津子は円堂の隣に腰をおろした。

「団体さんは帰ったのか」

「お帰りになりました。今日は早い時間からやたら忙しくて、今になってお客さまがいなくなっちやった」

委津子がいったので円堂は笑った。

「なあに？　あ、わたしもこちらと同じものを下さい」

「ジンリッキーですが、レモンを搾ってよろしいでしょうか」

「ええ」

「うちも同じだった。早い時間にやたら混んで、一気に空いた」

円堂はいった。

「そういう日ってあるわよね」

川口がさしだしたグラスを手にとり、円堂のグラスに軽くあてた。

「いただきます」

「お疲れさま」

ジンリッキーをひと口飲み、

「川口さんの息子さん？」

委津子は川口を見つめた。

「甥です」

言葉少なに川口は答えた。

「顎ヒゲのマスターは四年前に亡くなったそうだ」

円堂がいうと、

「じゃあ、あたし四年以上こちらにうかがっていなかったのね」

委津子はつぶやいた。

「よくお越しいただいていたのですか」

川口が訊ねた。

「月に二回くらいは。静かでとても素敵なマスターでした。うるさい人とは絶対きたくないお店だった」

川口は無言で頭を下げた。

「うるさい人じゃなくてよかった」

　円堂はつぶやいた。

「で、どうだったの？　捜しにいったのでしょう」

　委津子が訊ねた。

「車に関しては手がかりは何もなかった。だが会津高原の蕎麦屋に二見がきたらしい」

「二見会長が？　ひとりで？　それとも――」

「ひとりだった。裕福には見えない格好だったそうだ」

「どういうこと？」

「わからない。金に困っているなら、あの車を売ればかなりのものになる。ただ、売ったら売ったで噂になり、捜しにくる人間がいるかもしれない」

「いまだに？」

「三十年前の証文が今でも金になると思うような連中さ。まっとうな奴らじゃない」

「でも本当に貧乏していたら、そんなの気にしていられないのじゃない？」

「確かに」

　しばらく黙っていた委津子がいった。

「今もいっしょなのかな、二人」

「わからん。だがいっしょにいてほしい」

「金の切れ目で別れたとは思わない？」

「中村にも同じことをいわれた。別れるならもっと早くに別れている。そしてそうなら――」

　円堂が言葉を呑みこんだ。

「円堂さんに連絡をよこした？」

「少なくとも、東京には戻ってきたさ。田舎で暮らせるような女じゃなかった」

「五年なら、そうしたでしょうね。でも十年二十年たっていたら、今いるところでいいと思うかもしれない」

「どうやって食べていく？」

「男とちがって、女は何とかなるものよ。まして美人だもの。多少年がいってたって、いくらでも面倒みたいって男が寄ってくる」

円堂は黙った。もし戻ってきたら、自分はどうしただろう。五年、十年、二十年、それぞれのタイミングでちがったかもしれない。

「それで、まだ捜すの？」

「中村は捜す気だ」

「円堂さんは？」

「店があるし、そうそう那須や会津にいけない」

「本当に、今でもいっしょにいてほしいと思ってる？」

委津子の声に鋭さを感じた。円堂は委津子を見た。

「ああ、思っている。できれば仲よく暮らしていてもらいたい」

「そのほうがあきらめがつくからでしょう」

「今さら、あきらめもへったくれもない」

円堂は笑った。

委津子は円堂を見返し、

「そう」

と頷いた。

「お店に戻るわ。どうする？」

「今日はここでもう少し飲んでから帰るよ」

円堂はいった。君香に関する会話をつづけたくない。

「わかりました。じゃ、お先」

委津子はいって立ち上がった。

「この近くで『マザー』というスナックをやって

いる津田と申します。伯父さまの時代はホステスだったのでよくうかがいました。また改めてうかがいます」

ていねいに川口に挨拶し、でていった。

「お代わり、いかがされますか」

店の扉が閉まると川口が訊ねた。

「同じものを下さい」

円堂はいって、息を吐いた。川口は無言でジンリッキーを作り、円堂の前においた。

委津子がなぜそこまで君香にこだわるのかがわからなかった。委津子と君香が会ったのは一度きりの筈だ。銀座のホテルで開かれた二見興産の忘年パーティの会場だった。

関係企業、顧客、銀座・六本木のホステスを招いた盛大なパーティで、海外旅行や高級家電製品が当たるビンゴもおこなった。馴染みの鮨店やレストランからの出店を頼み、シャンペンタワーが会場のあちこちに立っていた。

今思えば、浮かれていたとしかいいようのない騒ぎだ。それを夏の納涼会と暮れの忘年会で、年に二度開いていた。ホテルの宴会場を押さえるのも苦労した。同じようなパーティを開く企業や団体が多かったからだ。

ホテルの客室はスイートルームから埋まり、新幹線も自由席よりグリーン車が混み、タクシーよりハイヤーのほうが先につかまらなくなる時代だった。

皆が浮かれていた。

世間には、バブルの恩恵などこれっぽっちも受けなかったという人間もいるだろう。だが恩恵を受けなければ傷も負わなかった筈だ。

思いだした。千人近い人間がひしめくパーティ会場で、委津子に話しかけられたのだ。

「君香さんて、どの人？」

　会場にはホステスだけで百人近くがいた。

「紹介するよ」

　パーティの運営にタッチしていない円堂は気楽な立場だった。ただ二見興産の人間としてタキシードの着用を義務づけられていた。

　同じ店のホステスときていた君香を見つけ、ひっぱっていった。

「こちら、銀座の『モンターニュ』の委津子さんだ」

　君香は目をみひらいた。「モンターニュ」は、銀座で一、二を争う大箱の高級店で、委津子はそのナンバーワンとして名前を知られていた。

「君香です。六本木の『カリエンテ』にいます」

「タレントさんとかモデルさんが多いんで有名なお店ね。よろしくお願いします。銀座に興味はあります？」

　君香は首をふった。

「あたしなんかじゃ勤まりません」

「そんなことといわないで。どこでもいっしょよ。それに銀座のほうが拘束時間が短いし」

「俺はちょっと失礼する」

　その場にいにくい気配を感じ、円堂は離れた。

　それから二人がどれくらい話したのかを円堂は知らない。君香も委津子もその後何もいわなかったので、忘れていた。

「いらっしゃいませ」

　新来の客に、円堂は我にかえった。ホステスだった。酔っているのか、足もとがおぼつかない。

カウンターに手をつき、

「たどりついたあ」

といって息を吐いた。

「おひとりですか」

「そう。いい?」

横顔を見て、円堂は息を呑んだ。君香だ。

が、すぐそうではないと気づいた。年齢がまったくちがう。入ってきた女は二十七、八だ。確かに額から鼻にかけてと目もとが似ているが、口もとはちがう。君香は口がもう少し大きかった。が、姉妹や親子だといわれれば、そうかもしれないと思うほど似ている。

視線を感じたのか、女は円堂をふり向いた。

「ごめんなさい。うるさかったです?」

首をすくめた。

「いえ」

円堂は首をふった。

「どうぞ。おすわり下さい」

川口がいった。その口調から常連客ではないことがうかがえた。

「ありがとうございます」

さっきまで委津子がいた椅子に女は腰をおろした。レザージャケットに薄いワンピース姿だ。

「冷たいお水と白ワインを下さい」

川口が冷蔵庫からだしたミネラルウォーターをグラスに注いだ。氷は入れない。それを半分ほど飲み、女はふうっと息を吐いた。

「助かったあ」

川口がワイングラスを女の前におくと、手にし、じっと見つめた。

「よごれていますか」

川口が気にした。女は首をふった。

「ちがうの。今日、何杯めだろうと思って」

「ワインがお好きなのですか」

「お酒は何でも好き。ウイスキーや焼酎も好き。ワインをたくさん飲むのは、一番酔わないから」

女は円堂を見た。

「何を飲んでいらっしゃるんですか」

口調をかえ、訊ねた。

「ジンです」

「ジン、か。昔、ジンの好きな人がいて、あたしは苦手だったな」

女はつぶやいた。

「酒は好きなものを飲めばいい」

円堂はいった。女はこっくりと頷き、ワインをひと口飲んだ。

帰ろうかと思っていたが、もう少しこの女の顔を見たくなった。

「さっき、あたしを見て、びっくりしたような顔をされてましたね」

前を向いたまま女がいった。円堂は小さく息を吐いた。

「ええ」

「酔っぱらいの女が珍しい街でもないのに」

「ナンパだと思われたら困るのですが、昔あなたに似た人を知っていた。一瞬、本人かと思ったくらいです。もちろん、そんな筈はないのですが」

「その人もホステスだったのですか」

「ええ。銀座ではなく、六本木で働いていました」

女は円堂を見た。

「その人の名前は何というんです?」

「君香といいました」

「君香さん……」

女はつぶやいた。

「あたしは奈緒子(なおこ)です」

「奈緒子さん。円堂といいます」

「円堂さん。もう少しお話しさせていただいていいですか」

川口を気にしながら、女は訊ねた。

「もちろん」

円堂は答え、川口も無言で頷いた。

「年からいって、本人じゃないとすぐにわかりましたが、次は親子を疑いました」

円堂は告げた。

「その君香さんはおいくつなんですか」

「ずっと会っていませんが、五十七、八。あなたのお母さんでおかしくない」

「そうですね。あたしの母は六十ですけど、六本木で働いていた話を聞いたことはありません」

円堂は苦笑した。

「失礼しました」

「円堂さんはこちらのお店にはよくいらっしゃるのですか」

奈緒子が訊ねた。頭の回転のよさを感じさせる口調だ。

「今日、何十年かぶりにきました」

「あたしは二度めです。去年、アフターで連れてこられて、それからずっとひとりできたいと思っていて、ようやく今日こられました。店では飲み要員なんで、アフターがなくて、しかも大酔っぱらいじゃない日でないとこられないので」

飲み要員とは、客のボトルやシャンペン、ワインなどを空けるために席に呼ばれるホステスだ。酒に強くてさほど売れっ子ではない者が選ばれる。

「昨年、おみえいただいたのですか」

川口が訊ねた。

「ええ。吉住(よしずみ)さんと。亡くなった——」

川口は目をみひらいた。

「吉住様ですか。はい、そういえば昨年の夏に四人でおみえになって。あのときの――」

「そうです。吉住さんは癌で、もう半年くらいの命だから、今日が最後の銀座だっておっしゃって」

奈緒子は声を詰まらせた。川口は頷いた。

「伯父の代からきて下さっていたお客様です。昨年、八十で亡くなられて」

「『お前の飲みっぷりがいい』って、かわいがって下さったんです。自分はもう飲めないから、飲んでいる女の子を見ているだけで楽しいって。いいお客様でした。係じゃないのに、いつもつきあってくれてありがとうなっておっしゃって……」

係のホステスなら、店での客の売り上げはそっくり自分の稼ぎに反映される。だからアフターにつきあうのはあたり前だ。係でないホステスにとっては、同伴出勤は店に課せられたノルマがあるので必要だが、アフターは口説かれる危険もあり、かわせるものならかわしたい。

奈緒子は洟をすすった。

「ごめんなさい。湿っぽいことといってしまって……」

「いや。いいお客さんだったようですね」

奈緒子はこっくりと頷いた。

「吉住さんのこともあったのですが、このお店の雰囲気が素敵で。あたし、お店が終わってから、ひとりでバーで飲むのが好きなんです。どれだけ酒好きなんだよって話ですが」

「そういうお客さまはいらっしゃいます。自分が働いている店で飲むお酒と、ひとりでバーで飲むお酒は別だとおっしゃって」

川口は頷いた。

「でも、お客様や他の店の子がたくさんくるようなお店は嫌なんです。女の子どうしで愚痴を話しているのとか聞きたくなくて。だから、あまりお客さんの多くないバーを探していて――」

そこまでいいかけ、奈緒子は目を丸くした。

「ごめんなさい！　こちらの悪口をいう気はなかったんです」

「どうぞ、ご心配なく。静かなのが取り柄のような店ですから」

川口は笑った。円堂は口を開いた。

「奈緒子さんのおっしゃることは私もわかります。こういうバーのカウンターにお客さんがぎっしりすわっていたら、私も入りたくない。他の人の話が嫌でも聞こえてしまいますから。二人か三人、それもひとりの客ばかり、というのが理想です。とはいえ、そんなことを求められたら、バーのほうはやっていけない」

「いえ。うちは私ひとりですから、毎日、三人お客さまがいらしていただけるなら、何とかやっていけます」

川口が微笑んだ。

「じゃあ、あとひとりね」

奈緒子がいって目を輝かせた。

「あたしと円堂さんと、あとひとりが毎日くればいいのでしょう。あまりお喋りじゃなくて、お酒の強い人」

円堂は笑いだした。

「あなたは毎日こられるだろうが、私はそうはいかない」

奈緒子は首を傾げた。

「円堂さんはよく銀座にこられるのじゃないので

すか」

「そんな身分じゃありません。せいぜい月に一度か二度です」

円堂は首をふった。

「でもさっき、何十年かぶりにここにいらしたとおっしゃってました。よく銀座にこられる方でなければ、久しぶりのお店になんていかないでしょう?」

奈緒子はくいさがってきた。

「今日はたまたまです。唯一のいきつけのお店が騒がしくて、どこか他にいこうと思ったものの、心当たりがなく、記憶にあったここにきた」

「思いだしていただいてありがとうございました」

川口が頭を下げた。

「古いお店なんですか」

奈緒子が川口を見た。

「じき四十二年です」

「四十二年!」

「私の伯父が始めて、四年前に私が継がせてもらいました」

「すごい。四十年以上もつづいているお店なんてあるんですね」

「銀座にはたくさんあります。バーだけじゃなくてクラブでも五十年以上というお店があるし、レストランまで含めたら、それこそ戦前からやっているお店もある」

円堂がいうと、奈緒子は目をみひらいた。

「えっ、じゃあ百年とか?」

「そういうお店もあるでしょうね」

奈緒子はふうっと息を吐いた。

「そんなお話をうかがうと、銀座ってすごい街だなって思います」

「あなたもその一部だ。ホステス、マネージャー、バーテンダー、コック、ボーイ、板前、仲居、皿洗い、そういう人たち全部で銀座の街を作り、そこに客がやってきてお金を落とす。値段以上の店もあれば、値段相応、値段にはとても見合わないボッタクリまがいの店まで、いろいろあるでしょうが、それらすべてで、できている」

奈緒子は神妙な顔で頷いた。

「あたし、ボッタクリホステスじゃないといいのですけど」

円堂は笑った。

「それは私にはわからない」

「円堂さんも水商売なのですか」

「小さな居酒屋の親父です」

「銀座でおやりになっているのですか」

川口が訊ねたので首をふった。

「いやいや。中目黒です。若い頃、それこそバブルの時代には別の仕事をしていたので、銀座や六本木で飲むこともありました。今はもう、とてもそんな身分じゃない」

「絶対ちがう」

奈緒子が首をふった。

「円堂さんがやっている居酒屋さんは、きっとすごくおいしい、いいお店だと思います」

「ありがとう。でもクラブにはいけないよ」

円堂はにやりと笑っていった。

「営業でいってるんじゃありません!」

奈緒子は口を尖らせた。

「中目黒のどちらでしょう。さしつかえなければ教えていただけないでしょうか。私、実家が都立大駅の近くなので、うかがってみたいのですが」

川口が訊ねた。

「駅に近い『いろいろ』というお店です。家庭料理に毛が生えたようなものしかだせない、小さな居酒屋です。酒だって特別なものはおいているわけでもないし、自慢できるところは何もありません」

「中目黒の『いろいろ』ですね」

奈緒子はスマホをとりだした。アプリでチェックしたのか、

「すごい高評価じゃないですか。『和食から中華、洋食まで良心的な値段で、すべてがおいしくて大満足』って書きこみがあります」

といった。

「そういうお客様もいれば、『二度とこない』という人もいます。人の舌はそれぞれですから」

円堂は笑った。

「あたしも今度うかがっていいですか」

「もちろん。ただしワインは安物しかありません。いいワインが飲みたいというお客様にはもちこみをお願いしています」

「安物で十分です。たくさん飲めるだけで満足するていどの舌しかもってません」

奈緒子がいい、円堂は好感をもった。

「ではどうぞ」

そして川口に勘定をするように目で合図した。

「お帰りですか」

奈緒子の問いに頷いた。

「ええ。明日も店がありますから」

「あの、ひとつ立ち入ったことを訊いていいでしょうか」

奈緒子はいった。川口がだした勘定書は拍子抜けするほど安かった。委津子のぶんを含めても五

千円に届かない。

「どうぞ」

「お二人が別れた理由は何ですか」

　円堂は奈緒子を見た。

「つきあっていたといいましたっけ」

　奈緒子はまっすぐ円堂を見返した。その強い視線は君香とよく似ていた。

「いいえ。でもずっと会っていなかったのに思いだすってことは、つきあっていたからじゃないのですか」

「確かに。あなたのいう通りです。つきあっていました」

「不倫ですか」

　奈緒子が訊いた。川口が驚いたように目をみひらいた。

「いいえ。私は結婚したかった。だができなかった。フラれたんです」

　円堂は微笑んだ。奈緒子はゆっくり首をふった。

「そんな筈ない。円堂さんみたいな人をフる女はいません」

「嬉しい言葉ですが、事実は事実です」

　奈緒子の目に力がこもった。

「絶対ちがう。円堂さんにはフラれたように思えても、何か別の理由があった筈」

「別の理由ね」

　自分の顔から笑みが消えたのがわかった。酔っている相手にムキになってもしかたがない。

「その話は、いつかまたしましょう。今日はこれで失礼します」

　円堂は立ち上がった。

「ありがとうございました」

　川口が頭を下げた。

「じゃ、また」

円堂はどちらにともなくいって扉に歩みよった。

「会いにいきますね」

奈緒子がいった。円堂はふりかえった。

「楽しみにしてます」

告げて、扉を押した。

9

二日後に中村からメールで二見の画像が届いた。円堂が送った古い写真を加工したものだった。髪が白くなり、目もとや口もとに皺が加えられている。

『いろいろやってみたが、これが限界だ。今の二見に似ているかどうかはわからないが』

というメッセージが添えられていた。

携帯の画面いっぱいに拡大し、円堂は見つめた。元の写真が笑顔なので、白髪頭の二見も笑っている。

この通りの姿なら、いい年のとりかたをしたと思える。実際は、もっとやつれ皺も深いのではないか。

君香の現在を想像した。

さすがに白髪頭ではないだろう。生えているとしても染めるにちがいない。

皺はどうなのか。年をとれば目もとがたるみ豊齢線が口もとに刻みこまれる。だが思い浮かべることはできなかった。円堂の中の君香は、若くきれいなままだ。

『写真、受けとった。たいしたものだ』

メールを送ると、すぐに返事があった。

『これを会津高原の蕎麦屋にもっていって、似ているかどうか訊いてみる。モンタージュ写真みたいなものだ。ちがうところを聞いて、より似せたら、ガソリンスタンドとか食いもの屋で見せて回る』

そこまでやるのか、と円堂は思った。が、せっかく写真を加工した以上、使わなければ意味がない。

『仕事に支障がでないように。ファンが泣くぞ』

『俺の本を読んだこともないくせによくいうよ』

読んだことはある。が、物語にうまく入っていけなかった。つまらなかったのではない。

剣の道に生きるストイックな主人公と、書いている中村がどうにもつながらないのだ。

『読んだよ。主人公がカッコよすぎた』

円堂は打った。間が空いた。

『作家ってのは皆、自分の理想を描くんだ。カッコよくてあたり前だ』

『勉強になります』

メールのやりとりはそこで終わった。

五日後、上野がひとりで「いろいろ」に現われた。つまみを二品ほどとり、焼酎のボトルを入れた。

「このあいだはすぐ帰ってしまったんで、ゆっくりきたかったんですよ。沖中さんも誘ったんですが、今日は用事があるというので、私ひとりできました」

「ありがとうございます」

時刻は九時過ぎだ。

「円堂さんも一杯いかがですか。お好きな酒をどうぞ」

「じゃあビールを一杯いただきます」

円堂はケンジに目で合図した。小さなタンブラーに生ビールを注がせる。

「ではちょうだいします」

　円堂はタンブラーを掲げた。ひと口だけ飲み、板場の、上野から見えない位置におく。

「実は沖中さんが円堂さんにぞっこんでしてね。こんなことを話したら怒られちゃうんですが、『渋い大将だ。素敵だ』って、あれからずっと騒いでいるんですよ」

「光栄です」

「夜は夜で、いろんな関係と会食とかで忙しい人だから、なかなかお店にうかがえない。なので、『上野さん、いろいろリサーチしてよ』って頼まれましてね」

　上野はいって意味ありげに目配せした。

「がっかりされるだけです。何もない、つまらない人間です」

　円堂は首をふった。

「結婚はされているのですか」

「いえ。独り身です」

「ずっと？」

「ずっとです」

　円堂が答えると、上野はユウミを見た。

「おかしいと思わない？　こんなカッコいい大将がずっと独身なんて。それとも女の人には興味ないのかな」

「そんなことはないと思います。マジメなんです。うちの親方は」

「ほう。若い頃、さんざん遊んだとか」

　上野は円堂を見た。

「そういう時代でしたから。調子に乗っていたときもあります」

「そういう時代というと、バブルの頃とかですか」

円堂は頷いた。

「上野さんはおいくつですか」

「四十になったばかりです。バブルというと、一九九〇年くらいですか」

「絶頂は、その少し前です」

「じゃあ円堂さんもまだ二十代？」

円堂は頷いた。

「何をされていらしたのですか」

上野の目が真剣味を帯びた。円堂は目をそらした。

「あれやこれやです。胸を張れるようなことは何もしていません」

「その頃から飲食業をされていたわけではないのですね」

「していたら、もう少しまともな料理をおだしできるのですが」

「いえ、十分うまいですよ。この煮奴（にやっこ）なんて、下町でもこれだけのものをだす店はなかなかありません」

上野はいって身を乗りだした。

「知りたいな。円堂さんのことを聞かせて下さい。沖中さんのリクエストにも応えないと」

そのとき新来の客が現われた。近所に住む夫婦者だ。週に二度はくる。

「いらっしゃいませ」

料理の注文が入り、円堂は包丁を手にした。

「あとでお電話さしあげます」

上野が小声でいった。無言で見返した円堂に、

「沖中さんがこの後、三人でお酒を飲みたいとメールをしてきて。そんなに遅くまではひっぱりません。お店のあと、一時間くらい。いかがです

か」

　とつづけた。

「わかりました」

　円堂は頷いた。

　それからは上野はひとりで携帯をいじっていた。

　スマホが普及してからは、携帯をのぞきながらひとり飲みする客が多くなった。映画や好きなミュージシャンの動画を眺めながら飲んでいるのだ。イヤフォンを使っているので、音が迷惑なこともない。ただそういう客が何組もいると、店は妙な沈黙に支配される。ひとりで笑ったり、ため息をつきながら画面に見入り、酒や料理の注文をするときだけ言葉を発する。ケンジやユウミは、違和感がないという。自分たちも家にいるときは同じようなものだから、と。

　騒がれたり、やたらに話しかけてくる客よりはマシかもしれない。

　三十分ほどいて、

「じゃあ後ほど」

　と告げ、上野は帰っていった。

　十一時に夫婦者が帰ると、店は空になった。それを待っていたかのように店の電話が鳴った。

「はい、『いろいろ』でございます」

　電話をとったユウミが円堂を見た。

「上野さんです」

　円堂は手をのばした。

「先ほどはありがとうございました」

「いいえ。とんでもない。ご都合はいかがでしょう？」

　断ろうかとも思った。が、上野の狙いがわからないし、今日断わっても、また店にやってくるだろう。売り上げにはつながるが、そのたびにケンジャユウミの前で詮索されたくない。

　何せ、初めて会ったときから、円堂の姓をどう書くのか知っていた。何かを探る目的でやってきたことはまちがいない。

「大丈夫です。もうでられます」

「本当ですか。厚かましいお願いをして申しわけありません。今、代官山の駅に近い『ボン』というワインバーにおります。沖中さんのいきつけのお店です」

「『ボン』ですか」

「はい。私の携帯の番号を申し上げます。もしおわかりにならなかったら、お電話をいただければ、お迎えに参ります」

「承知しました。三十分くらいでうかがえると思います」

　番号をメモし、円堂は電話を切った。ジーンズに革ジャンという私服に着替え、店をでた。

「ボン」の位置を携帯で検索した。代官山の駅から恵比寿の方角に向かってすぐのビルの二階にある。

　タイミングよく電車がきたこともあって、十五分もかからず到着した。ブティックが入ったビルの外階段を使って上がる二階だ。木の分厚い扉に小さく「ＢＯＮ」と記されているだけで、知らなければ入るのをためらうような構えだ。

　扉を押した。中はかなり暗い。ボサノバが流れていて、テーブルがわりのワイン樽がいくつもおかれている。カップルの客が目についた。

　奥のほうで白い手があがった。上野と真紀子が、そこにだけおかれた長椅子に並んでかけていた。ガラステーブルの上にキャンドルランプが点っている。テーブルには赤ワインの入ったデカンタがあった。

「すみません。お呼びたてしてしまって」

真紀子が立ちあがり、いった。生地の薄いワンピースを着けている。

「いえ。お邪魔だったのではありませんか」

円堂はいった。上野が長椅子の向かいのソファに移動し、

「とんでもない。さっ、円堂さんはこちらにかけて下さい」

と真紀子の隣を示した。

「いや、それは――」

「わたしの隣は嫌ですか」

真紀子が円堂を見つめた。酔っているのかとも思ったが、店内が暗くてわからない。

「そういうわけではありません」

「だったらこちらにいらして」

真紀子はかたわらを手で叩いた。

「失礼します」

「赤でいいですか。オーパスのセカンドですから悪いものじゃありません」

上野がデカンタをとりあげ、いった。

「ワインには詳しくないので」

円堂はいった。醸造酒があまり得意ではなかった。ワイン、日本酒はすぐ眠たくなり、ビールは量が飲めない。といって他の酒を頼むというのも厚かましい。

「少しでけっこうです」

「そんなこといわないで」

円堂が手にしたグラスに上野がワインを注いだ。

「お酒が弱いわけではないのでしょう?」

真紀子が横からのぞきこむように円堂を見た。

ストッキングに包まれた膝が円堂の膝にあたりそ

うだ。

「そんなに強くありません。特に仕事のあとはすぐ酔っぱらってしまうんで」

　円堂は嘘を吐いた。

「大将は酔ったらどうなるんです？」

　口もとに笑みを浮かべ、真紀子が訊ねた。

「涎(よだれ)をたらして寝てしまいます」

「かわいい。乾杯」

　三人でグラスを合わせた。

「円堂さんのこと、知りたいんです。聞かせて下さい」

　真紀子が体を寄せてきた。ムスク系の香水が匂った。

「つまらない人間です。話すことなんてありません」

「昔から料理人だったわけじゃないみたいですよ。バブルの頃はいろいろされていたらしい」

　上野がいった。

「いろいろってどんなことです？」

　真紀子が訊ねた。

「つまらない仕事です。お金になれば何でもよかったので」

「危ない仕事をしていらしたの？」

　円堂は首をふった。

「とんでもない。不動産関係です」

「一番儲かった業種ですね」

　上野がいった。

「不動産会社をやっていらしたの？」

「まさか。人に使われていただけです。もしやっていたら、首を吊る羽目になりました」

「わたしは知らないけれど、すごい時代だったのでしょう？　ひと晩で土地の値段が倍になったとか」

「日本中がおかしくなっていました」

「有名な会社につとめてらしたのですか」

上野が訊ねた。

「もうなくなりました」

「潰れたのですか」

「ええ」

「何という会社です？」

「『二見興産』です」

「聞いたことがあるな。会長は有名な人じゃありませんでしたか」

「『地上げの神様』と呼ばれていました」

「そうだ。その二見さんだ。確か、行方不明になったのではありませんか。バブルが弾けたあとに」

円堂は頷いた。

「三十年前の話です」

「それきり見つからずじまいですか？」

「ええ。会社は潰れ、退職金もありませんでした。何もっともあの頃は、そんな人間ばかりでした。何十億という借金を背負わないですんだだけ、まだマシだったかもしれません」

「大変な思いをされたんですね」

真紀子がいった。

「でもそれがどうして居酒屋さんを始められることになったのですか」

上野が訊いた。

「当時から食べ歩くのと飯を作るのが好きだったんです。お金もモノも残りませんでしたが、料理人の真似ごとくらいはできるかもしれないと。思い上がりもいいとこでした。最初の何年かは、いつやめようかと思うくらい駄目駄目で」

円堂は答えた。

「そうだったんですか。常連のお客さんもいっぱいついておられるようだし、順風満帆だったとばかり思っていました」

上野はいった。

「ちゃんと修業をした料理人でも苦労することが多いのに、私みたいな人間がそんなにうまくいったらバチが当たります」

「大将のそういうところがすごくいいなって思うんです」

真紀子が体を寄せ、いった。

「お店にうかがったときも思ったんですが、とても謙虚じゃないですか。お客さんだけじゃなく、使っている人にもやさしくて。自分を大きく見せたがる人が多いのに、大将はまるでちがう。素敵だなって」

円堂は首をふった。

「本当に何もないから。それだけです」

「何か、つらい思いをなさったんですか」

真紀子がいい、円堂は思わずふりむいた。

真紀子の顔がすぐ間近にあった。目がきらきらと輝いている。円堂の瞳をのぞきこみ、いった。

「円堂さんって、何かすごくつらい思いをされたことがあって、それでかわったんじゃないのですか。酔ったフリをして立ち入ったことを訊いちゃいます」

円堂は無言で真紀子を見返した。

「おっと。何だかいづらい雰囲気だな」

上野がいった。

「いいですよ、上野さんは帰っても。わたしの家はここから近いし、円堂さんに送ってもらいますから」

「じゃ、お先するかな」

円堂は上野を見た。

「上野さんが帰られるなら私も――」

「駄目」

真紀子の手が円堂の手をとらえた。

「三十分だけつきあって下さい」

円堂は息を吸いこんだ。上野がさっと立ち上がった。

「会計はすませておきます。どうぞごゆっくりなさっていって下さい」

「上野さん――」

上野は円堂に目配せした。

「女性に恥をかかせちゃ駄目ですよ」

小声でいって、席を離れていく。入口で勘定をすませ、店をでていった。

「ふたりきりになれた」

真紀子がいった。

「六十過ぎの男をからかわないで下さい」

円堂は体を離した。

「年齢は関係ない。円堂さんにはすごく男の色気がある。よほど大変な人生を送った人でなければ、こんなに色気はでません」

円堂が作ったすきまを埋めるように真紀子は身を寄せた。

円堂は息を吐いた。

「いったい何が望みなんです？　からかっているんですか」

「からかっているように見える？　円堂さんのことを本当に知りたいだけよ」

「私の何を知りたいんです？」

「お独りだって上野さんから聞いたけど、つきあっている方はいらっしゃるの？」

円堂は首をふった。

「いいえ」

「じゃお休みの日とかは何をしているんですか」

「何も。部屋の掃除や洗濯をしたり、時間が余れば映画を見にいくくらいです」

「ギャンブルは？　パチンコとか競馬とか」

「やりません」

「どうしてずっと独身なんです？　女が嫌いなの？」

「いえ。つきあった女性もいます」

「どんな人がタイプなの？　わたしはタイプじゃありませんか」

円堂は息を吸いこんだ。真紀子はどんどん詰めてくる。

「昔、結婚しようと思った人がいました。フラれて、それからは――」

円堂は黙った。

「今でもその人のことを思っている？」

「そうかもしれませんね」

面倒になり、円堂はいった。

「会ってみたい、その人に。今もおつきあいがあるんですか」

「いえ。音信不通です」

「その人とわたしは似ていませんか」

銀座のバー「ビュウ」で会った、ホステスの奈緒子を思いだした。

「似てません」

「残念」

真紀子がほっと息を吐き、体を離した。

「じゃあわたしを抱けない？」

円堂は言葉に詰まった。

「そんなことはありません。ただ、沖中さんが喜ぶようなものを、私は何ももっていない」

「警戒しているんですか」

「そうですね。自分はそこまでもてるような人間じゃありません」

「何かを得ようなんて思ってない。円堂さんのことをよく知りたいだけ」

「しかし上野さんが――」

「上野さんはただのビジネスパートナー」

円堂は追い詰められていた。これ以上逃げれば真紀子を傷つけるだろう。

「わかりました」

「わたしの部屋は嫌？」

「そうですね。といって、自分の部屋にはお連れできない」

「ラブホテル。久しぶりにいいかも」

真紀子は微笑んだ。

10

年齢を考えれば驚くほどきめの細かい肌を真紀子はしていた。服の上からはわからなかったが、大きく真円形の乳房をもっていて、尖った乳首は敏感だった。含んで舌先で転がすだけで、真紀子はぴくんぴくんと体をのけぞらせた。

シャワーを浴びても尚、うっすらと残るムスクの香りに円堂は酔った。

「いつもこんなに強引なわけじゃないのよ」

再びシャワーを浴び、冷蔵庫からだしたコーラを飲みながら真紀子はいった。

「そうは思えない」

「でしょうね。超肉食系の女だと思った？」

円堂は頷いた。

「別にそう思われてもかまわない。円堂さんとしたかったから」

真紀子は円堂を見つめた。

「満足しましたか」

「敬語はやめて」

「わかった」

「半分は満足した。残りの半分はまだ」

真紀子がテーブルにおいたコーラを円堂は飲んだ。久しぶりに飲む液体はひどく甘い。

「何が足りない?」

「円堂さんの歴史」

「歴史!　そんなたいしたものはない」

円堂は笑った。

「わかるの、わたし。円堂さんは心の一部を過去のどこかにおいてきている。人生がそれでかわってしまった」

思わず真紀子を見た。

「恐い目。昔はいつもそんな目をしていたのじゃない?」

円堂は息を吸いこんだ。

「恐いのはあなただ。どうしてそんなことがわかる」

「わたしもいろんなことをしてきたから。プロダクションといっても華やかなことばかりじゃない」

真紀子はいって、円堂が戻したコーラを手にとった。

「うちはね、ギャラ飲みの子も扱っている」

「ギャラ飲み?」

聞いたことのある言葉だ。が、実際に何をするのかはわからない。

「簡単にいえば出張ホステスよ。クライアントの指定したお店で、いっしょに食事をしたりお酒を飲む。一時間いくら、でね。水商売に抵抗があるような学生やモデルやタレントの卵がいっぱい、いる」

「水商売に抵抗があるのに、金をもらって客と過すのか」

「変でしょ。でもそうなの。お化粧して髪を作って、ドレスでの接客は嫌。普段着で、敬語を使う必要もない。いれば満足してくれる客からお金をもらうのは平気」

「そんな客がたくさんいるのか」

「いるのよ、それが。IT系とか投資で成功して、若いのにお金はたっぷりもっている。でも女の子とのコミュニケーションがうまくない。街でナンパなんてしたこともなく、ある時期まで人生イコール彼女いない歴、というような人がたくさん」

「ただいっしょに飯を食ったり酒を飲むだけで満足するのか」

「まさか。当然、その先を求める」

　真紀子は首をふった。

「それはどうするんだ？」

「女の子しだい。その相手が嫌なら無理。大丈夫なら、別のギャラが発生する」

「それを直接やりとりするのか」

「交渉はプロダクション経由。クライアントが連絡をしてきたら、うちから女の子に確認する。OKかNGか。OKなら、いくらか」

「お宅も抜くのか？」

「アフターからはしない。それをしたら管理売春になる」

「なるほど」

「トラブルもある。中にはプロダクションを飛ばして、その場で女の子をモノにしようとするクライアントもいる」

「それは？」

「プロダクションの人間が近くに待機していてサルベージする」

「そんな簡単にいくのか」

「サルベージ要員には、それなりの人間を雇っている」

真紀子は真顔で答えた。仕事のできる女の顔だ、と円堂は思った。

「スジの悪い客だったら？」

「上野さんに連絡する」

「あの上野さんか」

「そう。あの人の会社の資金はそっちからでているから」

「そっち？」

「表立って投資とかできない人たち。お金はあっても」

円堂は頷いた。上野も真紀子も、まったくのカタギではないということだ。それがわかると、むしろ気が楽になった。

「わたしの話をこれだけしたのだから、円堂さんも自分の話をして」

円堂は息を吸いこんだ。

「本当に、たいした人間じゃない。バブルの頃、地上げの手伝いをして稼いでいた。まっとうとはいえないが、犯罪になるような真似はしていなかった。バブルが弾け、雇われていた不動産会社の会長が行方不明になり、それからはあれやこれやあって居酒屋に流れついた」

「行方不明になったってどういうこと？」

「莫大な借金を背負って消えた。あの時代はそんな人間はたくさんいた」

「逃げだしたの？」

「作りかけのビルやゴルフ場、別荘で自殺したり、保険をかけられて海外で殺された」

真紀子は無言で円堂を見つめた。

「土地転がしがうまくいっている間は、金なんていくらでも稼げると皆思っている。それが破綻したとたん、人生を何回やり直しても決して返せない借金が残る。死ぬしかないだろう」

「円堂さんの会社の会長も死んだの？」

「ずっと死んだと思っていた。お気に入りのクラシックカーに乗っていなくなった。どこか山奥で埋もれているのだろう、と」

「ちがったの？」

「わからない。つい最近、見たという人間がいる」

「生きていたってこと？」

「本人なら、そうなるな」

円堂は頷いた。

「会いたい？」

「会っても、別に何もない。よくしてもらったと思っているし。ただ――」

「ただ、何？」

真紀子を見た。

「ずっと俺とつきあっていて、結婚をしたいと思っていた女が、その会長と消えた。つまりできていたってことだ。二人がそろって消えるまで、俺はまるきり気づいていなかった」

真紀子は目をみひらいた。

「それはいつの話？」

「三十年も前だ。生きていれば会長は八十過ぎ、その女も五十を超えている」

　円堂は苦笑いを浮かべた。

「すっかりコケにされていたのさ」

「そんなことがあったの」

　真紀子は息を吐いた。

「じゃあ俺も訊くが、うちの店にきたきっかけは何だい？」

「きっかけ？」

　真紀子は円堂を見た。

「二人とも中目黒に縁がないし、うちは飛びこみが入りやすいような構えでもない。何より上野さんは、初めてきたときから俺の名を知っていた。小学校に同じ字を書く同級生がいたといったろう。ふつうエンドウと名乗ったら、遠い藤のエンドウだと思う。上野さんは最初から円にお堂と書くと知っていた」

　聞いていた真紀子はふっと笑った。

「あの人らしい。いわなくていいことまで喋る」

　円堂は無言で待った。真紀子はつづけた。

「そうよ。『いろいろ』にいったのは、上野さんにつきあってくれと頼まれたから」

「俺とここにきたのも？」

「怒るわよ。そんなわけないでしょう。探りを入れてほしいと頼まれてはいたけど、寝ろとまではいわれてない。これはわたしがそうしたかったからら。円堂さんに興味が湧いた」

「興味が湧いた男とは必ずベッドに入るのか？」

　半ば冗談のつもりでいった円堂の言葉に真紀子は真顔で頷いた。

「そうよ。今のプロダクションを始めるまで、いろいろな経験をした。それはつまり、いろんな男を見てきたってこと。興味が湧くような人はめったにいない」

「じゃあ、がっかりさせたな」

真紀子は首をふった。

「そんなことない。わたしの勘はまちがってなかった」

「勘？」

「あなたが心の一部を過去においてきたっていったでしょ」

円堂は目をそらした。

「それは、その通りだ。上野さんが俺のことを知りたがる理由は何なんだ？」

「たぶん、消えたという円堂さんの昔のボス」

「二見か」

「さっきバーで話していた二見さんね」

「そうだ。二見興産という会社のオーナーだった。上野さんは二見を捜しているのか」

「それはわたしにはわからない。でも捜しているのは上野さんじゃなく、上野さんのバックにいる人だと思う」

「バック？　反社ってことか」

円堂は真紀子を見つめた。

「詳しくはわたしも知らない。でもそういうところに上野さんはつながっている。昔とちがって、暴力団に属するような人はいきなり居酒屋に押しかけられない。110番されたらそれきりですもの。だから上野さんに頼んで、円堂さんのことを調べてもらおうとしたのじゃない？　上野さんは自分だけではうまくやる自信がないからって、わたしを誘ってきた。そうしたらわたしが円堂さんに興味をもった」

「ここでした話を上野さんにするのか？」

「あんな風に二人でバーに残ったのだから、何も聞かなかったじゃ通らない。上野さんの理由をあなたに話した以上、あなたの話を上野さんにする」

「なるほど。ダブルスパイだな」

「隠しごとは好きじゃないの。自分の考えや知っていることを相手に話した上で、訊きたいことを訊く」

「相手が話すのをいやがったら？」

「自分にそれだけのスキルがないってことじゃない？」

「なるほどな」

　円堂は黙った。二見が理由だったのだ。それはつまり居酒屋「いろいろ」が、二見興産にいた円堂の店だと知る人間が上野を動かしている、ということだ。

「いろいろ」を始めるとき、過去は断ち切ったつもりだった。だが過去のほうが追いかけてきた。

「何を考えているの？」

　真紀子が訊ねた。

「いったい誰が、上野さんに『いろいろ』のことを教えたのだろう」

「たぶんだけど、上野さんとつきあいの長い女の人。上野さんとバックをつないでいる」

「何者なんだ？」

「飲食のチェーンをやっている女実業家。バーやイタリアン、居酒屋なんかを何軒ももっていて、上野さんは昔その人の会社で働いていたことがある。ジャストTVの資金も、表向きはその女性の会社がだしたことになっているけど、本当は藤和(とうわ)連合からでている」

「藤和」

　円堂はつぶやいた。老舗の組だ。二見もその金を回していたかもしれない。二見が生きているという話をどこからか聞きつけ、探りを入れてきた。だが問題は、今の自分のことをどこで知ったかだ。

「うちの店をどうやって知ったんだ？」

「藤和連合がその人に教え、その人が上野さんを動かしたのだと思う」

「その人の名前は？」

真紀子は首をふった。

「そこまではいえない。もし円堂さんがどこかで何かをいったら、巡り巡って、教えたわたしにくる」

真剣な表情だった。そして訊ねた。

「藤和連合とつきあいはないの？」

「今はまったくない。バブルの頃は、地上げをやっていれば始終やくざと顔を合わせた。その頃の連中が今も俺のことを覚えているとは思えない。三十年前だ」

「そうね。足を洗ったか死んでいるか、もし残ってるとしてもいい年ね」

「藤和連合の人間を誰か知っているか」

「まったく知らないわけじゃないけど、名前はいいたくない。円堂さん、直接会いにいきそうだもの」

「やくざに自分から会いになんていかない」

「そうかな。円堂さん、相手がやくざでも恐がらないような気がする」

「買いかぶりだ」

円堂は首をふった。

「やくざとなんてかかわりたくない」

「じゃあどうして名前を訊いたの？」

「藤和連合がどこからうちの店のことを知ったのかを知りたい。店を始めるとき、俺は携帯の番号もかえ、昔とは縁を切った。なのに、どうしてわかったんだ」

「じゃあ昔の彼女のことも捜していない？」

「捜してなんか——」

いいかけ、黙った。会津高原の蕎麦屋にいった。高取という店主に訊かれ、中目黒で居酒屋をやっていると答えた。

「そうか。奴か」

「思い当たる人がいるのね」

円堂は深々と息を吸いこんだ。中村に知らせたほうがいい。高取は藤和連合とつながっている。

「ねえ、円堂さんの携帯の番号を教えて。しつこくしたりはしない。でも情報のギブアンドテイクができるならしたい」

真紀子がいい、円堂は言葉にしたがった。

身仕度をしてホテルをでた。

「また会ってくれる？」

円堂が真紀子のためにタクシーを止めると、真紀子は訊ねた。

「もう興味はなくなったのじゃないのか」

「意地悪。電話するから」

真紀子は告げて、タクシーに乗りこんだ。

円堂は走りさる尾灯を見つめ、息を吐いた。

どこか別の世界にでも迷いこんだような気分だった。

11

自宅に戻ると中村の携帯を呼びだした。午前三時近かったが、夜型の中村なら起きている。

電源が入っていないか、電波の届かない場所にある——というアナウンスが流れた。バッテリー切れを起こしているのだろう。過去にもそういうことがあった。

出版社の人間とはパソコンでメールのやりとりをし、たまに電話を使うことがあっても固定電話ばかりで、知らない間に携帯の電池がなくなっているのだ。

明日かけてみようと決め、円堂はベッドに入った。いつもなら眠くなる時間だが、目がさえている。久しぶりに女の体に触れたからだ。

男性経験が豊富なのか、真紀子は貪欲だった。

――今のプロダクションを始めるまで、いろいろな経験をした。それはつまり、いろんな男を見てきたってこと。興味が湧くような人はめったにいない
真紀子の言葉を思いだした。

――円堂さんは心の一部を過去のどこかにおいてきている。人生がそれでかわってしまった
円堂は寝返りを打った。不思議な女だ。外見は決して好みというわけではないが、肌を合わせ、互いの立ち入った話をしたせいか、円堂も真紀子に興味を感じ始めていた。真紀子とずっといれば、もっと自分のことを見抜かれるだろう。

だがそのときは自分も真紀子のことをより深く知っている。

――自分の考えや知っていることを相手に話した上で、訊きたいことを訊く
ある意味、正直な女だ。隠しごとが好きじゃないといった通り、円堂に近づいた理由を隠さず話した。

それは、今の自分に自信があるからだろう。容姿だけでなく仕事や立場に不安を感じていない証拠だ。

芸能プロダクションを経営する一方で出張ホステスの元締めをやり、しかもバックに藤和連合がいる。確かに恐いものはないかもしれない。

ひきかえ君香は嘘を並べていた。その嘘を信じ、自分は本気で惚れていた。なのに嘘とわかった今も、君香に会いたいと心のどこかで願っている。

よりを戻したいわけじゃない。

本当にそうだろうか。だったら、なぜ会いたいのだ。

嘘をついていた理由を知りたい。

そんなことに何の意味がある。

もともと二見とつきあっていて、それを告げる前に円堂が熱を上げた。遊びで円堂と寝たはいいが、どんどん本気になられ、いいづらくなった。

あのとき真実を知ったら自分はどうしただろうか。

もちろん苦しんだだろうが、君香が自分を選ぶのなら受け入れた。長くつづいたかどうかはわからないが、結婚もしたにちがいない。

ではもしそうならなかったら。

君香が二見を選び、自分を捨てたとしたら。

おそらく二見興産を辞めていた。

自分をコケにした二見の下で働きつづけることはできなかった。

自分は二見を慕い、二見も自分を買っていた。二見は円堂を失うのを恐れていたのではないか。だから君香に真実を告げるのを許さなかった。

円堂は闇の中で目をみひらいた。二見のせいにできれば簡単だ。

だがふたまたをかけたのは君香だ。二見が君香に、円堂とつきあえと命じたわけではない。君香が浮気心で自分と寝た。

理由はわかっている。嫉妬だ。銀座でも六本木でも、二見はもてにもてた。金持を鼻にかけず、ホステスをモノ扱いすることなく、どの女にも公平に接した。

夜の世界に金持はいくらでもいるが、人間として魅力のある者は少ない。

――お金って、なくてもありすぎても、人の本性をむきだしにする

委津子の言葉を思いだした。

そういう意味では、二見はまっとうな人間だった。

金持でまっとうなら、もててあたり前だ。その上、外見も渋い二枚目だった。

思い返すと惨めな気持になった。自分など、とうてい張り合える相手ではなかったのだ。

それなのに君香に未練を感じている。考えれば考えるほど馬鹿げている。

――あたしが本気だったとでも思ってるの。あなたと二見さんを天秤にかけるわけない。二見さんが上に決まっているじゃない

空想の中の君香が厳しい言葉を投げつけてくる。その一方で、二人でイチャついているときの甘い言葉や仕草を思いだす。

円堂は歯をくいしばった。

翌日はさんざんだった。睡眠不足でぼんやりしていたせいで何品か料理をしくじりそうになりケンジに助けられた。そういう日に限って店がたてこみ、息をつく暇もない。

ケンジはもちろん、ユウミすら昨夜のことを円堂に訊ねてこなかった。それがむしろ責められているようで、気持が落ちつかない。

ユウミが暖簾をひっこめるタイミングで円堂は店をあとにした。自宅に帰る道すがら、中村の携帯を呼びだす。

またも同じアナウンスが流れた。

何をぼんやりしているんだと舌打ちしかけ、今日の自分にはいえた義理ではないと思い直す。中村の固定電話の番号は携帯には登録していない。自宅のどこかにメモがある筈だが、捜すのが面倒だった。

携帯が充電されていないというのは、おそらく仕事がたてこんでいて忘れてしまっているのだ。ならば固定電話にかけてまで、その仕事の邪魔をするのは考えものだ。

自宅に戻るとシャワーを浴びてソファにすわりこんだ。明日は仕入れにいくので早起きをしなければならない。

真紀子や上野からは、その後何の連絡もない。初めて寝た日の翌日に何の連絡もしてこない女はいただろうか。ふと思った。

たいていの女たちは、初めてそうなった日の翌日は、何かしら連絡をよこしたような気がする。甘い言葉や文字で前日の礼を告げ、また会いたいといったような旨を伝えてきたものだ。

それをしないのは、真紀子が慣れているということだろう。

興味が湧いた男とは必ずベッドに入るのかと訊ねた円堂に、「そうよ」と平然と頷いた。

いつだって女のほうが自分より一枚も二枚も上手(うわて)ということだ。

円堂は苦笑し、ベッドに入った。その夜はあっというまに寝てしまった。

12

　翌日、仕入れから戻った円堂が自宅で仮眠をとろうとしていると携帯が鳴った。知らない固定電話の番号が表示されている。

「はい」

「円堂さんの携帯電話でよろしいでしょうか」

　男の声がいった。

「円堂です」

「私、栃木県警、那須塩原警察署刑事課の岩崎と申します。中村充悟さんの件でお電話をさしあげております。中村充悟さんとはお知り合いですね」

　中村だ。悪い予感がした。

「古い友人です。中村に何かあったのでしょうか」

　円堂の問いには答えず岩崎という警察官は訊ねた。

「中村さんに最後に会われたのはいつだか覚えていらっしゃいますか」

「二週間前の土曜日です」

「そのとき、何かかかわったようすはあったでしょうか」

「中村は――」

　言葉が喉につかえた。岩崎がいった。

「亡くなられました」

「どうして⁉」

　思わず声を上げていた。

「自宅で発生した火災が原因です。現在、出火原因を捜査しておりまして、自殺の可能性も排除できないということで、残されていた携帯からこちらの番号を知り、かけさせていただきました」

「自殺はありえない。一週間ほど前もメールでやりとりをしたばかりです」

「親しくされていたのですか」

「三十年以上のつきあいです。以前つとめていた会社が同じで」

「中村さんは小説家だったようですが、円堂さんもそういった方面のお仕事をしておられるのでしょうか。出版社とか」

「いえ。私たちがつとめていた会社は小説とは関係のない会社で、だいぶ前に潰れました」

「円堂さんは今、何のお仕事をしていらっしゃいますか」

「居酒屋をやっています」

「『いろいろ』というのがそのお店ですか」

「そうです」


「中村さんの携帯からかけた記録が残っていました」

「火事になっても携帯は無事だったのですか」

「火災は、ご自宅の二階にある書斎で発生し、携帯は一階のリビングにありました。二階はほぼ焼けてしまったのですが、一階は燃え残っていて。出火時、中村さんは書斎におられたようですが、逃げようとした痕跡がないのです。それで自殺を疑っています」

「自殺をするような男じゃありません」

「仕事で煮つまっていたとか、そういうことは考えられませんか。芥川龍之介とか川端康成とか、小説家は自殺する人が多いので」

「奴はそんな立派な作家じゃありません。煮つまることはあったかもしれないが、死ぬとかは考えない」

中村が聞いたら怒るだろうと思いながら円堂はいった。死んだという実感はまるでない。

「今日、明日の、円堂さんのご予定を教えていただけますか。東京にうかがってお話をお聞きしたいのですが」

「今日、明日は店にでます。店は午後六時からですが、四時には入っています。店の住所は――」

円堂は住所を告げた。

「了解しました。今日は難しいかもしれませんが、明日、できれば開店前にお邪魔しようと思います」

岩崎は答えた。

「わかりました」

「ところで中村さんの身寄りについてご存じでしたらお教え願いたいのですが」

「両親はもう亡くなっていて、奥さんとは三十年前に離婚しています。子供はいませんでした」

円堂は告げた。

「なるほど」

「犬は無事だったのですか」

「犬ですか」

「中村は犬を飼っていました。ゴールデンレトリーバーです」

「待って下さい」

岩崎はいって、別の人間と話す気配があった。

「犬の死骸は発見されていないようですね。逃げだしたのかもしれません」

「ずっと家の中で飼っていたので、どこかへいってしまうことはないと思います。名前はムラマサといいます」

「ゴールデンレトリーバーのムラマサですな。調べてみます」

「よろしくお願いします」

電話は切れた。

中村が死んだ。円堂はベッドに横たわったまま天井を見上げた。眠けは飛んでいた。

信じられない。事故ならともかく、自殺などありえない。

君香の話をつづけたくなくて、新白河の居酒屋から東京に帰るといったときの中村の寂しげな表情を思いだした。円堂はそれに気づかないフリをした。

歯をくいしばった。後悔が胸を焼く。

自分にとって大切な人間が、またも不意にいなくなった。

いや、君香と中村をいっしょにすることはできない。君香は自分の意志でいなくなったのだ。中村とはちがう。

那須にいき、この目で中村の家を見たかった。が、明日にでも岩崎という刑事がくれば、詳しい話が聞ける。

それでも簡単には中村の死を受けいれられそうにない。

二見を捜すという中村の計画もこれで終わりだ。中村がいなくなった今、どこで写真を見せ誰に訊いて回ろうとしたか、円堂には想像もつかない。

高取には会いにいったのだろうか。それすらわからなかった。

翌日、午後二時に携帯が鳴り、岩崎が東京に入ったと知らせてきた。店で待ち合わせをし、円堂は自宅をでた。

ケンジはまだでてきておらず、円堂はほっとした。中村が死んだという話を、まだ誰にもしていない。冷静に話せる自信がなかったのだ。

三時少し前に、店の扉が開かれた。

「ごめん下さい」

紺のスーツを着た男が二人、入口に立っていた。ひとりは眼鏡をかけた四十代で、もうひとりは三十を過ぎたかどうかだろう。ショルダーバッグをさげ、平凡なサラリーマンのように見える。

「円堂さんですか?」

頷くと、四十代の男が革ケースに入ったバッジを見せた。

「那須塩原署の岩崎です。こっちは丸山(まるやま)です」

「ご苦労さまです」

二人をテーブル席にすわらせ、円堂はウーロン茶を注いだグラスをだした。

「どうかおかまいなく」

いいながら岩崎は店内を見回した。

「こちらをおひとりでやっていらっしゃるのですか」

かすかに栃木訛りがある。

「いえ。もうひとり板前と手伝いの女の子がおります。まだでてきていませんが」

丸山がノートを開いた。岩崎が訊き役で、丸山がメモをとるようだ。

「長いことやっていらっしゃるのですか」

「九年になります」

このやりとりを最近もした、と思った。上野と真紀子が初めてきたときだ。

「それ以前は中村さんと同じ会社ですか」

「いえ。その会社は三十年前に潰れました」

「三十年前に潰れた?」

「バブルが弾けて駄目になったんです。不動産会社だったので。当時はそういうところがたくさんありました」

「中村さんはそれからすぐ小説家になられたのですか」

「いいえ、十年ほど前です。それまでは中村も私もいろいろな仕事をしていました。雑誌のライターをやったり、水商売をやったり。中村は小説家としてデビューしてすぐくらいに那須に引っ越したんです」

「なるほど。こちらが聞いた話とも符合します」

「あの家を格安で手に入れて、犬と暮らすにはちょうどいいといっていました」

円堂がいうと、岩崎は首を傾げた。

「そういえば犬を飼っていたというのは、通いのお手伝いさんからもうかがったのですが、見つからないんです」

「見つからない？　ムラマサがですか」

「ええ。火事のときに逃げだしたようです。家で飼っていたのなら戻ってきてもよさそうなものなのに、近所で訊いても見たという人がいません」

「かなりの老犬なので、そう遠くまでいかないと思うのですが」

「現場の写真、ご覧になりますか」

丸山が訊ね、円堂は頷いた。丸山はバッグからノートパソコンをだした。操作し、画面を円堂に向けた。

息を呑んだ。見覚えのある二階家の上部が焼け落ちている。なまじ一階部分が無事なだけに無惨だ。

「この、一番燃えかたがひどかったあたりが書斎で、中村さんの遺体はそこで見つかりました。お仕事柄、本などが多くあったのも、燃えかたがひどい理由のようです」

丸山が映像を指でさした。

「火事はいつ起きたのですか」

「一昨日の夕方から深夜までのあいだに発生したと思われます。近所の家は人のいない別荘だったこともあり、発見が遅れました。全焼しなかったのは、火もとが二階だったからじゃないかと消防ではいっています。火というのは、上へ上へと燃えていくものなので、一階に回るのに時間がかかるのだと。書斎にはファンヒーターがあり、失火ならそれが疑わしいという話です」

岩崎がいった。

「電話でも申しあげましたが、自殺はありえません。二週間前に会ったときも、いきづまっているとか悩んでいるというようなことはいってませんでした」

「そうですか」

「自殺でもなく失火でもないという可能性はないのでしょうか」

円堂がいうと、岩崎は息を吸いこんだ。

「それについてもお話をうかがいたかったのですが、中村さんはトラブルを何か抱えていませんでしたか。人間関係、あるいは金銭的なものとか」

「聞いていません。作家としてはそれなりに本が売れていたので、金に困ってはいなかったと思います。困っていれば、それくらいの話はしてくれる仲でした」

岩崎は頷いた。

「中村さんの携帯電話にこのひと月のあいだで発信記録が残っていたのは、円堂さんの携帯とこのお店の番号だけでした」

円堂は息を吐いた。

「つきあいの広い人間ではありませんでした。でも人の恨みを買うような奴でもない」

「二週間前に会われたのは、何か理由があってのことでしょうか」

円堂は頷いた。

「その何日か前に電話をもらったんです。三十年前の我々の雇い主がいなくなったときに乗っていたクラシックカーを那須で見たという者がいる、と」

二見の話をした。君香のことはいわない。

「なるほど。莫大な借金を作り、車でいなくなったと」

「ええ。当時は珍しい話ではありませんでしたが、会社と会長が背負った借金は千億単位でした。どうしたって返せるわけがない。どこかで自殺したのだろうと思っていました」

「おつとめになっていた会社が潰れたというのは、そういうことだったのですね」

岩崎は深々と頷いた。

「我々はサラリーマンだったので借金までは背負わずにすみました。歩合制だった給料が何カ月分かもらえませんでしたが。中村は、車があるなら会長も生きているかもしれない。捜そうといいだしたんです」

「なるほど。それで見つかったのですか」

円堂は首をふった。

「那須のガソリンスタンドで訊きこみをしたようですが見つかりませんでした」

高取の話をすべきかどうか迷った。が、高取が藤和連合とつながっているかもしれないというのは、円堂の勘に過ぎない。警察に暴力団の名を告げれば、問題が大きくなるだろう。

「車の名を何といいました?」

丸山が訊ねた。

「フェラーリ・カリフォルニア・スパイダーです。中村の話では、海外のオークションで、すごい値がついたそうです」

「え、一億円とかですか」

「二十億です」

「二十億！」

岩崎と丸山は同時に声をあげた。

「そんなとんでもない値段のクラシックカーがあるのですか」

「百台前後しか作られていなくて、バブルの頃より今のほうが値が高いようです」

岩崎の問いに円堂が答えると、

「二十億……」

信じられないように岩崎はつぶやいた。

「ですが、ふだんから乗り回していたのなら、見た人が必ずインターネットなどに書きこみをしている筈です。私も調べたのですが、そういう話はまるでありませんでした。ですから見たという編集者の見まちがいか、どこかに隠してあって、ほんのときおり走らせているだけかもしれない。しかもその車が本物のカリフォルニア・スパイダーだとしても、二見会長が乗っていた車かどうかもわかりません」

「かりにその会長の車だったとして、中村さんは見つけたらどうするつもりだったのでしょうか」

「さあ。今さら未払いの給料をくれともいえないでしょうし。死んだと思っていたから忘れていたけど、生きているなら恨みごとのひとつでもいいたかったのかもしれない」

「その会長は生きていたらいくつです？」

「八十七か八です」

「身寄りは？」

「離婚していて子供もいませんでした」

岩崎と丸山は顔を見合わせた。

「中村さんが二見さんを見つけ、トラブルになったという可能性についてはどう思われます？」

丸山が訊ねた。

「見つけたら、まっ先に私に連絡があった筈です。ましてや会いにいくとなったら、必ず声をかけてきたでしょう」

本当にそうだろうか。見つけたのが二見ではなく君香だったら。カリフォルニア・スパイダーを運転していたのが女だったという話が胸の奥にひっかかっていた。

「それに二見会長が生きていたとしても九十歳近い。中村を殺そうとするとは思えません」

疑いを押し殺し、円堂はいった。

「確かに、その方が中村さんに危害を加えたとは考えにくい。ですが三十年も隠れていたというのは、誰かにかくまわれていた可能性もあります。ひとりではなかったのかもしれません」

岩崎がいい、円堂はどきりとした。平静を装っていう。

「でしょうね。誰かしら身の回りの世話をする者がいっしょだったかもしれない。それにしても三十年です。その人間だって年をとっている」

岩崎は頷き、訊ねた。

「借金取りに追われていたのはまちがいないのですね」

「二見会長をたくさんの人間が捜していたのは事実です。金融機関だけでなく、危ない筋からも金が流れこんでいましたから。『地上げの神様』と呼ばれ、預けた金が何倍にもなって返ってくるといわれていました」

「話には聞いたことがありますが、本当にそんな時代だったのですな」

「中村の遺体に、何か妙な点はなかったのですか」

「妙な点とは？」

岩崎の目が真剣味を帯びた。

「いったように自殺とは絶対に思えない。事故か、そうでなければ殺されたあと家に火をつけられたとか……」

「もちろん解剖はおこないます。ただ遺体の損傷が激しいと、具体的な死因が特定できない場合もあります。殺害したあとに灯油などをまいて火をつけていれば、はっきり放火と断定できますが、そういう痕跡はありませんでした」

「殺したあとファンヒーターの周囲に紙などをおいて火がでるように仕向けたら？　書斎なら、いくらでもそういう紙類があった筈です」

円堂は岩崎を見つめた。岩崎は頷いた。

「確かにそうされたら、放火と断定するのは難しくなります。ですがその場合でも、中村さんの遺体に火災以外の死因が見つかれば放火の可能性がでてきます」

「解剖の結果はいつわかるのです？」

「お願いしている法医の先生が忙しく、あと二、三日はかかりそうです」

「遺体の損傷は激しかったのですか？」

岩崎と丸山は顔を見合わせた。

「かなりひどいものでした」

丸山がいった。目がノートパソコンを見ている。

「写真があるのですか」

「ありますが、見ないほうがいいですよ」

「大丈夫です。見せて下さい」

丸山は頷き、パソコンを操作した。気をつかったのか拡大していない写真をだした。

円堂は息を呑んだ。炭化し、歯だけが白く残った遺体だ。壊れた人形を燃やしたように手足がねじ曲がっている。

「ひどい」

思わずつぶやいた。いわれなければ中村だとは決してわからない。

「中村さん御本人かどうかは、ＤＮＡで確かめました。風呂場でサンプルを採取できたので」

丸山の言葉に頷いた。

「ただ自殺でないとすれば、逃げだそうとした痕跡がないのが気になります。遺体は書斎の床に倒れていました。仕事に夢中で火がでたことに気づかず、建材などから発生した有毒ガスを吸って意識を失ったという可能性もありますが」

「パソコンは？　仕事で使っていたものが書斎にはあった筈です」

円堂は訊ねた。

「書斎に二台、ありました。どちらもデータの復元が難しいほど焼けていました」

丸山が答えた。

「そうですか……」

「とりあえず自殺は考えにくい、というのが円堂さんの御意見なのですね」

岩崎がいい、円堂は頷いた。

「わかりました。いろいろとありがとうございました」

岩崎は丸山を見た。丸山がパソコンを閉じた。

岩崎は名刺をとりだした。

「もし何か中村さんに関して、トラブルがあったとかの話を聞かれたら、お知らせ願えますか。我々はこれから、中村さんと仕事をしていた出版社のほうに回ります」

「わかりました」

円堂は名刺を受けとった。

刑事たちがでていき、円堂は息を吐いた。むごたらしい焼死体の映像が目に焼きついている。とても仕込みを始める気にはなれず、ケンジが出勤してくるまで、カウンターにすわりこんでいた。

13

その日は暇だった。十時前に客がひけると、円堂は早仕舞いするようにケンジとユウミに告げ、店をでた。駅に向け歩きながら委津子の店「マザー」を携帯で呼びだす。

「『マザー』でございます」

崎田が応えた。

「円堂です。店は忙しいですか」

「いえ。ママにかわります」

「はいはい」

委津子がでた。

「忙しくなけりゃ、ちょっと話を聞いてほしいんだが」

「大丈夫よ。ユキちゃんめあてのお客さんがいるだけだから」

声を低くして委津子は答えた。

「じゃ、いくよ」

「マザー」に着くと、カウンターではなく店の隅のボックスで委津子と向かいあった。客はひとりしかおらず、ユキとカラオケでデュエットしている。

「中村が死んだ」

「え？」

委津子は怪訝そうに訊き返した。

「作家の中村だ。一昨日の夜に那須の家が火事になり、亡くなった」

「嘘」

目をみひらき、委津子は手を口もとにあてがった。

「今日の午後、栃木県警の人間が俺のところに訊きこみにきたよ。焼けた家の写真を見た。あいつの家だった」

「でも、どうして……」

「火もとは書斎で、遺体もそこで見つかった。逃げようとした痕跡がないので自殺を疑っているらしい」

「そうなの？」

「何が？」

「中村先生が自殺したの？」

「ありえない。ついこのあいだ那須で会ったたし、メールのやりとりもしたばかりだ」

「じゃあ亡くなった理由は何？」

「わからない。仕事に夢中で火がでたのに気づかず有毒ガスを吸いこんで動けなくなったのかもしれない。あるいは――」

「あるいは何？」

「脳梗塞か何かを起こしてぶっ倒れ、その弾みでストーブを倒したとか。解剖すればわかるだろうが、法医が忙しくて時間がかかるみたいだ」

「持病はあったの？　中村先生に」

「血圧が高いというのは聞いたことがあるが、それ以外はない。もしかしたら――」

「もしかしたら？」

「殺されたのかもしれない」

「誰に？」

円堂は首をふった。

「失火でも自殺でもなかったら、そうなる」

「誰が中村先生を殺すのよ。そんな人いる？」

「思いつかない」

「でしょ。ありえないわよ」

「そういえば、この前はいわなかったんだが、ここで二見の話をした帰り『モンターニュ』にいたポーターに声をかけられた。赤い眼鏡をかけている古顔だ」

「ハマさんね。浜田さん」

「そのポーターから、会津高原の蕎麦屋の話を聞いたんだ」

「二見会長がきたっていう蕎麦屋さん？」

円堂は頷いた。

「高取といって、そいつも昔、銀座でポーターをやっていたらしい」

「高取さん……」

委津子は首を傾げた。

「あたしは知らないな」

「高取の蕎麦屋にいって何日かしたら、俺の店に飛びこんできたカップルがいた。俺の名を知っていて、あれこれ詮索された。実業家なんだが、バックにやくざがいるらしい。二見のことで動いているのじゃないかと思うんだが」

「二見会長を捜してるってこと？」

「ああ。中村が俺のことを居酒屋の親父だと高取に紹介し、訊かれて場所と店の名を教えた。それが回り回って、二人が店に現われた」

委津子は深々と息を吸いこんだ。

「確かにポーターさんの中には組に入ってるって

人が昔はいたけど……。その実業家というのは何をやっている人なの」

「ユーチューブの番組を作っている会社だ。ジャストTVといって、資金は飲食を手広くやっている女実業家がだしたのだが、そのバックが藤和連合らしい」

「あ」

委津子がつぶやいた。

「知ってるのか」

「噂は、ね。元ソムリエで、イタリアンやワインバーを何軒もやっている人じゃない？」

「かもしれない。名前はわかるか」

「確か、松本さんといった筈よ。松本政子さん。ソムリエ時代にワイン好きの藤和の幹部と知り合い、つきあった。それがきっかけで藤和のお金で店を始めたら当たって、チェーン化したの。ほら、あっちの世界は、表だってお金を動かせないじゃない。だからお互い都合がよかったみたいよ」

「会ったことがあるのか」

「お酒のメーカーのパーティとかで」

大手の酒造会社は、顧客である飲食店のオーナーやママを招いたパーティを開く。「いろいろ」のような小規模店に案内はこないが、高級シャンパンやワイン、ウイスキーを大量に売ってくれるレストランやクラブの幹部を接待するのが目的だ。

「どんな女だ？」

「あたしと同い年くらいかな。ホステス出身じゃないから地味な感じ。でもスタイルとかはいい。顔にも体にもお金をかけてるのがわかる」

「藤和連合とのことは有名なのか」

「知る人ぞ知るってとこじゃない。あんまり知れ渡ったら警察にもにらまれるでしょう」

円堂は頷き、考えていた。

「那須にいかないの？」

委津子が訊ねた。

「いきたい気持はある。だが解剖が終わらなけりゃ、葬式もできない」

「そっか……」

委津子は黙った。

「浜田というポーターの連絡先、わかるか」

「携帯は知ってる」

「話がしたい。ここに呼んだら迷惑か」

円堂はいった。高取について訊きたい。

「そんなことない。待って」

委津子は立ちあがると、カウンターにおいていた携帯電話をとりあげた。円堂の席までもってきて訊ねた。

「今から呼んでいいの？」

円堂は頷いた。委津子は携帯を操作した。浜田はすぐにでたようだ。

「ハマさん？　ごぶさたしてます。『マザー』です」

名乗らなくても店名で通じるようだ。

「今、時間ある？　『モンターニュ』のときからのあたしのお客様の円堂さんがいらしていて、話がしたいのですって。もし時間が大丈夫なら、『マザー』に顔をだしてもらえると嬉しいのだけど……。そう？　ありがとう。お願いします」

電話を切った委津子が頷いてみせた。

「これからくるって」

「いくら渡せばいい？」

円堂は訊ねた。ポーターの収入源はチップだ。契約している店から給料をもらっているとしてもわずかな額に過ぎない。

「話の内容にもよるけど、五千円から一万円てとこじゃない」

一万円を渡そうと決めた。財布からだすと、

「貸して」

と委津子が手をだした。渡した一万円札を折り、奴さんにした。

「ポチ袋だとおおげさで、むきだしだと品がない。これで」

浜田が現われた。

「こんばんは。先日はどうも」

腰をかがめた。

「忙しいところを申しわけないです。ま、ちょっとすわって下さい」

円堂はいった。

「ハマさん何にする？　お酒？　それとも――」

「酒はちょっと。お客さんの車を預かっているんで。水でいいです」

「コーヒーいれるわね」

委津子はいって立ち上がった。

「ママ、申しわけありません」

「わがままいってすみません」

円堂はいって、委津子が折った札をさしだした。

「いやいや、こんな――」

「いいから。とりあえずとっておいて下さい」

浜田に押しつける。

「この前聞いた二見会長の話を、もう少し詳しく知りたくて」

「いや、でも、あたしはあれ以上は――」

「実はあのあと、高取さんのところにいったんです」

円堂がいうと、浜田は赤い眼鏡の奥の目をみひらいた。

「会津高原の蕎麦屋にですか」

円堂は頷いた。

「高取さんは俺のことも覚えていました」

「あたしらはお客さんの顔を覚えるのが商売ですから。それで二見会長のことで何かわかりましたか」

浜田は円堂を見つめた。

「二見さんはひとりでふらっときたらしい。高取さんの話じゃ、贅沢な暮らしをしている感じじゃなかったようです。だから声をかけなかったと」

浜田は頷いた。

「そういうことはあります。あたしも以前すごく羽振りのよかったお客さんが白タクの運転手をやってるのを見て、気づかないフリをしました。声をかけられたら嫌だろうなって」

「二見さんがいなくなったときはいろんな人間が捜し回っていましたが、そのあたりのことは知っていました？」

「確かに多かったですよ。あの頃は飛んだお客さんを捜しに、しょっちゅういろんなのが銀座で張りこんでましたからね。デコスケもいたし、筋者も、そっち系の金貸しなんか、顔馴染みになるくらい毎日きてましたから」

「見つかることはあったんですか」

「ほとんどないですよね。会社が飛んで一文無しになってるのに銀座にきたってみじめなだけですからね。それこそ売りかけをためたホステスさんにでも会おうものなら、払ってくれと迫られるでしょうし。ただホステスさんが出勤してこないような早い時間にうろついている人は今でもたまに見かけます。なつかしそうな寂しそうな、何ともいえない表情で並木通りとかを歩いているんですよ。景気がよかったときのことを思いだしているんでしょうね。そういう人は何となくわかります。着ている服や靴が、いいものだけど古かったり、腕時計だけが妙に安物だったりして」

そういうところを観察するのも商売柄なのだろう、と円堂は思った。

「そうか。サラリーマンだと定年になったらこられないでしょうしね」

「そこははっきりしたもんですね。社長だ専務だって肩で風切って歩いていた人たちも、定年になったらぱったりですよ。オーナー企業の人はずっと飲めるけど、どんな大会社でもサラリーマン社長はそれきりです。そういう点じゃ、働いてるあたしがいうのも何ですが、罪な街ですよ」

円堂は息を吸いこんだ。

「高取さんなんですが、二見さんを捜していた連中とつながっていたということはないのかな。ほら、こういっちゃ何ですが、ポーターさんの中にはそういう筋の人もいたでしょう」

「今はいませんが、前はまあ、いました。高取はどうだったかな……。盃をもらうところまではいってなかったと思うけど、現役のときはかわいがってくれる親分さんもいたのじゃないですかね」

「どこの組です？」

「え」

浜田は不安そうな顔になった。

「大丈夫。浜田さんには迷惑をかけない」

円堂はきっぱりといった。

「えーと、もうあんまり覚えちゃいないんですが、たぶん鹿沼会の五十嵐さんだったと思います」

「鹿沼会？」

「藤和の系列の組ですよ。五十嵐さんは鹿沼会の親分でした。金庫番のとき、藤和の金を回して大きく儲け、それで組をもたせてもらったと聞いてます」

「今も銀座にきていますか?」

「いや、ぜんぜんですよ。今はそういう人を入れると、店がもっていかれちゃうから」

浜田は顔をしかめた。

「五十嵐さんてのはいくつぐらいです?」

「もう七十にはなっているのじゃないですかね。ワインが好きでね。ロマネコンティとかいっときは飲みまくっていたらしいですよ」

委津子がホットコーヒーのカップを運んできた。

「鹿沼会の五十嵐という人を知ってるかい」

円堂は訊ねた。

「なつかしい名前。ワインが大好きだったわね」

委津子はいった。

「係だったのか」

「あたしはやくざ屋さんはお断わりしてた。でも係の子は五十嵐さんだけで月一千万は売り上げていたのじゃない」

「そういう意味じゃそっちの連中がこなくなったのは痛いな」

円堂はいった。委津子は頷いた。

「でもそれだけ使ってくれるとなると、そのぶん御機嫌もとらなけりゃならないし、飛んじゃったときの売りかけもすごいことになる」

「筋者は現金じゃないのか」

カードは作れず、売りかけだと踏み倒されても回収が難しいという理由で、やくざは現金払いをしていることが多かった。帯封のついた束で支払っている姿を、円堂も何度か見たことがある。

「原則はそうだけど、何回もいらしていただいているうちに、今日は現金をそこまでもっていないということがあるじゃない。カタギのお客様には売りかけにしている。だから、今日はかけにしてくれといわれたら断われないものよ。特に今まで何千万と使ってくれていたら」

「なるほどな」

「でもそういうときに限って飛んじゃうのよね。まあ、あの人たちは飛ぶといったら、つかまっちゃうことが多かったけど」

逮捕されたらそれきりだ。

「中にはつかまりそうだからって売りかけを全部精算していった人もいたけど、たいていはつかまったらそれきりね。ああいう人たちは一年二年じゃでてこられないし」

「五十嵐という人はつかまったのですか」

円堂は浜田を見た。

「いや、つかまったって噂は聞きませんね。銀座じゃ飲みにくくなって、地元のスナックとかにいっているんじゃないですか。貸し切りにしちゃえば、通報される心配もありませんから」

浜田は答えた。

「銀座でも、貸し切り専門でやっているところはあるみたい。その筋御用達で。そのかわり一般のお客様はお断わりして」

委津子はいった。

「でもあたしらからすると、組関係がこられなくなるより、闇金系が駄目になったほうが大きかったですね」

浜田がいった。

「バブルが弾けたあとは、むしろ金貸しが儲かったじゃないですか。皆んな金繰りに困ったから。それで闇金がすごく稼いだ時代があって、いっとき高級クラブのお客さんは闇金だらけになっちゃったことがありました。もちろんバックにはその筋がいるんですけど、表向きはカタギだってんで……」

　委津子が顔をしかめた。

「闇金は一番駄目。お金はもってるけど、やくざよりタチが悪いのが多かった。すぐ女の子に手をだそうとするし、思い通りにいかないとガタくれるし」

　それも法律がかわって規制が厳しくなり、暴力団系がかたっぱしから挙げられたこともあって一気に減った。

「五十嵐さんも闇金の店を何軒かもっていた筈ですよ。そうだ、高取はいっときそっちで働いていたんだ」

　思いだしたのか、浜田の声が大きくなった。

「そっちとは闇金ということですか」

「ええ。有楽町に店があって、ポーターよりはいいってんで、しばらく厄介になっていた筈です。それから会津のほうに越したのじゃなかったかな……」

「店というのは、鹿沼会がバックについている闇金の店ということですね」

　円堂が訊くと浜田は頷いた。

「本当は、お客さんのそういう話なんてしちゃ駄目なんですけど、五十嵐さんも闇金も、今はもうこないんで……」

　首をすくめていった。

「すると高取さんは鹿沼会系の闇金で働いたあと、会津のほうに移って蕎麦屋を始めたわけですか」

「ええ。あいつは昔から凝り性のところがあって、銀座にいたときから蕎麦打ちにはまってましてね。

自分で打った蕎麦を食ったら、店の蕎麦なんて食えねえなんて豪語してました」

「でもどうして会津なの？」

　委津子が訊ねた。

「よくは知らないんですが、もともと喜多方とか、あっちのほうの出で土地勘があったみたいです。親戚の土地があるんで、そこを借りて始めたのじゃなかったかな」

　浜田は答えた。委津子は円堂を見た。

「おいしかったの？」

「蕎麦はうまかった。汁がな。ちょっと残念な感じだった。高取さんの話じゃ、うまい蕎麦汁をだそうとすると、蕎麦より金がかかるらしい」

「まあ蕎麦粉は地元で手に入りますが、汁はいい鰹節とかがいりますからね。店をだす金は、有楽町をやめるときに退職金がわりに五十嵐さんがだしてくれたらしいです。羽振りがよかった頃でしたから」

　浜田はいった。

「五十嵐さんにかわいがられてたのね」

　委津子がいった。

「何ていうか、極道好きっていうじゃないですか。自分はそうじゃないのだけれど、極道の組織とかに詳しくて、そういうのが載っかっている週刊誌とかを愛読しているような……」

　浜田がいうと、

「そんな人いるの？　カタギなのに？」

　驚いたように委津子が訊き返した。

「いるね」

　円堂は頷いた。二見興産時代の知り合いにも、そういう男がいた。広域暴力団の勢力図に詳しく、何代目の組長が誰だとか、どこの組が武闘派だとか、あきれるほど詳しかった。本人がやくざを気取っているかというと、まるでそういうわけではなく、眼鏡をかけ常にネクタイを締めた地味なサラリーマンにしか見えない人物だった。

「何ていうか、憧れているっていうのとはちがうんでしょうが、野球好きが、チームや選手のことに詳しいみたいに、組とか縄張りについてやけに知ってて。高取はそうでした。もしかするとガキのときに、ちょっとやりかけてケツを割っちちまったのかもしれませんが」

浜田はいった。

「すると五十嵐さんにかわいがられたのは、そのせい？」

委津子が訊いた。

「だと思いますよ。見かけるたびに、どこそこの組長替わりましたね、とか、いよいよ関西進出ですか、なんていって、『お前、詳しいなあ。いっそ、うちにくるか』なんて五十嵐さんにからかわれていましたから」

浜田は答えた。

「チップにもつながるだろうし」

円堂がいうと、浜田は頷いた。

「もちろんです。外待ちしている運転手とかにも缶コーヒーとか届けてました」

「なるほど。下の人に親切にするって鉄則よね」

委津子は感心したようにいった。接待が多い銀座では、その場の最上位の人間をもてなすのは当然だが、末席の人間を無視しても駄目だ、と委津子が以前いっていたのを円堂は覚えていた。

――お偉いさんばっかりをチヤホヤして、下っ端に知らん顔しちゃダメよって若い子にはいうの。下っ端だって下っ端だっていつか偉くなるかもしれないじゃない。そのとき、やさしくしてくれた子と知らん顔していた子とじゃ、必ず差がつくもの。それに、本当に偉い人って、チヤホヤされていても、自分が連れてきた下の人を、店がどう扱っているのか見てる。下っ端だからって、ゴミ扱いするような店にはこなくなる。下の人にやさしくすればするほど、いい店だって思われるのよ

——機嫌が悪くなる奴はいないのか？　下っ端なんかほっておいて、俺にもっとゴマをすれよって

円堂が訊ねると、

——いるわよ、もちろん。でもね、そんな人はトップに立てない。せいぜい常務、専務でいばっているのが関の山。自分以外の人の扱いを気にする人が、社長、会長になる

委津子は答えたものだった。客はホステスを見て、ホステスは客を見ているというわけだ。

——飲んで騒いでいるだけじゃ出世できないってわけか

——できる人は、いつも周りを見ている

「でも高取がサービスしたのは、その筋関係のお客さんばかりでした。覚えていて拾ってくれたのも五十嵐さんだけで。筋者や闇金なんて、基本、私らのことなんて相手にしていませんから」

浜田は首をふった。

「そうね。あの世界も、馬鹿で駄目、利口で駄目、中途半端はもっと駄目っていうものね」

委津子は息を吐いた。

「じゃ、どんな奴が成功するんだ？」

思わず円堂は訊ねた。

「大馬鹿か大利口よ。並み外れた人がトップにまで登りつめるの。でもそういう人ってカタギでやっていても成功したのじゃないかなって思う。家

の事情や何かでカタギになれなかっただけで」

「カタギになれないなんてあるわけない。どんな事情があるにせよ、カタギで生きていこうと決めたら生きられる筈だ」

円堂はいった。

「かもしれないけど……」

委津子はつぶやいた。

「高取さんの話に戻るけど、高取さんにとって五十嵐会長は恩人というわけですね」

円堂は浜田を見た。

「まあ、そうなるでしょうね」

「今もつきあいがあるんですか」

「さあ。そこまでは知りません」

浜田は首をふった。これ以上は話したくなさそうだ。

「いや、いろいろありがとうございました」

円堂は頭を下げた。

「とんでもない。でも、あたしが話したことは、高取にもコレでお願いします」

いって浜田は立てた人さし指を口に当てた。

「もちろんです。ご迷惑はおかけしません」

円堂はいった。

「じゃ、これで失礼します。ママ、どうもご馳走さまでした。お気づかいありがとうございます」

腰をかがめ、浜田は「マザー」をでていった。

「さっきの女実業家、元ソムリエの――」

二人きりになると円堂は委津子にいった。

「松本さん？」

「その松本という女に資金をだしてやったのが鹿沼会の五十嵐じゃないのか」

円堂の問いに、委津子は首をふった。

「そこまでは知らない。あくまで噂だし。藤和連合の幹部がついているっていうのは――」

円堂は無言で頷いた。高取が今も五十嵐とつながっているのなら、二見が店にきたという話を伝えた可能性はある。

二見興産は藤和連合の金も預かり運用していた。組のシノギ以外での金儲けを藤和連合が始めたのは早かった。盛り場のみかじめや風俗のケツモチ、闇金、クスリなど、本来のシノギだけではなく、投資で資産を増やしたのだ。当時は〝財テク〟と呼ばれていた。

藤和連合には金儲けのうまい金庫番がいる、という噂があったのを円堂は思いだした。それが五十嵐だったのだろう。

五十嵐は二見に預けた金を増やし、組に還元して出世し、自分の組をもつまでになった。

だが二見興産が飛んだときには、それなりの火傷も負った筈だ。回収しようと、二見を捜したのではないか。

「何を考えているの?」

委津子が訊ねた。

「五十嵐はたぶん二見を捜している」

「なぜ?」

「二見は藤和の金も預かっていた。儲けさせもしたが、最後は焦げついた筈だ」

「今さら回収しようなんて無理よ」

「だが車がある」

「車?」

「いなくなったとき、二見が乗っていったクラシックカーだ。オークションで二十億の値がつく車らしい」

「二十億?」

委津子は目をみひらいた。

「二見の借金はそんなものじゃなかったが、車を見つけりゃ、少しは回収できる」

「三十年たっていても?」

「法律上はどうだかはわからない。だがやくざに法律は関係ない。二見だって、車をとられても訴えられるような立場じゃない。ただ、こんな時代だから組の人間を使うわけにいかないんで、カタギを使って捜させているのさ」

「それが円堂さんの店にきたカップル?」

円堂は頷いた。

「まず客として俺に近づき、二見についてどれだけ調べたのか、探りを入れる作戦だろう」

「ずいぶんまどろっこしいことするのね」

「そうでもないさ。店のあと飲みに誘われて、いったら色仕掛けで口説かれた」

「はあ?」

あきれたように委津子がいった。

「カップルの片割れに?」

円堂は頷いた。

「それでどうしたの?」

「俺も向こうの意図がわからなかったから、乗ってみた。それで藤和連合がバックにいるとわかった」

「つまりその女と寝たってこと?」

委津子の問いに頷いた。

「バカじゃないの。美人局だったらどうするのよ」

「たぶんそれはない」

委津子は円堂をにらみつけた。

「怒ってるのか」

「あたり前じゃない! 中村先生のこともあるのに」

「あのときはまだ、中村が死ぬなんて思ってもいなかった」

委津子ははぁっと息を吐いた。

「中村先生は殺されたっていいだしたのは、そういうことね」

「警察にいわなきゃ」

円堂が頷くと、委津子はいった。

「いちおう、二見を捜していたことは話した。が、藤和連合のことまではいわなかった。いえば話が大きくなるし、まだはっきりした証拠があるわけでもない」

「確かにそうだけど……」

「それに、俺には色仕掛けできて、中村は殺すっていうのは、ちがいすぎる」

「中村先生には色仕掛けが通用しないと思ったからじゃないの？　どこかの居酒屋のオヤジは鼻の下が長いから、簡単にだませると思った」

いやみっぽく委津子はいった。

「だとしても、いきなりは殺さないだろう。中村は――」

いいかけて円堂は思いだした。二見の写真だ。加工して現在の姿に似せた写真を、中村は那須で見せて回るといっていた。

「中村先生が何？」

「二見の、今の姿に似せた写真を見せて回るといっていた。それが理由で殺されたのかもしれない」

「それって、二見会長が見つけられたくなくて殺したってこと？」

「いや、それはないだろう。生きてるとしても、二見は九十近い。人殺しはできないさ」

「じゃ誰？　もしかして彼女？」

「君香が殺す理由はない」

「二見会長と自分を見つけられたくないと思ったら？　本人がやらなくても、誰かに頼んだのかもしれない」

「君香は中村のことも知っている。それに人を殺すような女じゃない」

「三十年よ。三十年あったら、人はどんな風にもかわる」

委津子にいわれ、円堂は息を吸いこんだ。

絶対にない、とはいいきれなかった。

「円堂さんには悪いけど、ずっと嘘をついていられるような女なら、人を殺しても不思議じゃない」

円堂は吸った息を大きく吐いた。

「はっきりいうな」

「円堂さんの気持はわかる。でも、だからこそ、あたしは君香さんが好きじゃない」

「中村も嫌ってた」

円堂は低い声でいった。

「当然よ。あなたのことを大切に思っている人間は、皆、君香さんを許さない」

円堂は苦笑いを浮かべた。

「妙な話だ。一番痛い目にあった俺より、周りの人間のほうが恨んでいる」

「恋愛なんてそんなものよ。特に男は、未練がましいから」

「またその話か」

「そうよ」

「考えてみると、飲み屋ってのは罪だな。恋をさせて金をひっぱり、その恋が壊れると今度は思い出酒で金をひっぱる」

「飲み屋のせいじゃない。お酒よ。お酒が錯覚を起こさせるの。いい女に見えたり、いい男だと思わせたり、何もかも面倒くさくさせちゃったり」

委津子はいって、円堂から目をそらした。

「円堂さん、酒と女だったら、どっちをとる？」

「今は酒だろうな。昔は女だった」

「一滴も飲めなくたって銀座にくる男の人は多い。いい年で、もう薬を飲んでもうまくいかないのに、それでも銀座にくる。女が好きだからよ。たとえセックスができなくても、きれいな女の子に囲まれて話しているだけで、生命力が上がるっていうの」

円堂は頷いた。

「そのためにがんばって仕事をするって奴はいるだろうな」

「酒はね、飲み過ぎれば体を壊す。恋は、いくらしても体を壊さない」

「心が壊れちまうこともある」

「それはいつまでもひとりを思いつづけるからよ。さっさと次の恋をすればいいの。いなくなった相手なんか忘れて、次の相手に惚れればいい。次から次に恋をしていれば、男も女も元気だし、年をとらない」

円堂は黙った。いつまで君香のことを思っているのだと言外にいわれているような気がした。

「その色仕掛けの人ってどうなの？　いい女だった？」

不意に委津子が訊ねた。

「まあ、まあ、いい女かな。タイプってわけじゃなかったが」

「珍しい。タイプじゃない女には手をださない人だと思ってた」

「何というか、はっきり、抱けないのかと訊かれ、引けなくなった」

「引けなくなった？」

「できないと思われるのが嫌だった。年齢も年齢だから、断わったら、オスじゃないと認めるような気がした」

「なるほど。男の人にはそういうこともあるわね。できたんでしょ？」

円堂は頷いた。

「相手は喜んだ？」

「さあな。上辺はそう見えた」

「まあ、芝居もするからね。女は」

「キツいな。だがそのあと、女が別の仕事もしているって話をした」

「別の仕事？」

「芸能プロダクション以外に、ギャラ飲みの女の子を抱えているというんだ」

委津子は深々と息を吸いこんだ。

「いよいよマトモじゃないわね」

「そうなのか？」

「今、ギャラ飲みってすごくはやっていて、ここにそういう女の子を呼ぶお客様もいる」

「銀座に？　この店にも女の子はいるだろう」

「数は少ないしタイプがいないってこともあるでしょう。ギャラ飲みの子を呼んで、カラオケをやったりする。うちは楽でいいけど。女の子をつける必要もないし、きた女の子のぶんの勘定もとれる。中にはクラブのホステスとアフターにきているのに、ギャラ飲みの子を呼ぶお客様もいる」

「何の意味があるんだ？」

「女の子どうしを張り合わせたいのじゃない。それで自分にもっとサービスさせる。実際は、どっちもしらっとしてるけど」

円堂は首をふった。

「俺にはよくわからんな」

「ギャラ飲みの子といったって、ホステスだったけどノルマが嫌でそっちに流れたってのも多い。ホステスより仕事が楽、という理由ね。ホステスほどは稼げなくてもOLよりは短い時間で稼げる。ホステスみたいに洋服や髪型に気をつかう必要はないし、会話のスキルも要求されない」

「その女の話じゃ、先の稼ぎもある、ということだった。ただ派遣元はそこに関与しない。管理売春になるから」

「でしょうね。スマホのおかげで発達した商売なのよ」

「スマホのおかげ？」

「ただのデートクラブなら昔からあった。店に電話をして、ホテルや自宅に女の子をよこしてもらう。最初からセックスするため。でもギャラ飲みは、スマホのアプリのおかげで、いつでもどこでもその場に女の子を呼べる。聞いた話だけど、タクシーで十分以内にこられるって場所にいる子のリストがぱっとでるらしいの。顔やスタイルとかもわかるようになっていて。それをクリックすれば、女の子がやってくる。もちろんラブホテルとかだときてはくれないみたいだけど」

「店との交渉はないのか」

「ラインとかですべてすむようね。そこもいいみたい。昔のデートクラブだと店に電話するとまず男の人がでた。それで嫌になる。こっちの意図を見すかされ、軽蔑されているみたいだからっていうお客様がいた。今はラインですむし、女の子と直接のやりとりだから嫌な気分にならないというのよ」

「その女の話じゃ、トラブルに備えてプロダクションの人間が待機しているらしい。強引なことをするような客には、それなりの人間が向かうそうだ」

「当然よね。外箱がかわっても中身はいっしょなのだから。ただ、クラブですわって何万てとられ、同伴だアフターだで金をつかい、その上口説いて逃げられることを考えたら、はるかに初期投資が安くすむっていってたわ。経費として計上できる領収証ももらえるらしいのよ」

「なるほど。手間暇がかからない。そのぶん銀座に比べると風情がない」

「そうね。風情はない。でもね、風情なんて正直いって、お客様が勝手に思っているだけよ。ホステスはただ芝居をしているだけ。お客様を好きになったフリ。あとは勘ちがいでお客様がのめりこむ」

「おいおい。身も蓋もないことをいうなよ」

円堂は苦笑した。

「だって本当だもの。お酒やその場の気まぐれで、女の子がぐらっときて、そこから恋愛が始まることもあるけど」

「女の子のほうが先に惚れることはないのか」

「ほとんどない。だってどんなに素敵なお客様だって、たいていは所帯もちだし、いちいち惚れていたらそれこそ心が壊れちゃう。お客様のほうは遊びのつもりなんだから」

「風情はただの演出で、客が勝手に勘ちがいしているだけ、と」

委津子は頷いた。

「今、お金のある三十代、四十代のお客様って、遊んでいなくてもそこのところをわかっている。

賢いというか、無駄を嫌うの。だからギャラ飲みからパパ活という流れは、むしろスマートだと思っているのじゃない」

　円堂は息を吐いた。

「ホステスの芝居を信じて風情だ何だといっているのは、とうのたったオヤジだけというわけか」

「もっと厳しいことをいえば、いい仲になれば、店でお金を使わなくてもホステスを抱けるようになると考えているしみったれね。しみったれのくせに風情だ何だいって、結局は抱けずにお金を落とすだけ」

「昔の客に聞かれたら刺されるぞ」

　円堂は思わずいった。

「どんどんかわってきているのよ。携帯がスマホになっただけで、女の子もお客様もそれに合わせている。合わせられないのは、あたしやあなたのような年寄り。もっとも、あなたはいい思いをしているみたいだけど」

　委津子はいって円堂をにらんだ。

「だがベッドを共にしてわかったこともある。二見を捜している人間が、女実業家を通して俺のところにカップルをさし向けた」

「ベッドを共にした結果、弱みを握られたとは思わないの？」

「俺には女房子供はいないし、表沙汰になったところで失う社会的地位もない。弱みなんかない」

　委津子は円堂をじっと見つめた。

「そういえばそうだった。円堂さんて、昔から恐いものがなかった」

「そんなことはない。恐いものはあったさ。失くしたくないものもな」

「それが君香さん？」

円堂は目をそらした。

「かもしれないな。二見と君香が消えて、失くして恐いものはなくなった」

「『いろいろ』は？　お店がなくなるのは恐くないの？」

「生計の手段を失う、という意味では恐い。だがいざとなれば自分ひとり、どうやっても食っていける」

「そうね。円堂さんにはそういうふてぶてしさがある」

「聞こえが悪い。せめて、たくましいといってくれよ」

円堂は苦笑した。

「それで、これからどうするの？　探りを入れられて」

「どうもこうもない。探られて痛い腹はないんだ。これまでと同じさ」

「中村先生は？」

「解剖が終わったら、きっと警察から連絡がくるだろう。身寄りなんていない奴だったから、線香を上げにはいく」

「二見会長のことは捜さないの？」

円堂は黙った。二見を捜そうといいだしたのは中村だ。円堂はむしろ過去をそっとしておきたかった。

「中村がもし殺されたのだとすれば、その理由を知りたい」

ぽつりといった。

「誰が殺したのかじゃなくて？」

「殺した奴がつかまれば、理由はわかるだろう」

委津子は首をふった。

「知ってる人が殺されるなんて、何十年ぶりかしら」

「俺もだ。バブルの頃やそのあとなら、何人か知っているが」

「そうね。あの頃に比べたら、世の中が平和になった」

「そうじゃない。俺もお前さんも、鉄火場の中にいない、というだけだ。三十年前は二人とも、鉄火場の中にいた。今だって、そういうホステスや客もいるさ」

委津子は円堂を見つめた。

「だとすれば、あたしたちは生きのびられたということね」

円堂は頷いた。

「だったらよけいな真似はしないほうがいいわね。君香さんを捜せなんてたきつけてごめんなさい。二見会長や君香さんのことは忘れましょ」

円堂は無言だった。もし中村が殺されたのだとすれば、決してこのままではすまないような気がする。

だが、それをどこかで待っている自分がいた。

14

一週間後、那須塩原署の岩崎から電話がかかってきた。解剖では焼死以外で疑われる死因が見つけられなかった、と岩崎はいった。

「それは、中村が焼死したという意味でしょうか」

「現時点ではそういうことになります」

「現時点では？」

「遺体の損傷が激しいため、別の理由で亡くなったと判断することはできない。しかし誰かが何らかの方法で中村さんを殺害し、ファンヒーターに細工して火災を起こしたという可能性がなくなったわけではない、ということです」

「警察は捜査するのですか」

「いえ。はっきり殺人と断定できる証拠が見つからない以上、ここまでです。円堂さんは疑いをもたれていたので、お知らせしておこうと思いまして」

葬儀は、東京の出版社と地元の有志で二日後におこなわれる予定だと岩崎はいい、斎場の場所を円堂は教わった。

通夜の日、円堂は店を休みにした。新幹線で新白河に向かい、駅でレンタカーを借りる。

斎場が駅からは離れていると、岩崎に聞いたからだ。地方ではタクシーでの移動がとてつもない金額になることがある。


通夜は午後四時からだったが、三時過ぎに斎場に到着した。駐車場に車を止め、斎場に入ると、すでに二十人近い人間が内部にはいた。受付が「出版関係」と「友人」に分かれている。円堂は「友人」の受付でカードに記入をした。香典をだそうとすると、受付にすわる男に止められた。

「御香典はいただかないことになっております。中村先生には身寄りがいらっしゃらなかったので」

出版社の社員らしい、若い男だ。

「じゃあ、ここの費用は誰方(どなた)が負担しているのです?」

「先生におつきあいをいただいていた各社で割りました」

「それで大丈夫なのでしょうか」

男は頷いた。

やがて僧侶が到着し、読経と焼香が始まった。

自分の番がきて焼香した円堂は、祭壇に掲げられた中村の写真を見た。那須に越してすぐくらいの、若い頃のものだ。こみあげてくるものを深呼吸で押し戻した。

棺の窓は閉じられている。

読経が終わると、案内されるまま精進落としの席へと移動した。寿司桶や煮染めの皿が並び、ビールや日本酒が抜かれている。飲んでいるのは、大半が地元の人間のようだ。

岩崎と丸山は精進落としには加わらず、帰っていった。

円堂は地元の人間の座に近づいた。

「失礼します。私、中村の古い友人で円堂と申します。中村とは三十年以上のつきあいでした。生前、中村がお世話になり、いろいろとありがとうございます。先生にこれからお支払いする印税などもございますから」

「そうですか」

斎場に入ると、すでにすわっている参列客を見渡した。知っている顔はない。別れた妻はきていないようだ。参列客は、地元の人間と出版関係ではっきり分かれている。どちらにも属さない円堂は居心地が悪かった。

やがて岩崎と丸山が現われた。二人は他の者と離れてすわる円堂のかたわらに腰をおろした。

「知っている方はいますか」

岩崎が小声で訊ね、円堂は首をふった。

「古い知り合いは私だけのようです」

唯一、見覚えがあるのが地元側の席にすわる、お手伝いの女性だった。向こうは円堂を覚えているようすがない。

ございました」

　膝をそろえ、頭を下げた。

「いやいや、とんでもない。わたしらも中村先生のような作家の先生とおつきあいさせていただいて、ありがたかったですよ」

　最初に答えたのは七十過ぎの頭の薄くなった男だった。訊かれるまま、円堂が東京で居酒屋をやっていると答えると、自分は小さなスーパーを経営していて中村は常連だったと話した。

「ほら、先生はひとり者だったから、うちでよく、女房のこしらえた惣菜とかを買って下さってね」

　かたわらにすわる同世代の男がガソリンスタンドをやっている、と自己紹介した。

「先生にはいつもガソリン入れていただいて、あと車のちょっとした修理なんかもうちでやらせていただきました」

　ガソリンスタンドと聞いて、円堂は男を見つめた。酒で顔がまっ赤だ。

「写真を見せられませんでしたか。共通の古い知り合いなのですが、那須にきたらしいというので、捜していたんですよ」

「写真？」

　きょとんとしたが、すぐに、

「あっ」

　と手を叩いた。

「古いスポーツカーに乗ってるって人ですか」

「そうです」

「見せられましたよ。三十年も音信不通なのだけど、この近くにいるかもしれないというので――」

「それで見覚えは？」

　円堂が訊ねると、首をふった。

「まったくなかったですな。そういうと、中村先生はこのあたりで他にスタンドがあるところを訊くんですよ。それで教えたら、そっちにもいったみたいでしたが」

「見つけられたのでしょうか」

「さあ……」

円堂は携帯をだした。中村から送られた二見の加工写真を画面に表示すると、あたりの人々に見せた。

「中村が捜していたのは、この人なのですが――」

「いや」

「さあ……」

「知らんなあ」

返ってくるのは否定の言葉ばかりだ。

「そうですか。失礼しました」

「那須といっても広いですからな。特に冬は、よその人は温泉とその周りくらいしかきませんから」

スーパーの主人だという男がいった。

「この写真の人は、もしかすると那須に住んでいるかもしれないのですが」

「住んでおれば、どこかで顔を合わせそうなものだがね」

ガソリンスタンドをやっている男が首をふる。

「車はどうです？　カリフォルニア・スパイダーというフェラーリのクラシックスポーツカーなんですが」

円堂は携帯に検索した画像をだし、見せた。

「いや、その車のことも先生に訊かれたんですが、わたしは心当たりがなかったな」

「わたしも訊かれたんで、あそこに訊きにいったらっていったんですよ。ほら、『藤の丸』、あそこのオヤジなら知ってそうじゃない」

　スーパーの主人がいうと、

「ああ……」

　ガソリンスタンドをやっている男は頷いた。

「確かに『藤の丸』なら知っているかもしれんな」

「何です、『藤の丸』というのは？」

　円堂は訊ねた。

「塩原の外れにある古い旅館ですよ。今のオヤジは二代目なんですが、初代が車好きでね。景気のいい頃はクラシックカーを集めて旅館の庭に並べておったんです。二代目もそれなりに車好きみたいで、若い頃はスーパーカーに乗っておりました。だから、そういう珍しい車のことなら何か知っているかもしれんから、訊きにいったらどうだと先生に教えたんですよ」

　スーパーの主人が答えた。

「『藤の丸』ですね」

　円堂は携帯で検索した。「湯荘　藤の丸館」という旅館がヒットした。

「ここですか？」

「そうです、そうです。最近はとんと客がいなくて、あそこも潰れるって噂があるなあ」

　スーパーの主人がいうとガソリンスタンドの男は顔をしかめた。

「どこもだよ。あっちもこっちも潰れそうって話ばかりで」

　どうやら二人は幼な馴染みのようだ。円堂は断わって立ち、精進落としの会場の場から「藤の丸館」に電話をかけた。

「はい、『藤の丸館』でございます」

中年の女の声が応えた。

「あの、急なのですが、今夜泊めていただくことは可能ですか」

最後に会ったとき、円堂が日帰りすると知っていた。浮かべた中村の寂しげな表情がずっと頭に残っていた。次に那須にいくときは一泊しようと決めた。中村はいないが、せめてもの罪滅ぼしだ。

「お待ち下さい」

女はいって、向こうで話す気配があった。

「あの、今からお越しとなるとご夕食のご用意ができないのですが……」

「それでもかまいません」

「でしたら。何時頃、お見えでしょう」

円堂は斎場の名を告げた。

「ここから車で参りますが、どれくらいかかるでしょうか」

「そちらでしたら、三十分くらいでいらっしゃれると思います」

礼をいい、名前と携帯電話の番号を告げた。

「承りました。どうぞお気をつけてお越し下さい」

円堂は電話を切った。今までいた席をふりかえる。別の男がすわり、盛んにスーパーの主人たちと酒のやりとりをしていた。

円堂は斎場をでると、駐車場に止めたレンタカーに乗りこんだ。カーナビゲーションに「藤の丸館」の電話番号を打ちこみ、目的地に設定する。

「湯荘　藤の丸館」は、那須塩原の中心街から東に外れる側道のつきあたりにあった。横に広い木造の建物で、山小屋を模したような造りになっている。玉砂利をしいた駐車場には六台の車が止まっていて、うち二台が練馬と品川ナンバーだった。

品川ナンバーは小型のメルセデスで、そのかたわらに円堂はレンタカーを止めた。

あたりは薄暗くなっていて、建物の窓からこぼれる黄色い光にあたたかみを感じた。

円堂は着替えを詰めた鞄を手にレンタカーを降りた。場合によっては骨揚げに加わるつもりだったが、思ったより多くの人間が見送りにきていた。明日の告別式にはでずに帰ろうと決めた。

格子ガラスのはまった扉を押すと、木製のカウンターの内側に立つ四十代の女が、

「いらっしゃいませ」

といった。眼鏡をかけ、セーターにジーンズを着ている。カウンターのかたわらは喫茶店のような造りで、木製のテーブルが並んでいた。実際、コーヒーの香りがする。側道の入口にあった看板に「湯荘　カフェ　藤の丸」と記されていたのを円堂は思いだした。旅館だけではやっていけず、喫茶店も兼業しているようだ。

「先ほどお電話した円堂です」

「ようこそ、お越し下さいました。どうぞ、こちらへ」

女はいって、テーブル席を示した。宿泊カードとペンをさしだす。

「これにご記入を願います。あと、当日のご宿泊なので、デポジットをお願いできればと思うのですが……」

「現金、それともクレジットカードでしょうか」

「どちらでもかまいません」

円堂はクレジットカードをだした。女は、

「前金で一万三千円ちょうだいします」

といって端末をさしだした。円堂は暗証番号を打ちこんだ。

「領収証の宛て名はどういたしましょう」

　訊かれ、円堂は首をふった。

「いりません」

「では、お部屋のほうにご案内します。こちらの喫茶コーナーは夜十時まで営業しておりまして、飲物以外にスパゲティやサンドイッチなどの軽食ならご用意できます」

　女が先に立って案内した。

「大浴場はこちらで夜十二時まで、朝は六時からご利用になれます。ご朝食は、先ほどの喫茶コーナーでご用意させていただきます」

　玄関から横にのびる廊下を歩きながら女が案内した。

「こちらの女将さんですか」

「はい。こんな格好で申しわけありません」

「いいえ。ご主人はクラシックカーにお詳しいと聞いたのですが」

　女は怪訝そうに円堂を見た。

「こちらに住んでいた友人の通夜がありまして、そこでお噂を聞きました」

　女はわずかに目をみひらいた。

「そうなのですか」

「ええ。小説家の中村という男の通夜です」

「小説家の中村さん……」

　女は首を傾げた。どうやら知らないようだ。

「ええ。その中村が最近、ご主人にお会いしたと思うのですが。古い知人の乗っているクラシックカーのことで――」

「さあ……。わたしは知りません。主人は今でかけておりまして、七時までには帰って参ります」

「そうですか」

　中村の家の火事のことは知っているかもしれな

いが、この場でもちだすのはやめた。警戒されるかもしれない。

部屋に入ると喪服を脱ぎ、浴衣と丹前に着替えた。大浴場に向かう。

檜で作られた大きな浴槽がおかれた大浴場に、他の客はいなかった。檜の香りを吸いこみながら、浴槽に体を沈める。

胸の奥に小さな痛みを感じた。中村が、

「何だよ、ずいぶん気持よさそうじゃないか」

と口を尖らせている様が想像できた。

目を閉じ、深呼吸した。この半月のあいだに次々と起こったできごとが頭をよぎる。

中村の電話に始まり、委津子の店、浜田から聞いた高取の話、そして高取の蕎麦屋、上野と真紀子、そして中村の死。

明日、帰る前に中村の家を見ていこうと決めた。焼けた家を見れば、中村の死を受けいれられる。あの無惨な焼死体が中村だとは、わかっていても認めたくない。

風呂をでて、部屋で一服した。精進落としにもほとんど箸をつけなかったが、空腹は感じない。

ぼんやりと中村のことを思いだしていると、七時を過ぎた。円堂は喫茶コーナーに向かうことにした。サンドイッチくらいなら入るような気がする。

喫茶コーナーには女将がひとりでいた。窓ぎわの席に腰をおろし、プラスチックケースに入ったメニューを手にした。

「ミックスサンドとビールをいただけますか」

「はい。お待ち下さい」

女将はいって奥にある厨房に入っていった。そのままでてくる気配はなく、円堂は手近のテーブルにおかれていた新聞を広げた。

建物の中は静かで、かすかに旅館独特の料理の匂いがした。居酒屋やレストランでは決して嗅ぐことのない匂いだ。吸物のだし汁と揚げものが混じったようで、どことなくなつかしさを感じる。

やがて女将が白い皿に載ったサンドイッチとビールの中罎（びん）を運んできた。ビールにはピーナッツの小袋が添えられている。

「お待たせしました」

ハムとキュウリ、卵とトマトのサンドイッチだった。

「いただきます」

女将がビールを注いでくれた。

「ありがとうございます」

円堂はいってビールを飲んだ。湯上がりの体に染みた。

ハムサンドを一切れつまんだ。マスタードがきいていて予想外にうまい。

「おいしい」

思わずつぶやいた。

「大丈夫ですか。主人が作ると、いつも辛い辛いといわれるのですが」

「ご主人のお手製ですか」

「ええ。厨房の人間は和食専門なので」

「マスタードがきいていてビールに合います」

厨房からダンガリーのシャツにエプロンを着けた男が現われた。五十に届くかどうかという年だろう。

「主人です」

「いらっしゃいませ」

男は腰をかがめた。

「いえ。飛びこみで、お世話になります」

「中村先生のご葬儀でこられたのですか」

「そうです。中村をご存じでしたか」

「一度、お会いしたことがあります。家内はちょうどでかけておりました。こちらの人間なら先生のことを知らない者はいないのですが、家内は仙台の出なものですから。失礼いたしました」

「とんでもない。あの、中村とお会いになった理由ですが――」

「先生はすごく珍しいスポーツカーを捜しておられました」

「カリフォルニア・スパイダーですね」

円堂がいうと「藤の丸館」の主人が頷いた。

「古いお知り合いが乗ってらして、もしかするとこのあたりにお住まいかもしれないとおっしゃって……」

「写真を見せられましたか」

「はい」

「で、心当たりはあったのでしょうか」

「その方かどうかはわかりませんが、私も一度だけカリフォルニア・スパイダーを見ました。那須ではなく白河高原のほうでしたが」

「色は？」

「赤です」

円堂は息を吸いこんだ。二見が乗っていたのも赤だ。

「いつ頃のことです？」

「昨年の暮れです。暖冬だったので、雪はまったくなくて阿武隈川沿いの林道を走っていたら、すれちがいました」

「運転していたのはどんな人です？」

「サングラスをした女の人でした。一瞬のことなので、それ以上はわかりませんでした」

「中村の知り合いが先月、赤のカリフォルニア・スパイダーを見て、やはり女性が運転していたそうです」

「珍しい車ですから、おそらく同じでしょう。どのあたりで見かけられたのですか」

「このあたりの地理にうとい人なので、はっきりとはしないのですが、那須のゴルフ場の近くだったようです」

　主人は頷き、円堂はすわっているテーブルとは別のテーブル席に腰をおろした。

「中村先生から見せていただいた写真の方は九十近いとおっしゃっていましたが……」

「ええ。スパイダーのオーナーだった人物です」

「そのようですね。三十年前にいなくなられたとか」

　円堂は頷いた。

「女性もいっしょにいなくなったと先生からはお聞きしましたが、その方の写真はないのですか？」

「ありません」

　円堂は首をふった。

「まあ女性は、三十年もたつと大きくかわりますからね。しかしこのあたりで二度も見かけたということは、近くに住んでいる人が乗っている可能性が高いですね」

　主人はいった。

「そうですね。一度きりならともかく、ご主人も見られたとなると、まちがいない」

　円堂は答えた。

「ただ、ふだん使いをしているのなら、もっと見かけてもいい筈です。といっても、ふだん使いできるような車じゃありませんが」

主人がいったので、

「クラシックカーに詳しいとお聞きしました」

円堂は見つめた。

「父が好きで集めていました。スパイダーほどのものはありませんでしたし、ここの維持のために全部売ってしまいました」

「お父様は？」

「もう亡くなって二年になります。儲かった時代に、全部車に注ぎこみました。道楽といえば道楽ですが当時は客寄せになりましたし、売って金にかえられたわけですから、まったくの無駄ではなかったとは思います。中村先生の話では、スパイダーのオーナーも、こちらに別荘をもたれていたそうですね」

「御用邸の近くです。今はメルヘンチックなペンションになっていましたが」

「ああ。入口の道にアーチみたいな木が二本立っているところですか？」

さすがに詳しかった。

「そうです、そうです」

「どこ？」

聞いていた女将が口をはさんだ。

「ほら、『マーヤ』だよ。ペンションの」

「あ、あそこ。もう潰れちゃってるわよね」

「そう。買い手がつかないらしい」

確かにそんな名前だった。

「あれ、紹介したのお義父さんじゃなかった？」

女将がいったので円堂は聞き耳をたてた。

「そうだったかな」

「うん。『マーヤ』のオーナーが物件を捜しているときにうちに泊まって、話を聞いたお義父さんが紹介したたっていってた」

主人は首を傾げた。

「覚えてないな。もう三十年以上前の話だろ」

「もしそうだとすれば、お父様は二見さんと面識があったのでしょうか。二見さんというのが、スパイダーのオーナーなのですが」

円堂は訊ねた。

「さあ……。もしそうだとしても、私はまだ子供でしたから……」

「そうでしょうね。失礼ですが、今——」

「四十九です。三十年以上前だと学生でしたから、父の知り合いのことはわかりません」

「お母様はご存じでしょうか」

「母はもっと前、十年ほど前に亡くなりました」

「それはずいぶん早くに亡くなられたのですね」

「父は七十七、母は五十八でした。どうもあまり長生きできない家のようで——」

「そんなことはないでしょう。あ、申し遅れました。私、円堂と申します」

「藤田（ふじた）です」

「藤田さんなので『藤の丸館』といわれるのですか」

「そうです」

父親の話がでてから、明らかに藤田の口調がよそよそしくなった。

もしかすると二見について何かを知っているのかもしれない。が、ここで問い詰めても答は得られないだろう。

「いろいろありがとうございました」

円堂がいうと、藤田の表情が柔らいだ。

「いえ。お役に立てなくて申しわけありません」

サンドイッチをたいらげ、ビールが空いたのを機に引きあげることにした。明日は中村の家を見たあと、高取のところにも寄ろうと思っている。

「あ、ご朝食は何時にいたしましょう?」

女将が訊ねた。

「朝食はけっこうです。いつも食べないので」

円堂が答えると、

「でも料金をいただいてしまっています」

女将が顔を曇らせた。主人がいった。

「じゃあ、サンドイッチとビールをサービスさせていただきます」

どこかほっとしたような表情だった。

「ありがとうございます。そうしていただけると助かります」

円堂はいって頭を下げた。部屋に戻ると、床がのべられていた。

テレビをつけ、ぼんやりと見ていた。東京ナンバーの車があったから他の客もいる筈だが、建物の中は静かだった。歓迎されない自分の出現に誰もが息をひそめているかのように思えた。

無論そんなことはありえない。円堂は首をふった。

15

何度か目覚めたものの、眠れないことはなく朝を迎えた。仕度を整え、八時前に「藤の丸館」をでた。送りだしたのは女将ひとりで、主人は現われなかった。品川ナンバーのメルセデスは、レンタカーの隣に止まったままだ。

カーナビゲーションに中村の家の住所を打ちこんだ。実際の距離はそう離れていない筈だが、ナビゲーションは県道を走る大回りのコースを指示した。中村の運転だと、別荘地を縫う細い道を通った筈だが、円堂は覚えていない。やむなくナビゲーションの指示するままに車を走らせた。

やがて見覚えのある道にでて、上半分が焼け落ちた建物が見え、円堂は思わずブレーキを踏んだ。警察や消防による封鎖を予期していたが、すでに解除されている。

4WDが庭のいつもの場所に止められたままだ。円堂はレンタカーを降りた。焦げくさい異臭が鼻を突いた。しばらく建物に近づけず、その場に立ちつくした。

気持が落ちつくと足を踏みだした。玄関の手前で止まった。

扉にはこじ開けたような跡があった。消防隊が入るためだろう。二階部分はほとんど燃え尽き、細く炭化した柱がまるで骸骨のようにつっ立っている。屋根はまったく残っていない。

円堂は息を吐いた。訪ねたことのある家が燃えたのを見るのは初めてだ。生活の痕跡がこれほど醜くかわり果ててしまうものなのか。燃え残ったものはすべて煤け、水びたしになって色がない。

バブルの頃、立ち退きに応じない家に、地上げ屋に雇われたやくざが放火したのを見たことがあった。

が、住人を殺すような愚はおかさず、表にとめられた自転車のカバーに火をつけ、それが軒先を焦がした程度のボヤだった。

現住建造物に対する放火は、重ければ死刑になる。当然、それを計算した上での放火だ。

目の前のこの家で起きた火災が放火によるものなら、犯人には相応の罰が科せられるべきだ。

と同時に、こんな真似を正気の人間がする筈はないと思う。

廃墟とはもともと無残なものだが、住人が亡くなったことを考えあわせると、目前にある光景はそこに存在した人格への容赦ない否定でしかなかった。小説家だった中村の暮らしを破壊し、生きた痕跡にすら触れられない。

こんなにむごい仕打ちを二見や君香がしたとはとうてい考えられない。もし事故ではなく誰かが仕掛けた結果なら、絶対に許せないと円堂は思った。

どれほど苦しく口惜しかったろう。焦げた匂いを含む空気を円堂は大きく吸いこんだ。これをやった奴がいるなら、必ず見つけだしてやるからな。

強い怒りが心の奥底で点火した。

この三十年、自分の感情を小さな箱の中に押しこめ、生きてきた。

かつてさまざまな人間と渡り合い、ときには暴力沙汰にまで発展したこともあった。円堂と中村のコンビに地上げで先を越されたやくざに命を狙われたときもある。「手前ら、夜道に気をつけるんだな」などという威し文句は、うんざりするほど聞かされた。

あの頃はそれを恐いとは思わなかった。こういう仕事だから稼げるのだと割り切っていた。

刺されたら刺されたときだ、とひらきなおっていた。実際刺されていたらちがったかもしれないが君香のいた六本木のクラブにきていた暴力団員と一触即発という状況になったこともある。

そんなときも、心のどこかは冷めていた。

こんなあぶく銭を稼ぐ仕事をしているのだから、危ない目にあうのは当たり前だ。学歴もない自分がこれほど稼げる仕事など他にない。痛い目にあうのと稼ぎを天秤にかけ、稼ぐほうを選んだのだ。

小競り合いは始終だった。小さなナイフでいきなり切りつけられたこともある。そういうときのために鉄板を仕込んだビジネスバッグをもち歩いていた。防刃と武器の兼用だ。

服をわずかに切られたが、バッグの底で顔を一撃して、それ以上の被害にあわずにすんだ。

若さと愚かさと欲だけで動いていた。その頃の力が、わずかだが自分に戻ってきたような気がした。

勘ちがいだ。怒りがあるから強くなるわけではないし、肉体はあの頃に比べればはるかに衰えている。

気づくと一時間近く、円堂は焼けた中村の家の前にたたずんでいた。それでも一度点った怒りの火は消えていない。

レンタカーに乗りこみ、会津高原に向かった。

中村の運転で走った道は覚えている。一時間ほどで、高取の蕎麦屋の前に到着した。

レンタカーを店のかたわらに止めた。以前は立っていた「蕎麦」というのぼりがない。

扉の前に立ったが「営業中」の札はなく、ノブを引くと鍵がかかっていた。

「ごめん下さい」

扉を叩いた。返事はなかった。

家の中は静まりかえっていて、通りすぎる車もない。

休みなのか潰れたのかすらも判断できない。あたりを見回し、以前きたときに止まっていた軽トラックの姿がないことに気づいた。

ここに住んでいるのか、通っているのかはわからないが、今は無人のようだ。

それでもあきらめきれず、円堂は建物の裏手に回った。

　一斗缶や積まれたダンボールのすきまに足を踏み入れ、

「ごめん下さい！」

と叫んだ。ネギと醤油の匂いがあたりには漂っている。

　裏口と思しい扉を見つけ、ノブを握った。

　鍵がかかっている。

　円堂は表に戻り、レンタカーの運転席にすわった。

　時刻は昼になっていた。営業日なら、開いていなければならない時間だ。

　携帯でこの店の電話番号を検索したが、蕎麦屋でも高取でも登録はなかった。

　三十分ほど待っていると、さすがに空腹になった。やむなくエンジンをかけ、会津高原方面に向け走らせた。

　よろずやのような小さなスーパーがあり、その先に「ラーメン・定食」という看板を掲げた店があった。砂利のしかれた駐車場に円堂はレンタカーを止めた。「営業中」の看板がでている。

　扉を押すと、地元の人間らしい老人の客が数名いた。

「いらっしゃいませ」

　エプロンを着けた、まだ十代と思しい娘が水の入ったコップを運んできた。壁に貼られたメニューを眺め、円堂はチャーハンを注文した。

　やがてチャーハンが届いた。チャーハンというより炒めたピラフのようだったが、ついてきた山菜の味噌汁がうまく、円堂はきれいに平らげた。

　コーヒーがあるかと訊くと、

「あります」

と娘は頷いた。円堂はコーヒーを頼んだ。

「あなたはここのお嬢さん？」

コーヒーを運んできた娘に円堂は訊ねた。娘はこっくりと頷いた。

「実はここの少し手前にあるお蕎麦屋さんを訪ねてきたのだけど、閉まっていてね。潰れたのかな」

「待って下さい」

娘はいって、店の奥にひっこんだ。やがて小太りの男が現われた。娘と同じ柄のエプロンをしている。

「蕎麦屋、開いていませんでしたか？」

いきなり訊ねた。

「ええ。潰れたのでしょうか」

「いや――」

首をひねり、男は七十くらいの客に訊ねた。

「あの蕎麦屋、潰れた？」

やりとりに耳をそばだてていた客は首をふった。

「わかんねえな。あそこは馬鹿っ高いからよ、地元の人間は誰もいかんのよ」

「やっている方は高取さんというのですが、このあたりの人ではないのですか？」

円堂はその客に訊ねた。

「高取って、あれだろ。前に湯ノ花のほうでスナックかなんかやってたのが、高取っていわなかったけか」

別の客がいった。同年代で、どうやらこの店はたまり場のようだ。

「いった、いった。あれの縁者か」

「だと思うがな。逃げちまったよな、あのスナックも」

「逃げた、逃げた。借金こさえてな」

「あの土地は誰のよ」

「あれだろう。駅のとこで店やってる中部(なかべ)のとこのを借りたっちゅう話じゃなかったか」

「中部さんという方が地主さんなのですか」

「そうそう。尾瀬口の駅の前にある食堂と土産物屋がくっついたような店が、蕎麦屋に土地と家を貸してる」

「何というお店です?」

　客たちは顔を見合わせた。

「名前なんてあったっけか」

「あるよ、ほら、何だっけ。いきゃわかる。土産物売ってるのは、そこしかないから」

　大家なら、高取の連絡先を知っている筈だ。

「ありがとうございます」

　円堂は礼をいうと、露骨に好奇の目を向けてくる客たちから逃れるべく、

「ごちそうさまでした」

と席を立った。勘定を払い、レンタカーに乗りこむまで、窓ごしに視線は注がれつづけた。

　カーナビゲーションに頼って会津鉄道の会津高原尾瀬口の駅まで走った。駅の近くに店は何軒かあったが、食堂や喫茶店ばかりだ。

「なかべ」と平仮名で書かれた看板を掲げた店があった。「おみやげ、ラーメン、丼物」と記されている。

　車を止め、円堂は店に入った。手前が土産品店で奥が食堂になっている。漬物や味噌、日本酒や菓子などが売られていた。薄皮饅頭の箱詰めを円堂は手にした。

「いらっしゃいませ」

　奥から六十代の女性が現われ、円堂は代金を払った。笑みを浮かべ、

「あの、高取さんを訪ねてきたらお留守だったのですが」

告げると、女性はきょとんとした顔をした。一瞬後、

「あ、蕎麦屋さんね」

と破顔した。

「そうです。そうです。前からの知り合いで、食べにこいといわれてきたのですけど、店が閉まってたんです。お休みですかね」

すらすらと嘘がでた。三十年前、調査の仕事をしていたときも、地主の情報をこうして入手していた。

「えっ、お休みでした？　おかしいわね。あそこは年中無休よ」

「体を壊したとか」

「さあ……」

「電話番号とか、わかりますか。私が聞いていた携帯は古い番号みたいで、つながらないんです」

「電話番号、電話番号……」

女性はぶつぶつとつぶやき、

「ヨウちゃーん」

と食堂に声をかけた。女の声が応えた。

「はーい」

「あのさ、高原とこの蕎麦屋さんの番号わかる？」

「え？」

「ほら、前のキュースケさんとこの家を貸してるじゃない」

「ああ、あのお蕎麦屋さんですか。ちょっと待って下さい」

「お手数かけてすみません」

円堂はいった。

「いいえ。せっかくお越しになったのにね、食べられなかったら悲しいわよね」

女性は人のよさげな笑みを浮かべた。

「携帯しかわかんないですよ。あそこ、電話ついてないんで」

奥から声がいった。

「いいわよ、それで。教えて」

読みあげられた電話番号を女性はレジにあるメモ帳に書きとめ、円堂にさしだした。

「はい、どうぞ」

「ありがとうございます。高取さんは、あの家にお住まいなのですかね」

受けとった円堂が訊ねると女は首をふった。

「いやいや、あそこは無理よ。夏ならともかく、冬はすきま風が入るから。高取さんは塩原のほうに住んでいる筈よ」

「塩原ですか」

「そう。栃木ね。お店は福島だけれど、住んでるのは栃木みたいよ。詳しい住所はね、契約書に入っていると思うけど、旦那が帰ってこないとわかんないわね」

「大丈夫です。携帯がわかれば何とかなると思うので」

「そう？　あまりお役に立てなくてごめんなさいね。でも高取さんに会ったら、たまにはうちにも顔をだしてと伝えて下さい。家賃をいただくばかりで申しわけなくて」

「わかりました。伝えておきます」

いって円堂は頭を下げた。

「お気をつけて」

女性は円堂を店の外まで送りだした。レンタカーに戻ると、円堂は教えられた番号を呼びだした。

五回ほど呼びだすと、留守番電話になった。

「以前、二見会長の件でお宅を訪ねた円堂といいます。東京で居酒屋をやっている円堂です。またちょっとお話をうかがいたくて電話をしました。また改めてかけますが、もしお時間があるときにでもかけていただくと助かります」

そう吹きこみ、電話を切った。レンタカーのエンジンをかけ、高取の蕎麦屋の前を通った。軽トラックは止まっておらず、のぼりも立っていない。

しばらく蕎麦屋の前で車を止め待ったが、現われる者はなく、携帯に電話もかかってこなかった。

円堂は新白河の駅に車を向けた。

16

東京に戻って三日が過ぎ、土曜日になった。土曜は地元の客が多く、午後八時を過ぎると常連ばかりになる。大半が食事より酒が目的だ。つまみを何品か頼み、日本酒や焼酎を飲みつづける。

九時過ぎ、

「こんばんは」

レザージャケットにワンピースを着けた女がひとりで「いろいろ」の扉をくぐった。

「いらっしゃいませ」

ユウミがいった。

「本当だった」

入ってきた女がいい、円堂は顔を見た。はっとした。君香だと思い、その筈はないと気づいた。

「奈緒子です。銀座のバーでお会いした――」

女がいった。髪をひとまとめにし、化粧も薄いので、印象がまるでちがう。

「ああ……」

「あのとき、お店にうかがうって約束したのに、ずっとうかがえなくてすみませんでした」

　奈緒子は頭を下げた。

「いやいや。酒の上での話ですから」

　円堂はカウンターの内側からいった。奈緒子はひとつだけ空いているカウンターの席をさし、

「ここにすわっていいですか」

と訊ねた。ユウミが円堂をうかがった。円堂は小さく首をふった。

「テーブルのほうにどうぞ」

　ユウミがいった。女は素直に頷いた。

「はい」

「飲みものは何を？」

　円堂は訊ねた。確かワインが好きだといっていた。

「白ワインを、グラスでお願いできますか」

「承知しました」

　ユウミが品書きを手渡した。

　ケンジが冷蔵庫からショット売り用の白ワインをだし、グラスに注いだ。

「トマト卵チーズ炒めとアンチョビポテトを下さい」

　女が注文した。

「親方、銀座に支店をだすのかい」

　カウンターの中央にすわる常連客が小声で訊ねた。地元の不動産屋の社長だ。

「まさか」

　円堂が首をふった。

「なぜです？」

「銀座のバーで会ったって、今のお客さんがいうからさ。ほら、鮨屋とかはさ、よそでうまくいくと銀座に店をだしたがるじゃない」

銀座にも足を運んでいるらしい、不動産屋の社長はいった。

「そんな大それたこと考えるわけないじゃないですか。ここをやっていくだけでもいっぱいいっぱいなのに」

円堂は笑った。

「本当かな。ここの味と品数なら、どこでやってもうまくいくと俺は思っているけどな」

「ありえませんよ。今月だってユウミちゃんのバイト代、どうやって払おうかと思案しているくらいなんですから」

「え？　どうしよう」

ユウミが目を丸くした。

「そうなったらユウミちゃん、うちにきなよ。事務で雇ってあげるから」

「本当ですか」

「そのかわり俺の愛人な」

「えー」

笑いが起こった。円堂は高温にしたフライパンでトマトを炒め、一度水分を切った。そこに溶き卵とチーズを加えて炒め、最後に刻みネギを足す。

ケンジがジャガイモのスライスをレンジでふかしているあいだに、作りおきのニンニク、トウガラシオイルをフライパンであたためた。ふかしあがったジャガイモを炒めてアンチョビを加え、パセリのみじん切りを散らした。ユウミが二品を奈緒子のテーブルに運んだ。

「おいしい！」

トマトの卵チーズ炒めをひと口食べた奈緒子がいった。

カウンターにいた常連カップルが帰り、不動産屋の社長が席をずれて、奈緒子にいった。

「お嬢さん、よかったらこっちにいらっしゃいよ。ひとりで飲むのも寂しいでしょう。大丈夫、連絡先とか訊いたりしないから」

よけいなことをすると思ったが、止めるわけにもいかず、円堂は頷いた。

「嬉しい！」

奈緒子はいって、グラスを手にカウンターに移ってきた。料理はユウミが運んだ。

「まさか本当にいらっしゃるとは思いませんでした」

円堂はいった。

「円堂さんにすごく興味が湧いたんです」

「親方、何したの？　こんなきれいな女性に興味をもたれるなんて」

不動産屋の社長が訊ねた。

「たまたま、同じ店で飲んでいただけです」

円堂は答えた。奈緒子がいった。

「それは本当です。銀座のバーで隣にすわったんです。居酒屋さんをやってらっしゃるというので、押しかけてきました」

「何？　そんなに親方がカッコよかったの？」

不動産屋の社長がつっこむと奈緒子は頷いた。

「大人の男の人の翳みたいなのがあって」

「なんだよ、それ。ちょっとカッコよすぎじゃない」

不動産屋の社長はのけぞった。

「昔の失恋話をしたんで、そう見えただけだと思います。翳なんて、どこにもありませんよ」

円堂は首をふった。

「ありますよ」

不意にユウミがいった。

「え？」

「親方には翳があります。ふとした拍子に、すごく寂しそうな顔をしているときがあるんです」

「それはだから、ユウミちゃんのバイト代をどう払うかを考えているときさ」

不動産屋の社長がいい、笑いながら円堂も、

「そうそう」

と頷いた。

「え、もしかしてユウミちゃん、親方に惚れてる？」

不動産屋の社長は目を丸くした。

「そうじゃないです。でも親方には、きっと誰にもいわない秘密があると思うんです」

ユウミがいい、全員が円堂を見た。しかたなく円堂はいった。

「莫大な借金をしょっているんだ。だから働いても働いても儲けがでない」

えー、嘘、という声があがる中で、奈緒子が訊ねた。

「その借金はどうしてできたんですか」

真顔だった。

「そうだよ。親方、ギャンブルをやるタイプにも見えないし」

不動産屋の社長がいう。円堂は奈緒子を見つめた。

「あなたはいつも私を追いこむね」

店の中が静かになった。

「前に会ったときも、私が失恋した理由を訊ねた」

奈緒子は頷いた。

「そうです。その答を聞こうと思って、今日はきたんです」

「おいおい……」

不動産屋の社長がいいかけ、円堂と奈緒子のあいだにある緊張感に気づき、口を閉じた。

「円堂さんは、失恋した理由を、次に会ったときに教えて下さるといいました」

奈緒子が円堂を見つめた。円堂はいった。

「それはちがう。私がいったのは、その話はいつかまたしましょう、です」

「今日では駄目ですか」

「まだ営業中です」

「終わるまで待ちます」

奈緒子がいった。

「なぜそんなに、私の昔話を知りたがるんです?」

「それはひとつしかないよ」

不動産屋の社長が口をはさんだ。

「この人があんたに惚れているのさ」

「その理由は、円堂さんのお話をうかがったら、申しあげます」

奈緒子がいった。

気まずい沈黙が流れた。

「なんか、やりにくいな。モテるのは親方だけみたいだぞ」

不動産屋の社長がいった。

「そんなことじゃないんです。すみません、そういうつもりじゃなくて」

奈緒子はうつむいた。

「親方に昔の恨みでもあるのかい? といっても、そういう歳でもなさそうだが」

不動産屋の社長が訊ねた。

「そうじゃないです。もしかしたら共通の知り合いがいるかも、と思って」

奈緒子が答え、円堂は無言で聞き流した。

別の常連客が立ち上がった。

「ごちそうさま」

「ありがとうございました」

客は奈緒子と不動産屋の社長の二人になった。

「何だか、いづらいな。もう少し飲みたかったんだけど」

不動産屋の社長がいった。

「大丈夫です。いて下さい。この人とは外で話をします」

円堂はいった。腹が立っていた。奈緒子にその意志があったかどうかはわからないが、週末のやわらかな店の空気を、壊された。

奈緒子は目をみひらいた。

「でましょう。お勘定はけっこうです。あなたとは他の人がいないところで話したほうがいいようだ」

冷たく円堂はいった。

「でもまだお料理が――」

奈緒子がいったので円堂は首をふった。

「あなたの目的は料理じゃない。私のプライバシーを詮索しにきたのでしょう?」

店にいる全員が息を呑んだ。奈緒子の顔が無表情になった。

「ごめんなさい。怒らせるつもりはなかったんです」

「あなたも客商売をしているならわかる筈だ。あなたの訊きたいことに答えてあげるから、ここをでましょう」

円堂はいって前掛けを外し、カウンターをでた。不動産屋の社長が何かをいいかけたが、円堂の顔を見て口を閉じた。

「十分くらいで戻る」

円堂はユウミとケンジに告げ、「いろいろ」の扉を開けた。奈緒子が立ち上がった。

「お勘定は本当に――」

「けっこうです」

円堂はかぶせるようにいって、店の外にでた。深呼吸する。

うなだれた奈緒子がでてきて店の扉を閉めた。円堂の顔をうかがい、訊ねた。

「どこへ？」

「どこでもいい。その辺の喫茶店でも。何なら道端で話してもいい。あなたの訊きたいことに答えよう。そのかわり二度と、うちにはこないでほしい」

奈緒子は涙目になっている。

「本当にごめんなさい。気になることがあるとわたし、周りが見えなくなっちゃうんです」


円堂は歩きだした。駅ビルの近くにチェーンのコーヒーショップがある。

コーヒーを買い、山手通りを見おろす二階席の窓ぎわにすわった。テーブルに紙コップを二つおく。奈緒子はのろのろと円堂の向かいにかけた。

「何を知りたいんです？」

円堂はいった。

「円堂さんの恋人だった人のことです」

「最初に会ったときにお話しした。君香という名で、六本木のクラブで働いていたと」

「君香というのは本名ですか」

「いや」

「本名は何というのですか」

円堂は窓に目を向けた。本名も知っている。だが円堂にとっては君香だった。本名で呼ぶことはなく、君香も本名で呼ばれるのを嫌がった。

「糸乃（しの）。黒松（くろまつ）糸乃です」

うつむいていた奈緒子が目を上げた。

「出身はどこです？」

「仙台です」

「君香さんに兄弟はいましたか」

「覚えていない。家族とは仲が悪く、高校をでてすぐ仙台をでた、といっていました」

「三姉妹だったのじゃありませんか」

　奈緒子がいったので、円堂は見なおした。

「そんな話を聞いたような気もします。確か三姉妹のまん中で、お姉さんと特に仲が悪かったといっていた」

「それがわたしの母です」

　円堂は息を呑んだ。

「帰るたびにいわれます。あんたは大嫌いな妹に似てきたって。母は性格がとてもきつい人なので」

「お母さんの名は？」

「黒松綾乃（あやの）。わたしが八歳のときに離婚して旧姓に戻りました」

「つまり私がつきあっていたのは、あなたの叔母さんということですか」

「はい」

「会ったことはありますか」

「わたしは一度も。ずっと音信不通だと母はいっていました」

　円堂は深々と息を吸いこんだ。頭の芯が痺れるような衝撃を感じていた。

「母は水商売が嫌いで、わたしが銀座で働いていると知ると、顔だけじゃなくて仕事まで妹と同じなのかって、罵られました」

　円堂は窓の外に目を向けた。

「わたしも母とあわなくて、短大をでてすぐに東京にでてきてしまったんです。たまに帰ると喧嘩ばかりで。だから叔母さんのことがすごく気になっていました。母とあわないというなら、わたしとはあうのじゃないかって」

「だがお母さんも連絡先を知らない」

奈緒子は頷いた。

「はい。もう何十年も音信不通だそうです。円堂さんは連絡先をご存じなんですか」

円堂は首をふった。奈緒子に感じていた怒りは消え、驚きと混乱にかわっている。

「君香とは――。本名じゃなくずっと源氏名で呼んでいたので、君香といいます。もう三十年、会っていない。彼女は行方不明です」

「行方不明？」

「バブルが崩壊し、私がつとめていた会社が倒産したときに、経営者の会長とともにいなくなった」

奈緒子は眉をひそめた。

「それって」

「二人はつきあっていたんです。私はそれを知らなかった」

「本当につきあっていたのですか」

「全財産を失った男といっしょに失踪する理由が他にありますか」

奈緒子が黙った。

「どこかで心中したのだろうと私は考えていた。人として尊敬していた上司と、結婚まで考えた女が、私に隠れてつきあっていた。それを知ったのは、二人がいなくなってからです」

「それは……つらいですね」

「だから初めて会ったときに話さなかった。あなたの叔母だとわからなければ、今日も話す気はなかった」

　奈緒子は息を吐き、訊ねた。

「恨んでいます？」

「君香を？　三十年前の話です。恨みや怒りは消えている。面と向かったらちがうかもしれないが、今はそう思っています。ただ、なぜ嘘をついたのかは知りたい。私が真剣だったのを、彼女は知っていた。なのに、ずっと隠れて私の上司とつきあっていたんです。いったい、何をしたかったのか。もし真実を知ったら、私は会社を辞めていた」

　奈緒子は無言でテーブルに目を落としている。低い声で訊ねた。

「会社を辞めて、叔母――君香さんとも別れた？」

「君香が会長と別れるというなら許したでしょう。会社は辞められても、彼女を失いたくはなかった。そこまで惚れていました。だが結局、会社は潰れ、彼女はいなくなった」

　息を吐き、円堂はつけ加えた。

「三十年も前の話ですよ」

「でもずっと忘れなかったんですね」

　奈緒子はいった。

「ふつうの男女のように別れていたら、忘れられたでしょう。だがある日、突然いなくなった。彼女と知り合うきっかけを作った勤める会社の会長といっしょに。会長が私を彼女の働く店に連れていった。つきあいだしたことも会長は知っていた。まるで彼女と会長の二人で、私をオモチャにしたような話です」

「そんな……」

　奈緒子はつぶやいた。

「二人がいなくなって初めて、私はつきあっていたことを知った。私は彼女との結婚も考えていた」

「捜しました?」

「もちろん捜した。私だけじゃなく、会社に金を入れていた色んな人間も捜した。銀行、金融屋、やくざ。だが見つからなかった。どこか山奥ででも心中したと考えることにした」

「だから母とも音信不通だったんですね」

円堂は無言で頷いた。

「あのバーで会ったとき、わたしに似ていて六本木で働いていたと聞いて、もしかしたら叔母かもしれないと思ったんです。でもいきなりそんな話をしたら、変な女だと疑われるかもしれない。それでお店にまで押しかけてしまいました。本当にすみません」

奈緒子はいって、頭を下げた。

「いや。事情がわかれば理解できます。偶然はつづくものだ」

円堂がつぶやくと、奈緒子が聞きとがめた。

「偶然?」

「死んだと思っていた会長を見た、という人間がいたんです。会津高原にある蕎麦屋で、元は銀座でポーターをしていた人がやっている店に最近現われたらしい」

「叔母もいっしょだったのですか」

円堂は首をふった。

「ひとりだったそうです。ただ会長が生きているのなら、彼女も生きているかもしれない」

「会津高原……。何という蕎麦屋さんですか?」

「高取といいます。私も一度いきましたが、会長の今の居場所がわかるような手がかりは得られなかった」

「円堂さんがいったということは、まだ捜す気があるからですか」

奈緒子の視線から円堂は目をそらした。

「もうひとり、同じ会社にいた男が捜そうというので、つきあったのです」

「円堂さんは叔母に会いたくないのですか」

「会っても、今さらどうしようもない。三十年間、会長とひっそり生きてきたなら、このまま生きていけばいい」

「でも円堂さんは今でも」

「三十年ですよ。いなくなったときの君香の年齢より長い時間が過ぎている。もう別人のようなものです。彼女も、私も」

奈緒子は息を吐いた。

「確かにそうですね。でもお友だちはまだ捜していらっしゃるのじゃありませんか」

「いや」

「いや、とは?」

「捜していない。捜せなくなった。亡くなったんです」

奈緒子は目をみひらいた。

「那須に住んでいたんですが、家が火事になって……」

「那須――」

奈緒子はくり返した。

「ええ」

「栃木の那須ですか」

「そうです」

「下の叔母がいます。その人とは仲がよくて、わたし遊びにいきます。温泉旅館をやっているので」

「旅館？」

円堂は奈緒子の顔を見た。

「ええ。今週も、水回りのトラブルでお店が休みになったんで、ひとりで泊まりにいってきました」

「何という旅館ですか」

「『藤の丸館』」

円堂は息を吸いこんだ。偶然もここまで重なると偶然ではない。呼ばれたのだと思った。二見か、君香か。両方にか。

「亡くなった元同僚の通夜にいった晩、『藤の丸館』に泊めてもらった。飛びこみだったが、親切でした」

奈緒子は息を呑んだ。

「それは……いつですか」

「火曜日の晩です」

「わたし、いました。車でいって……」

「品川ナンバーのメルセデスですか」

奈緒子は頷いた。

「中古で買って、もう十年近く乗っている車です」

「女将さんは、あなたとはあまり似ていない」

「まるで似てません。下の叔母は母に似ています。写真を見たことがありますが、上と下が似ていて、まん中の叔母だけがまるでちがうんです」

「女将さんと君香との仲はどうだったのでしょうか」

「わたしの母ほどは悪くなくて、ときどき連絡をとっていたみたいです」

円堂は息を吸いこんだ。

「女将さんが『藤の丸館』に嫁がれたのはいつ頃ですか」

「わたしが生まれた年ですから、二十八年前です」

「若くして結婚されたんですね」

「二十一だったと聞きました。ご主人が仙台の大学に通っている頃からのつきあいで、学生結婚したいといわれたのを、卒業まで待って結婚したと聞いています」

二十八年前に二十一だったなら、現在は四十九だ。

「もう少し若く見えました。五十はいっていないと思った」

「子供がいないからかもしれません」

円堂は頷き、黙った。「藤の丸館」の主人に抱いた疑問を話すべきかどうか迷っていた。

東京を逃げだした二見と君香が「藤の丸館」の先代の主人を頼った可能性を円堂は疑っていた。

二見が那須にもっていた別荘をペンションのオーナーに転売する口ききを先代の主人がしたと、「藤の丸館」の女将はいい、主人はその話をするのを嫌がった。

「わたしは疑っていることがあるんです」

奈緒子がいったので、円堂は目を上げた。

「もしかしたら『藤の丸館』の叔母は、糸乃叔母さんの連絡先を知っているのじゃないかって」

「訊いたことはないのですか」

「あります。華乃叔母さんは――、華乃というのが『藤の丸館』の女将をしている叔母さんの名前なんですが――『もう何十年も連絡がないからわからない』って、答えましたけど、本当は知っているのじゃないかって思っていたんです。知っているのだけど、事情があって、知っているといえないのじゃないか。円堂さんのお話を聞いて、確信しました。華乃叔母さんは、糸乃叔母さんの連絡先をきっと知っています」

円堂を見返しながら奈緒子はいった。円堂は思わず視線をそらした。確かに君香から口止めされている可能性はあるかもしれない。

だが、そうならばなぜ「藤の丸館」の主人はカリフォルニア・スパイダーを見たという話をしたのだろう。

中村が訊ねてきたからだ。円堂は気づいた。

加工した二見の写真を見せられ車の話を訊かれて、主人の藤田は車なら見たことがあると答えた。二見については知らないととぼけ、スパイダーに関しては白河高原で見たといった。

なぜ見たといったのか。中村の目をそらすためだ。つまり白河高原で見たというのは嘘で、中村の捜索をかく乱する狙いがあったのではないか。


「円堂さん」

奈緒子にいわれ、我にかえった。

「華乃叔母さんは、糸乃叔母さんに口止めされているのだと思います」

「そうかもしれない。そっとしておいてほしいのでしょう」

円堂はいった。

「円堂さんは捜さないのですか。糸乃叔母さんを」

「捜してどうするんです？　彼女は私ではなく、私より二十以上上の人を選んだ。今さら恨みごとをいっても始まらない。それは会長に対しても同じです」

「じゃあ、このままにしておくのですか」

円堂の携帯が鳴った。店からだ。

「はい」

「親方に会いたいというお客さんがみえています」

　ケンジだった。その声に緊張を感じた。

「どんな人だ？」

「男の方、三人です。あの」

　ケンジの声が小さくなった。

「もう帰ったことにしたほうがいいと思います。そういう感じの人たちです」

「ガラが悪そうなのか」

「はい」

「佐野さんはどうした？」

　佐野というのが、常連の不動産屋の社長の名だった。

「入れかわりにお帰りになりました。今は、その三人の方だけです」

「俺は戻る。ユウミちゃんをあがらせてくれ」

「それはもうしました。でも――」

　ユウミに恐い思いをさせたくないと考えたのだろう。ケンジの機転に感心した。と同時に、ならば尚さら戻らなければならないと思った。

「すぐ近くにいるからといって、待ってもらえ」

「わかりました」

　電話を切り、円堂は奈緒子を見た。

「申しわけないが、店に戻らなけりゃならなくなりました」

「あの、円堂さんの連絡先をうかがっていいですか。何かわかったらお伝えしたいので」

　奈緒子がいい、円堂は奈緒子と携帯の番号を交換した。

「わたし、明日にでも那須にいってみようと思います。華乃叔母さんに糸乃叔母さんのことをもう一度訊きます」

「もしそうするなら、ご主人のいないところがいいかもしれない」

円堂はいった。

「どうしてです？」

「ご夫婦に、いなくなった会長の話を少しした。ご主人は、その話をしたくなさそうだった」

奈緒子は円堂を見つめた。

「何か理由があるのでしょうか」

「わかりません。私の思いちがいかもしれない。ですが、『藤の丸館』の先代のご主人といなくなった会長のあいだには、何かつきあいがあったらしく、それに関係があるのかもしれない」

奈緒子は頷いた。

「わかりました。華乃叔母さんだけに訊くことにします」

「じゃ、これで」

円堂は立ち上がった。

17

外看板の明りが消えていた。ケンジが消したのか、客が消させたのかはわからないが好都合だと円堂は思った。何者かは知らないが、常連客にガラの悪い客を見せたくない。

「遅くなりました」

「いろいろ」の扉を開け、円堂はいった。スーツ姿の男三人がテーブル席にかけている。ビールとお通しがおかれているが、どちらも手をつけたようすはなかった。

「ご主人ですか」

三人のうちの最も年配と思われる五十がらみの男がいった。あとの二人は、それより十以上若い。

スーツも髪型もおとなしいが、明らかに筋者の匂いがした。

「はい。ちょっとでておりました。何か私にご用でも？」

「いやいや、たいした用じゃないんです。私どもは調査会社の人間でして――」

男は名刺をさしだした。

「城南信用サービス　代表　長谷川典夫（はせがわのりお）」と記されている。住所は大田区蒲田だった。

「調査会社？」

「不動産投資などの下調べを主にやっております」

長谷川の名刺をだした男はいった。

「それが私にどんなご用件でしょう」

いってから、円堂はケンジをふりかえった。

「今日はもうあがっていいよ。土曜日だし、こちらのお相手は、私がする」

「飯、食わさねえ気かよ」

黙っていた二人のうちのひとりがいった。円堂はその男を見た。白いシャツにネクタイを締めていても、目にチンピラ独特の尖った光がある。

「料理は私ひとりで大丈夫です。ご注文があればうかがいますが」

男は横を向いた。

ケンジの目を見て、円堂はいった。

「あがりなさい」

「わかりました」

ケンジは頷いた。調理服の上に革ジャンを羽織り、店をでていった。いつもなら私服に着替えて帰る。本当に帰るわけではないと円堂に知らせたのだろう。

ケンジがでていき扉が閉まると、円堂はカウンターの内側に入った。

「料理は何を?」

男たちは顔を見合わせた。

「話を先にさせてもらっていいですか」

長谷川がいった。

「どうぞ」

「申しわけないが、こちらにでてきてもらえませんか。カウンターをはさんでだと話しづらいんで」

長谷川の目が板場におかれた包丁を見ていた。

「じゃあ——」

円堂はいってカウンターの椅子にかけた。さっきまで佐野がいた席だ。

「一杯、いきますか?」

長谷川がテーブルのビール壜をもちあげた。

「ちょうだいします」

円堂はグラスを手にした。ビールを注ぎながら長谷川がいった。

「古い話になるのですが、二見興産という会社をご存じですか」

「いただきます」

いってビールをひと口飲み、円堂はいった。

「今もある会社ですか」

「とぼけてんじゃねえぞ、この野郎」

飯を食わさねえ気かといった男が低い声でいった。円堂はその男の目を見た。

「今、何と?」

「何でもありません。やめろ。この男は育ちが悪いもので、腹が減るとすぐ言葉遣いが悪くなるんです。申しわけありません」

長谷川がいって頭を下げた。そして、

「二見興産はだいぶ昔に潰れました。あちこちに借金をこしらえた経営者の二見さんと、円堂さんはおつきあいがあったのではありませんか」

「それが何か」

「今でも二見さんと連絡をとっておられますか」

長谷川は円堂の目を見て訊ねた。

「いいえ。もう三十年、話していません」

「なるほど」

長谷川は頷き、黙った。

「いったいなぜ、今になってそんなことを私に訊きにこられたのですか」

長谷川は「いろいろ」を見回した。

「二見さんを見たという人間がいまして。それもつい最近です。その者のところに、二見さんのことを訊ねにきた人がいる。ひとりは円堂さん、あなただ」

円堂に目を戻し、長谷川はいった。

「ひとり？ 他にもいたのですか」

円堂は訊ねた。

「他の人間のことはいいんです。私どもは、円堂さんからお話をうかがいたいと思って、きたのですから」

円堂は無言だった。中村のことを知らないのか、理由があって知らないフリをしているのか。

「どうです？」

長谷川はうながした。

「それについてお答えする前にうかがいたい。皆さんは二見さんを捜しておられるのですか」

円堂は三人の顔を見回した。誰も何もいわない。やがて、

「まあ、そうなりますかね」

と長谷川が答えた。そして片手を上げた。

「捜している理由は勘弁して下さい。私どものク

ライアントにも事情があるものですから」

「そうですか。おっしゃっているのは、会津高原のお蕎麦屋だと思うのですが、そこを私が訪ねたのは事実です」

「二見さんを捜して？」

「捜すというほどのことではありません。たまたま共通の知り合いがあの蕎麦屋を知っていましてね。とてもうまい蕎麦をだす上に、二見さんがきたという話をしたというので、だったらいってみようと思ったんです。懐しさもありまして」

「共通の知り合いというのは？」

「あの蕎麦屋がしていた仕事を、今もしている人です。迷惑をかけたくないので名前はいえません」

長谷川は黙った。

「私のことはどこでお聞きになりました？　あの蕎麦屋でしょう？　中目黒で居酒屋をやっているという話をしましたから」

長谷川の目を見つめ、円堂はいった。長谷川は目をそらし、大きく息を吐いた。

「それで、円堂さんは二見さんを見つけられたのですか」

円堂の問いには答えず、訊ねた。

「高取さんから聞いていませんか。二見さんはたまたま高取さんの蕎麦屋にきただけでした」

「なるほど」

長谷川は頷いた。

「本当だろうな」

黙っていた、もうひとりの男がいった。円堂はその男を見た。

「なぜ、そんな口のききかたをする？」

「何だと？」

「人にものを訊ねる態度じゃないな」

「この野郎……」

男は淡々といった。

「店をぶっ壊されてえのか」

円堂は長谷川に目を戻した。

「今のは脅迫だね。警察に、あんたからもらった名刺を渡して、こういう脅迫をされたと伝える」

「それはおやめになったほうがいい。お互いつらいことになる」

長谷川は首をふった。

「私はね、なるべく穏便に話をすすめようと思っている。警察なんかを巻きこんだら、そうはいかなくなる」

「それも脅迫だな」

「店が燃えてもいいのかよ」

最初にすごんだ男がいった。円堂は息を吸いこんだ。男の目を見ていった。

「火をつけるのが得意なのか。子供の頃、よくおねしょをしたろう」

「手前！」

男は立ち上がった。

「よせっ」

長谷川がいった。男は腰をおろした。

「円堂さんにはつまんない威しは通じないのがわからないのか」

「威していると認めるんだな」

円堂がいうと、長谷川は首をふった。

「勘弁して下さい。若い人間はすぐあせる。威す気なんか最初からありません。我々はただ二見さんの居場所を知っているのかどうかを訊きたいだけです」

「知っていたら？」

円堂はいった。

「できれば教えていただきたい。もちろん謝礼はします」

「二見さんを捜す理由を知りたい」

「それは申しあげた通り、クライアントの問題です。それで、実際のところ円堂さんはご存じなのですか」

「私は見つけられなかった。ただ――」

円堂は長谷川を見つめた。

「ただ、何です？」

「見つけたかもしれない人間は知っている」

「どなたですか」

円堂は黙った。

「円堂さん、大人の話し合いをしましょうや」

長谷川は笑顔を作った。その拍子に右の目尻にある古い傷跡が浮かびあがった。

「謝礼の話は本当か？」

「もちろん。その人に会って二見さんの居場所がわかれば、その人にも円堂さんにもお礼をします」

「いくら？」

「その人のことを教えて下さったら五十。二見さんが見つかったらもう五十で、どうです？」

円堂は考えるフリをした。

「駄目ですか」

長谷川がいった。円堂は無言で立ち上がった。

「おい、どこいくんだよ」

本当だろうなといった男がいった。

「考えているんだ。いつもの自分の場所が一番落ちつくんでね」

円堂はいってカウンターに入った。男たちからは見えない位置に柳刃包丁がある。手をのばせば、すぐの場所だ。

「いいですよ。考えて下さい」

　長谷川はいった。

「金は今、もっているのか」

「ええ」

　長谷川は頷いた。

「じゃあ教えよう。作家の中村充悟という男だ。那須に住んでいて、私と同じで、昔、二見興産につとめていた」

　長谷川の顔を見ながらいった。

「作家の中村さん……。那須のどこに住んでおられるのですか」

　長谷川は表情をかえずに訊ねた。他の二人の表情もかわらない。

「住所は今はわからないが、携帯の番号ならある」

「ぜひ教えて下さい」

　円堂は止めていた息を吐いた。中村のことを、この三人は知らないようだ。

「あんたたちに教えていいかどうかを確認する。それでいいといったら教える」

「では、今この場でお願いします」

　円堂は頷き、携帯をとりだした。

「スピーカーホンでかけて下さい。その中村さんにかけているかどうか、我々にもわかるように」

　長谷川はいった。円堂は携帯をカウンターにおいた。長谷川以外の二人が立ち上がり、携帯の画面をのぞきこむ。

　円堂は電話帳をだし、中村の名前に触れた。スピーカーホンにする。

　呼びだし音が響いた。応えはない。留守番電話サービスにつながり、円堂は通話を切った。

「田舎の人間なので寝ているようだ」

「番号を見たか」

長谷川が二人に訊ねた。ひとりが番号を口にした。

「その番号でまちがいありませんか」

長谷川が円堂に念を押した。

「まちがいない」

「では明日、私どもから連絡をとらせていただきます」

円堂は頷き、いった。

「ひとつ教えてほしい」

「何でしょう」

「あんたたちのクライアントは誰だ?」

「申しわけありませんが、それはお答えできません」

いって長谷川は上着の内側から封筒をとりだした。

「先ほど申しあげた謝礼をお払いします」

「それはいらない」

円堂がいうと、長谷川は瞬きした。

「金はいらない、と?」

円堂は頷いた。

「そのかわりにクライアントの名を知りたい」

長谷川はおもしろがっているような表情になった。手下の二人を見る。

「どうする? 円堂さんは金はいらないそうだ」

二人は無言だった。

「何なら一度受けとって、情報料として私が払ってもいい」

長谷川は首をふった。

「悪くはない話ですが、それには乗れません」

「じゃあ、私が思い浮かんだ名前をいう。それがクライアントと関係のある人間かどうかだけを答えてくれ。頷くか首をふるか、だけでいい。あんたが教えたことにはならない」

「なぜクライアントを知りたがるんです?」

円堂は頷いた。

「なぜ二見会長を捜しているのかを知りたいからさ」

長谷川は息を吸いこんだ。

「いいでしょう。ただしひとりだけです。いくつも名前を上げられてもお答えできません」

「ではどうぞ」

「五十嵐」

長谷川の顔から表情が消えた。

「どうなんだ?」

円堂は畳みかけた。長谷川は息を吐いた。

「私どもは円堂さんをナメていたようだ。これはお見それしました」

「認めるのか。五十嵐がクライアントだと」

「おい! 調子くれてんじゃねえぞ。何だ、その口のききかたはよ」

手下のひとりがいった。長谷川は止めなかった。

「返事をする約束だ。聞くまでもないようだが――」

「何だと、この野郎!」

もうひとりがカウンターごしに腕をのばしかけ、固まった。円堂が柳刃包丁を手にしていたからだ。

「手前……」

「閉店後は毎日、研いでるんだ。切れ味が悪いと刺身の角が崩れる」

いって、円堂は柳刃を手にカウンターをでた。

「話は終わりだ。そろそろ帰ったほうがいいのじゃないのか。これ以上長びくと、さっきの若い板前が110番するかもしれない」

「別に警察を恐がる理由はありませんよ」

長谷川がいった。円堂はカウンターにおいた長谷川の名刺を示した。

「筋者がカタギのフリをしただけで、もっていかれる時代だ。こいつは立派な証拠になる」

長谷川はあきれたように首をふった。

「あんた、度胸がいいな。それともただの馬鹿なのか」

「馬鹿のほうさ」

手下二人は後退り、長谷川をうかがった。

長谷川は立ち上がった。

「今日のところは引きあげますよ。ただ、お宅も客商売だ。今後、いろいろマズいことになるかもしれません」

「そのときは警察に相談するさ。鹿沼会の五十嵐の名をだして」

「殺す！」

足を踏みだした手下に円堂は柳刃を向けた。

「気をつけたほうがいい。包丁をもった人間に寄ると怪我をする」

手下は息を呑んだ。

「代金はいらない。お帰り下さい」

円堂はいった。

「また話しにきますよ。お友だちの名前もうかがったことだし」

長谷川はいって、出入口に歩みよった。円堂は答えなかった。

三人がでていき、扉が閉まった。待っていたかのように携帯が鳴った。ケンジだ。

「親方！」

「大丈夫だ。何もない」

「本当ですか。あいつらがでていくのが見えたんで――」

やはりどこからか見張っていたのだ。

「どうした？　あの三人」

「通りに待たせていた車に乗りこみました。白のアルファードです。ナンバーまでは見られませんでしたが」

「そうか。いや、十分だ。心配かけたな。すまなかった」

「いえ」

円堂は柳刃を戻し、カウンターに腰をおろした。扉を開き、ケンジが入ってきた。

「あいつら、何者です？」

勢いよく訊ねた。円堂は苦笑した。

「俺にもわからない。たぶん、やくざ者だろう。こいつを――」

長谷川の名刺をケンジにさしだした。

「写真に撮っておいてくれ。保険がわりだ」

ケンジは眉をひそめ、頷いた。自分の携帯のカメラで写す。

「もし俺か店に何かあったら、警察に見せるといい」

円堂がいうと、ケンジは頷いた。

「いったい何しにきたんです？」

「三十年前にいなくなった、俺のつとめ先の会長を捜しているようだ」

「それって、火事で亡くなった作家の先生といっしょに働いていた会社のですか？」

店を休みにしたとき、中村の死はケンジとユウミに教えていた。

「そうだ」

「まさか、あいつらが火事を――」

「いや。あいつらは中村が死んだのを知らなかった。もしあいつらがやったのだったら、帰さなかった」

円堂はいって、立ち上がった。冷蔵庫からズブロッカのボトルをだす。いっしょに冷やしていたショットグラスに注ぐと、一気に飲み干した。

「看板を消したのはお前か」

見ているケンジに訊ねた。

「はい。俺も一杯もらっていいすか」

円堂はグラスをさしだした。ズブロッカを注いでやりながらいった。

「ユウミちゃんを帰したことといい、機転がきくな。感心したよ」

「そんな。とんでもないす」

ケンジははにかんだように笑った。ケンジを雇ってよかった、と円堂は思った。

18

奈緒子から電話がかかってきたのは翌日曜の昼過ぎだった。

「きのうは突然うかがってご迷惑をかけ、申しわけありませんでした。あれから糸乃叔母さんのことが気になってしかたがなくて。今、首都高を走っています」

「『藤の丸館』にいくのですか」

「華乃叔母さんに、今でも連絡がないか直接訊いてみようと思って――」

円堂は時計を見た。正午を回った時刻だ。

「できればその場に私もいたい」

もう忘れたフリはできない。中村が死に、店にやくざが現われた。君香が生きているなら、会うべきだと思った。

「今からですか?」

「新幹線に乗ります。那須塩原か新白河の駅で、私を拾ってもらえませんか」

「わかりました。列車が決まったら連絡を下さい」

大急ぎで身支度をすると家をでた。東京駅に向かい、四時過ぎに那須塩原に到着するなすのに乗りこんだ。日曜の午後だというのに、列車は混んでいた。那須塩原駅への到着時間をショートメールで奈緒子に送った。

十分後に返信がきた。宇都宮の手前のパーキングエリアにいる、時間調整をして那須塩原駅で円堂をピックアップする、という内容だった。

那須塩原駅に到着した。駅前のロータリーに見覚えのあるメルセデスが止まっていた。


「無理をいってすみません」

助手席に乗りこむと円堂はいった。奈緒子はジーンズに革のブルゾンを着け、薄い色のサングラスをかけている。

「いえ。糸乃叔母さんに会いたい気持は、わたしなんかより円堂さんのほうが強い筈です」

「そうかもしれないが実際会ったら、どうしたらいいのかわかりません」

奈緒子はメルセデスを発進させた。しばらく無言だったが、いった。

「わたしだったら責めます」

「今さらですか」

円堂はつぶやいた。

「三十年も前のことを責めたところでどうにもならない。ただ、なぜ嘘をついたのかを知りたい。最初から二見とつきあっているといえば、あんな関係にならずにすんだ」

「誘ったのは円堂さん？」

藤の丸館へと向かう道を走りながら奈緒子が訊ねた。

「もちろん。店で話していて、たまたま日曜日、互いに予定がなかった。君香が、見たい映画があるけどつきあってくれる人間がいない、といった。それでつきあおうといった。映画を観たあと飯を食い、君香のいきつけだという麻布十番のバーにいった。日曜日でもやっているから、と」

ゲイのマスターがひとりでやっているバーだった。客はおらず、三人で話していると、不意にそのマスターがいった。

「君香ちゃん、この人、お勧め。見かけはちょっと恐いけど、中身は真面目よ」

「じゃ、つきあっちゃおうかな」

いたずらっぽく笑った君香の顔を、今も思いだせる。

「何ていう映画ですか」

奈緒子の問いに円堂は答えた。奈緒子は首を傾げた。

「糸乃叔母さんとは、どのくらいつきあっていたんですか」

「丸二年。いなくなったのは、三年めに入ろうというときだった。三年つきあうなら結婚してもいい、と私も思っていた。そんなことより、私がいっしょだと『藤の丸館』の女将さんには伝えたのですか」

奈緒子は首をふった。

「東京をでるときにメールはしましたけど、わたしひとりだと思っているのじゃないかな。『いいわよ』って返事がきただけです」

「ご主人は？」

「日曜日はだいたいでかけていることが多いです。地元の集まりとかで。親の代から旅館をやっているんで、いろいろつきあいがあるみたいで」

主人とも話をしなければならないだろうと円堂は思った。二見と先代の主人とのあいだには交流があった。失踪した直後の二見を、先代の主人がかくまった可能性もある。

「藤の丸館」に到着した。前に泊まったときより駐車場の車が多い。ざっと十台以上が並んでいた。

「混んでいるね」

「ええ。いつもの日曜より多いんです。これだと叔父さんもいるかもしれません」

「夕食はふだんどうしているの？」

「泊めてもらうときは、外ですませていきます。旅館なんで、手間をかけさせちゃ悪いんで」

「じゃあ我々もそうしよう」

時計を見て、円堂はいった。

「でも一度顔を見せてからのほうがいいと思います」

奈緒子といっしょに現われた自分を見たら、主人はどう感じるだろう。いぶかり、より警戒するかもしれない。が、奈緒子がいない場では、二見について知ることを決して口にしないにちがいない。

「きっと驚かれる。君といっしょに私が現われたら」

「お客様だといいます」

「誤解されるかもしれない」

「円堂さんとのことを、ですか。子供じゃないからかまいません。円堂さんが嫌でなければ」

「ちゃんと説明できるなら。誤解されたままは気が重い」

「男の人とくるのは何年ぶりかな」

　メルセデスから小さなボストンをおろしながら奈緒子はつぶやいた。

「前にきたときは結婚しようと思っていた人といっしょでした。だまされてたのだけど」

「だまされた?」

「それこそお客さんだったのだけど、独身だって嘘をつかれて。子供までいたんです」

　円堂は無言で首をふった。よく聞く話だが、そんな嘘をついてまで女をモノにしようというさもしさが理解できない。

　二人で「藤の丸館」の玄関をくぐった。

「いらっしゃいませ」

　ワンピースを着けた女将が迎え、円堂に目をみはった。

「あら」

「先日はお世話になりました」

　円堂は頭を下げた。

「びっくりした? お客様なの。話していたら、ここに泊まったっていうから驚いちゃった。それもわたしがいたときでしょ」

　奈緒子がいった。女将は無言で円堂と奈緒子を見比べている。

「ご飯、食べにいってくるね。とりあえず顔だけだそうと思って」

「それだけど、急にキャンセルがでちゃったから、うちで食べない、といおうと思ってたのよ。それも二人分」

　女将がいった。奈緒子は円堂の顔を見た。

「どうする? 円堂さん」

「でしたら正規の料金をお支払いさせていただき

ます。あの、奈緒子さんとは部屋は別で」

「いや、でも……」

女将がいいかけたとき、主人が厨房から現われた。作務衣にエプロンを着けている。

「いらっしゃいませ」

「叔父さん、こんにちは」

奈緒子が頭を下げた。主人は円堂に気づき、足を止めた。

「先日はどうも」

円堂は頭を下げた。

「ナオちゃんのお客様だったのですって」

女将がいった。主人の顔はこわばっている。

「二人分のキャンセルがでたとうかがいました。正規の料金をお支払いしますので、そのお食事を私と奈緒子さんがいただくわけにはいきませんか。あの、部屋は別々でお願いします」

円堂はいったが主人の表情はかわらなかった。女将が小声で奈緒子に訊ねた。

「つきあってる人じゃないの？」

「まだ、ね。いろいろわけがあって」

「わけ？」

「その話をすると長くなります。お手すきのときに」

円堂はいった。主人は無言で円堂と奈緒子を見つめていたが、

「とりあえずハナミズキの間にご案内して」

と女将に告げた。

「わかりました。どうぞこちらに」

女将はいって歩きだした。

「あの、料金は？　以前は先払いさせていただきましたが」

円堂はいった。

「明日でけっこうです。姪がいっしょですので」

その場に残った主人がいった。硬い声だ。

「承知しました」

案内されたのは、前より廊下の手前にある部屋だった。広さもある。

「とりあえず、こちらでお休み下さい。ナオちゃんはちょっと――」

女将は奈緒子にいった。奈緒子は円堂に目配せをした。女将とでていく。

十二畳ほどの和室に、応接セットがおかれ洋間のついた部屋だった。洋間からは庭園が見える。一階なので、つながったベランダから庭園にでることもできる。

応接セットのソファに腰をおろし、円堂は息を吐いた。奈緒子は詰問されているにちがいない。

庭園を眺めた。中央の池の周囲に、不自然なほど大きな空き地がある。

先代の主人がクラシックカーを集めていたという話を思いだした。もしかすると空き地は、クラシックカーを展示していたスペースかもしれない。

不意に奈緒子がその空き地に現われた。手にポットをさげている。

「へへっ。こっちのほうが近道なんだよね」

笑って、円堂が開けたベランダのサッシから上がってきた。

「叔母さんがお茶だすの忘れたっていうから、お湯もらってきた」

奈緒子の表情は明るい。

「大丈夫だった？　てっきりいろいろ責められるかと思ったが」

「今は忙しくて、それどころじゃないみたい。円堂さんが独身だっていうことだけはいいました」

叔母さんはそれが一番気になっていたみたい」

奈緒子は答えて、脱いだ靴を部屋の玄関におくと、手を洗ってお茶をいれた。

「お茶、どうぞ。食事はここで食べて下さいって。わたしがとりにいきます」

「かえって手間をかけてしまった」

「大丈夫です。料理が無駄にならなくて、叔母さん喜んでた」

「叔父さんは？」

「ちょっと警戒しているみたいです。まあしかたないかな」

「君は先代のご主人のことを何か知ってる？」

「何回かは会ったことがあります。品のいいお爺ちゃん、て感じの人でした。お洒落で、いつもスーツ姿でステッキをついていて」

「君香といなくなった会長と交友があったらしい。もしかすると、二人はここにきたかもしれない」

円堂はいった。

「だったら叔父さんが何か知っているかもしれないですね。あ、円堂さんが糸乃叔母さんの恋人だったことはまだいっていません。板場が忙しくて、叔父さんも手伝っているみたいなんで」

円堂は頷き、奈緒子がいれた茶をすすった。

「おいしい」

「お茶をいれるのだけは上手なんです。母がうるさくて、小学生の頃から鍛えられて」

「お父さんはどんな方なの？」

「学校の先生です」

「それって――」

確か君香の父親も教師だったと聞いたことがあった。

「そう。祖父が勧める人と母は結婚したんです。

お祖父ちゃんが校長をしていたときの、部下の先生だったって。母親も教職をとって、しばらく中学校の先生をしていたんです」

「二代つづけて教師か」

「親が先生だというホステス、けっこう多いですよ。親がカタいと反動がでるのかも」

「二代つづけて水商売という子も多い」

円堂はいった。

「ですね。会ったことないのは、お金持の家の子くらいかな」

「遊びでホステスをやっても、そういう子は長つづきしない。家を飛びだしでもしない限りは」

「糸乃叔母さんがそうだったのでしょう？」

奈緒子がいい、円堂は頷いた。君香は、とにかく実家や姉を嫌っていた。実家の話をするのもいやがった。

「そうだ。お風呂、入りません？」

奈緒子がタンスから浴衣をだした。

「ここのお湯、わたし好きなんです」

「じゃあ、私は向こうで着替える」

いって、円堂は渡された浴衣を手に洋間に入った。仕切りの障子戸を閉める。

「変な感じ」

笑いを含んだ声が障子戸の向こうから聞こえた。

「円堂さんはきっと、わたしのことすごく積極的な女だと思っているのでしょう？」

「知りたいことに対してはそうだろうが、男女の関係についてはわからない」

「試します？」

円堂は答えなかった。浴衣に着替えるといった。

「そっちが終わったら声をかけて下さい」

障子戸が開いた。浴衣姿の奈緒子が立っていた。

「冗談です。恐い顔しないで」

「恐い顔？」

円堂は訊き返した。奈緒子は頷いた。

「きのう、お店をでましょうといったときと同じ顔です」

「怒ってはいない。とまどってはいる。君は次から次に私を驚かせる」

「円堂さん、ふだんは驚くことなんてめったにないのじゃありません？」

「この歳になれば。いろんな経験をしたからね」

「そんな円堂さんを驚かせるなんて、気分がいい」

円堂は首をふった。

「歳をとった男は、お店でさんざん見ているだろう」

「円堂さんみたいな人はいないです。下心が丸見えか、それを隠そうとしてやけに気どっているか、わたしに興味のない人はうるさがるだけ。あっ、円堂さんもそれ？」

円堂は苦笑した。

「興味はあるよ。もたざるをえない」

「それは糸乃叔母さんの姪だから？」

円堂は頷いた。

「君を見ていれば嫌でも思いだす」

奈緒子はふっと真顔になった。

「この顔、嫌いですか？」

円堂は目をそらした。

「嫌いなわけはない」

「よかった。お風呂いきましょう」

風呂をでて部屋に戻ると、奈緒子は配膳を手伝うといって、でていった。円堂は落ちつかない気持のまま、座卓の上をかたづけた。

やがて扉がノックされた。料理の載ったワゴンを奈緒子が押してきたのだ。円堂は奈緒子を手伝い、皿を並べた。料理は地元産と思しい食材を、和洋にアレンジしたもので、本格的な会席とまではいかないが、見た目は華やかだ。

「ここのちゃんとしたお料理をいただくのは初めてなんです」

皿を並べ終え、向かいあうと奈緒子はいった。

「私もだ。前に泊めてもらったときは遅かったので、ご主人のサンドイッチをいただいた」

「あの、すごく辛い？　マスタードじゃなくてカラシを使うんですよ」

「そう。うまかった」

「あれならわたしも食べたことあります。あ、円堂さん、お酒は？」

「これから話を訊くのに、酔っぱらうわけにはいかない」

「じゃ、乾杯だけビールでしません？　わたしも日曜日はなるべく飲まないことにしているんで」

円堂が頷くと、奈緒子は備えつけの冷蔵庫からビールの中壜をだした。互いに酌をして、グラスを合わせる。

「不思議なご縁に」

奈緒子がいった。

料理は正直、可もなく不可もない、という味だった。酒のつまみとしてもご飯のおかずとしても中途半端だ。旅館の食事というのはこういうものなのだろう。炊事をせずにすむ主婦にとっては、上げ膳据え膳だけで十分ご馳走だ。食事そのものを満喫したいのなら料理旅館に泊まるべきだ。

食事がすむと、奈緒子を手伝って皿をワゴンにのせた。奈緒子が厨房に戻しにいく。

円堂は二人分の茶をいれ、洋間のソファにかけた。

帰ってきた奈緒子がいった。

「八時半になったら板場が一段落します。話すなら、そのあとがいいと思います」

円堂は頷いた。まだ一時間以上ある。どうやって時間を潰そうか考えていると、部屋の扉がノックされた。

「どうぞ」

奈緒子がいうと、

「失礼します」

女将が姿を現わした。

「ナオちゃんに任せてばかりで、ちゃんとおかまいできず申しわけありません」

正座して頭を下げた。

「とんでもない。こちらこそ、突然姪ごさんとお邪魔して、かえってご不快になられたのではありませんか」

ソファをおり、円堂も頭を下げた。

「叔母さん、びっくりさせることいっていい？円堂さん、糸乃叔母さんの恋人だったんだよ」

奈緒子がいった。女将の表情はかわらなかった。

「知っています。先日お越しになられ、お話をされたとき、もしかしたらと思っていました。姉から、結婚するかもしれない人がいると聞いたことがありました。三十年以上前のことですが」

奈緒子が目をみひらき、円堂を見た。円堂は言葉を失っていた。

「それって円堂さんのことなの？」

「円ちゃんと呼んでいるって、姉はいっていました。円堂さんというお名前なので、と。先日お越しになったときに、宿泊カードに書かれたお名前を見て、もしかしたらと思いました。そのあと主人とされていた話を聞いて、まちがいないと思いました」

円堂は深々と息を吸いこんだ。

「お姉さんとは三十年、お会いしていません。いなくなってからは一度も連絡をもらえなかった」

女将は無言だ。

「今もお姉さんと連絡はあるのですか？」

円堂は女将を見つめた。女将は円堂を見返した。

「それをお答えする前に、円堂さんは姉に会ったら、どうしようとお考えなのかを聞かせて下さい」

「叔母さん……」

奈緒子がつぶやいた。女将の表情は真剣だった。

「それは……私にもよくわかりません。正直、もう生きていないだろうと、会うのをあきらめていました。また、たとえ生きていても三十年という時間です。元に戻ることはできない。突然いなくなられ、責めたい気持はありましたが、それも今は消えました。正直、会えたからといってどうしたいのか、私にもよくわからないのです」

「円堂さんが今も独身でいらっしゃるのは、姉のことが理由でしょうか」

女将が訊ねた。

「それだけではありませんが、正直に申し上げて、お姉さんほど真剣につきあった女性はいません」

女将は痛みを感じているように目を閉じた。その一瞬だけ、君香の面影を感じた。

「今さらとりかえしのつかないことですが、姉のかけたご迷惑を心からお詫びします」

女将は畳に両手をついた。

「やめて下さい。そんなものを求めてうかがったわけではありません」

円堂は急いで女将の手を止めた。

「では、なぜいらしたのですか？」

女将は正面から円堂の目を見つめた。

「三十年前に何があったのかを知りたい。女将さんが聞かれたように、私たちは結婚するつもりでした。にもかかわらず、彼女はいなくなった。それも、まさかつきあっているとは思いもしなかった、私の勤めていた会社の会長と。いったい何があったのか。私に隠れてつきあっていたなら、それはどうしてなのか。最初にいってもらえれば、お姉さんを好きになることはなかった」

女将は顔を歪めた。

「申しわけありません」

「責めているわけではないのです。何が起こったのか、なぜそれを私に教えてくれなかったのか、それを知りたいだけです」

「ごめんなさい」

女将は首をふった。

「それについては、わたしも知らないんです。姉は何もいわなくて」

円堂は女将を見つめた。

「最後にお姉さんと会われたのはいつです？」

「会ったのは……もう十年以上前です」

「そのときはどこで何をしていたのですか」

「わかりません。ある晩、突然ここに訪ねてきたんです。ひどく痩せて、疲れたようすでした。何もいわないで泊めてくれといわれ、そうしました。翌朝、携帯電話の番号を交換しました。それからは、たまにショートメールがくるだけです」

「三十年間のあいだにその一回だけなの？」

奈緒子が訊ねた。女将は頷いた。

「一回だけ。どこでどうしているのかを訊いても、何も教えてくれなかった。でも――」

「でも？」

「たぶん水商売をしていたと思う」

「なぜそう思うんです？」

円堂は訊ねた。

「電話番号が入った使い捨てライターを使っていて、スナックと書いてあったのです」

「スナック何と？」

「『スナック　あおい』でした」

「『スナック　あおい』」

円堂はくり返した。

「円堂さん、知ってる？」

奈緒子が訊ねた。

「いや」

円堂は首をふった。

「東京ではありません。市外局番からすると福島の、たぶんいわきあたりだと思います」

円堂は無言で息を吐いた。いわきのスナックで働いていたというのか。

「調べてみるね」

奈緒子がいって携帯をとりだした。

「メールのやりとりは、いつが最後ですか」

円堂は訊ねた。

「一昨年です。わたしの誕生日に『おめでとう』というメールがきて。『ありがとう。元気でいるの？』と返しても、それきりでした。自分のことを訊かれたくないというようすがありありで、母が亡くなったことを知らせたときも返事はありませんでした」

円堂は深々と息を吸いこんだ。

生きているなら、ひっそりとそれなりに幸せに暮らしていると思っていた。だが女将の言葉を聞く限り、決して幸せそうには感じられない。

「閉業ってでてる」

　奈緒子がいった。

「いわき湯本に『あおい』っていうスナックがあったけど昨年、閉業って」

　携帯の画面を円堂に見せた。円堂は小さく頷き、女将に目を戻した。

「三十年前に何があったのかを、女将さんは聞いていらっしゃいますか」

　女将は首をふった。

「わたしは何も。まだ仙台におりましたし、主人も学生だったので、詳しいことは何も知らないと思います」

「先代のご主人は、二見会長とおつきあいがあったようですね」

「先日お越しになられたあと、主人とも少しそういう話をしたのですが、主人はまるで知らないと申しておりました」

　本当にそうだろうか。知っていて、話したくないというそぶりだった。が、ここでそれを口にしても始まらない。

「ご主人はまだお忙しいのでしょうか」

「先ほどでかけました。明日、会津のほうでゴルフがあり、本当は今日の夕方からでかける予定だったのですが、お客様が多かったので板場が落ちついてからでかけるといって」

「えっ、叔父さん、でかけちゃったの？」

　奈緒子がいった。円堂は女将を見直した。主人がでかけたので、話をしにこの部屋にきたのではないだろうか。

「申しわけありません。月に一度、泊まりがけのゴルフにいっておりまして」

「そうですか」

「叔母さん、糸乃叔母さんの電話番号を知っているんだよね。教えてくれる？」

奈緒子がいった。

「それは、まず姉に訊かないと」

女将がいった。

「え、でも」

「いや、その通りだ。私と話をしたくないかもしれない」

円堂はいった。

「いいの、円堂さん、それで？」

円堂は頷いた。

「三十年間、別々の人生を歩んできた。私のことなど忘れていておかしくない」

「そんなわけないじゃない」

奈緒子はくいさがった。

「そうでないとしても、事情が許さないということもある」

「円堂さんの電話番号を姉に伝えます。それでよろしいでしょうか」

女将がいった。円堂は頷いた。洋間にあるメモ用紙とペンを奈緒子がもってきた。円堂は携帯の番号を書きつけた。

「これが私の携帯です」

女将は受けとり、いった。

「電話をかけても、ほとんどでてくれないので、ショートメールで伝えます」

「お願いします。くれぐれも、責める気持はない、と伝えて下さい。ただなつかしいだけだ、と」

「そこまで姉を思いやっていただいて、本当にありがとうございます」

「それから、もし何か困っているようであれば、できることはするから、と」

円堂は告げた。女将はまじまじと円堂を見つめた。

「本当に、そう伝えてよろしいのですか」

円堂は頷いた。

「たいしたことはできませんが、三十年前よりは少し、マシですから」

「ありがとうございます。必ず伝えます」

女将はいって立ち上がった。部屋をでていく。奈緒子があとを追った。

円堂は深々と息をついた。ひどく喉がかわいていた。主人がでかけたのなら、もう話す相手はいない。

冷蔵庫からビールをだし、グラスに注いだ。

もっと強い酒がほしい。そう思ったが、冷蔵庫には日本酒しかない。日本酒の気分ではなかった。

ビールを二杯、たてつづけにあおった。庭園をぼんやりと眺めていると、奈緒子が戻ってきた。

「そのビール、まだ残っています?」

円堂が頷くと、新たなグラスを手に円堂の向かいに腰をおろした。円堂は注いでやった。

「叔母さん、勇気をふりしぼったっていってた」

ビールをひと口飲み、奈緒子はいった。

「円堂さんに何をいわれるかわからなくて、とても恐かったって。でも円堂さんがやさしくて、びっくりしてた」

「女将さんは、君香が私を捨てていなくなったことは知っていたんだね」

「それは知っていたみたい。円堂さんにまだ話してないことがあるのじゃないって訊いたら、あるけど勝手に話せないって」

それは君香に対してか、あるいは夫に対してか。

「叔父さんがでかけちゃったっていうのもショックだし」

同じことを考えたのか奈緒子がつぶやいた。

「叔母さんを責めるわけにはいかない」

円堂はいった。奈緒子は小さく頷いた。

「何か、事情がありそう」

「あるとすれば、それは君香ではなくて二見会長に関係したことじゃないかな」

「どうしてそう思うんですか」

円堂は、かつて二見が那須にもっていた別荘が売られペンションになった際、先代の「藤の丸館」の主人が仲立ちしたと聞いた話をした。

「だから円堂さんは、先代とその二見さんて方につきあいがあったと考えたんですね」

円堂は頷いた。


「だとすれば、叔父さんには何かうしろ暗いことがあるのかしら」

円堂は奈緒子を見た。

「うしろ暗いこと？」

「そう。もし二見さんと糸乃叔母さんがいっしょに逃げてきて、それを先代がかくまったのなら、円堂さんにはいえないでしょう」

「先代がやったことなら、しかたがない」

「そう考えない人もいます。さっきも叔母さんに責める気持はないと伝えて下さいっていってる円堂さんを見ていて、どれだけやさしい人だろうって思った」

「誰かを責めて片づく問題じゃない」

「そうだけど、わかっていても人は責めたがるじゃないですか。自分の気持のおきどころがないと、誰かを責めたくなる」

円堂は庭園に目を向けた。

「もちろん、私にもそんなときはあった。これが三十年前だったら、まるでちがっていたろう」

「大暴れした？」

円堂は苦笑した。

「かもしれないな」

「円堂さんは、二見っていう人も恨んでいないの？」

「むしろ尊敬していた。今は、なぜだと思うだけだが」

「二見さんと糸乃叔母さんは別れたのかな」

「なぜそう思う？」

「糸乃叔母さんがここにきたときの話。やつれていて、スナックのライターをもっていたって。もし二見さんと一緒だったら、そんなことにはならなかったでしょ？　二見さんと別れて、今さら円堂さんのところに戻るに戻れず、スナックで働いていたのかもしれない」

委津子だったら何というだろう、と円堂は思った。そんな殊勝な筈はない、というかもしれない。

「スナックで働いていたとしても、だから不幸とは限らない。やつれていたのは病み上がりか、たまたま恋人とケンカをした直後だったとかで」

委津子がいいそうなことを円堂はいった。奈緒子は笑った。

「そうだよね。同じホステスのわたしがいうことじゃなかった」

「そうかもしれないな」

「もし糸乃叔母さんがひとりだったら、円堂さん、糸乃叔母さんを助ける？」

「困っているなら、何かをしてあげたいとは思う。だがそれは彼女が望まないかもしれない。捨てた男に助けられるのは嫌だ、と」

　奈緒子は息を吐いた。

「なんか、つらい話」

「莫大な借金を背負って逃げだしたんだ。簡単に幸せにはなれない。だがそれでも、二人で仲よく暮らしていてほしかった」

「不幸になればいいとは思わなかった？」

「私にそんな資格はない。二見会長の下でやっていた仕事を考えれば」

「悪い仕事だったんですか」

「法律に触れないギリギリだった。地上げというのは、そこに住んでいる人を追いださなければ成立しない」

　奈緒子は真剣な表情になった。

「後悔しています？」

「後悔は、していない。調子にのっていたとは思うが」

「戻れるなら戻りたいですか」

「いや、それはない」

　きっぱりといって円堂は首をふった。

「あの頃は、皆がおかしくなっていた。土地を売り買いするだけで札束が舞い、億という金がまるで紙ヒコーキのように飛んだ。今考えると夢を見ていたようだ。いい思いをした人間もいれば、そのあげく地獄に落ちた人間もいる。全財産をかけたババ抜きのようなものだ。勝ち抜けした人間もいるかもしれないが、口をつぐんでそれを隠している。だがそんな者はごくわずかで、九十パーセント以上の人間は痛手を負った」

「勝った人はいない？」

「いないも同然だ。絵空ごとで踊っていたわけだから。自分のもっている土地が、何億だ何十億だ、と浮かれて遊び歩いていたら、ある日突然、いくら値を下げても誰も買わなくなっていた。残ったのは借金だけで」

「じゃ銀行は勝ったのじゃないの？」

「その銀行も、債権が回収できず、合併しなければ存続できなくなった。銀行や証券会社が破綻するなんて、それまでは誰も思わなかった」

「価値が下がらなかったものはないんですか？」

奈緒子は訊ねた。

「まったくないわけではない。あの時代より今のほうが高くなったものもある」

「たとえば？」

「二見さんが乗って消えた車だ」

「車？」

「フェラーリの２５０ＧＴカリフォルニア・スパイダーという車だ。一九六〇年前後に百台ちょっとしか作られなかった。当時でも高値なクラシックカーだったが、三十年がたち、もっと価格が上がっているらしい」

「上がっているって、いくらくらいなんですか」

「聞いた話だが、ヨーロッパのオークションで二十億の値がついたそうだ」

「二十億⁉」

奈緒子は目をみひらいた。

「二見さんはそれに乗って、いなくなった」

「糸乃叔母さんもいっしょに、ですか」

「たぶんそうだろう。二見さんが若い女を隣に乗せてでていくのを見ていた人間がいる」

当時二見が住んでいた広尾のマンションの管理人だった。不要な中元や歳暮の品を二見に貰うことが多く、円堂や中村にもひどく愛想がよかった。

連絡のつかない二見を捜しにマンションにいく

と、

「会長なら、きのうの朝、ご自分で運転されて、でかけられました」

マンションの駐車場においていた三台の車のうち、カリフォルニア・スパイダーがなかった。

「会長ひとりでしたか」

「若い女性といっしょでした」

「前にも見たことのある女性でしたか?」

中村が訊ねると、初老の管理人は困ったような笑みを浮かべ、首をふった。

「それが、その、会長のところにはいろんな女性がこられるんで、よくわからんのですよ。とてもおもてになる方じゃないですか」

そのときはまさか君香だとは思わなかった。二見とも君香とも連絡がとれないまま三日がたち、君香の店を訪ねた。そこで、いなくなる前夜、閉店間際のクラブに二見がひとりで現われたと知った。

「会長、すごく酔ってて、珍しく『君香、君香』って。『今日はおひとりなんですか』って訊いても、『いいから、早く君香をつけろ!』と……」

君香とともに席につくことの多かったホステスがいった。そして君香も翌日から無断欠勤していることを教えられた。

「円堂さん、知らないの? てっきり君香ちゃんといっしょだと思ってた」

円堂の驚きを見て、しまったという表情をホステスは浮かべた。が、君香の行方について、情報をもつ者はいなかった。

「まあ、知っているとしても、君香に口止めされたか、板ばさみになりたくなくて、いわなかっただけかもしれないが」

円堂はつぶやくと奈緒子が訊ねた。

「糸乃叔母さんからは何も連絡がなかったんですか」

「まったくない。二見さんが最後にきた晩の前日、私はひとりで彼女の店にいき、ふたりで帰った。店のあと、私のところに泊まることが多かったんだ。着替えも私の家においてあった」

「糸乃叔母さんの住居にはいきました？」

円堂は頷いた。

「鍵をもっていたんですか」

「いや。それはなかった。私の部屋の鍵は預けていたが、君香は自分の部屋に私がくるのをいやがった。散らかっているから見せたくないといってね。なのに私がいないときに、私の部屋の掃除や洗濯などはしてくれていた」

「部屋に円堂さんがきたら、その二見さんともつきあっているのがバレると思ったのでしょうか」

「彼女に厳しいね」

円堂は苦笑した。

「姪ですから。会ったことはなくても身内です」

「いなくなるまで、そんなことは夢にも疑ってはいなかった。いなくなって、そうだったかもしれないとは思ったが」

「ごめんなさい。円堂さんにとっては、すごくつらい思い出ですね」

「もう、つらいという段階は過ぎたな。苦い思い出ではあるが」

それをつまみに酒を飲む、と委津子にからかわれたのを思いだした。

「何だか、強いお酒が欲しくなりました」

「同感だ」

「ウイスキーもらってきましょうか」

「ロビーのカフェは、まだ開いているのかな。開いているなら、そっちで飲もう」

この部屋で奈緒子とさし向かいで飲むのは避けたかった。

円堂の気持を察したのか、奈緒子は一瞬、責めるような目になった。

「警戒してます？　わたしのこと」

「いろいろとね。君はどこで寝るんだ？　この部屋は駄目だよ」

「わかっています。叔母さんが、いつもの部屋を用意してくれていますから、そっちで寝ます」

「よかった」

円堂がいうと、

「嫌い！」

と奈緒子は口を尖らせた。その表情が怒ったときの君香にあまりに似ていて、円堂は息を呑んだ。

「どうしました？」

「いや、何でもない。飲みにいこう」

いって、円堂は立ち上がった。

19

カフェテリアには他の客もいて、十時でクローズということもあり、こみいった話はできなかった。朝食について訊ねられ、いらないと円堂が断わると、

「じゃわたしもいらない。明日、円堂さんを乗せて帰るから」

と奈緒子は女将にいった。

「いや、それは――」

「円堂さんがいかれたお蕎麦屋さんにいってみたいんです」

「蕎麦屋に？」

「何かわかるかもしれません」

「ひと筋縄ではいかない相手だ。それに――」

「それに何ですか」

高取は藤和連合とつながっている、という話を、他の客もいるカフェテリアではしにくかった。

「いや、それは明日、話す」

十時になると、奈緒子は「おやすみなさい」といって、スタッフ用の扉をくぐっていった。

円堂はひとりで部屋に戻った。床がのべられていた。

部屋の明りを消し、庭園の見えるソファに腰かけた。胸がざわついている。

理由はわかっていた。君香が幸福ではないかもしれないという可能性だ。

だからといって自分のお節介など必要ない。

円堂は自分にいい聞かせた。君香だって望んでいない筈だ。もし助けてほしければ、伝手を頼って、円堂に連絡してきたろう。

いや、そうだろうか。

「いろいろ」を始めるにあたって、円堂は過去かかわった人間の多くと関係を断った。居酒屋をやるからきてくれといえば、助けてくれる人間もいたろう。が、そこに甘えずにやろうと決めたのだ。

その結果、君香との糸も断ったかもしれない。

そうしようと決めたのは自分だ。なのに、君香が不幸かもしれないという空想に心が揺れている。

何をしたいのだ。自分を捨てて去った女を救うことで、溜飲を下げたいのか。そうならば、相手の弱みにつけこむようなものだ。

そうではない。純粋に、君香が困っているのなら、助けたいだけだ。

委津子なら何というだろう。

「もし助けたいなら、会わず、名前も教えず、お金だけ送ってあげればいいじゃない。結局、よりを戻したいだけでしょ」

円堂は苦笑した。まったくその通りだ。委津子に訊くまでもない。

若いときはこんな風には考えられなかった。右から見るものが左からはどう見えるかなど、考えたことすらなかった。愚かだ。だからといって今が賢いわけでもない。ただ世間にはいろいろなものの見かたがあるのだと知ったに過ぎない。

この心のざわつきも、見かたをかえればただの思いこみでしかない。

がその一方で、こんなざわつきを感じたのはいつ以来だろうと思った。布団に入り、暗い天井を見つめる。

眠れないほどのざわつきなのか。それを見極めてやろう。

どれだけ考えていたかはわからない。いつのまにか眠っていた。


目覚めたのは八時前だった。洗面所を使い、洋服を身につけた。ロビーにでていくと、朝食をとる客で混んでいた。カフェテリアでバイキングが提供されている。

「おはようございます」

女将がフロントにいた。奈緒子の姿は見えない。

「お勘定をお願いします」

円堂は告げた。

「では一万三千円、ちょうだいします」

「それは夕食抜きのひとり分の値段ですよね。昨夜は二人で食事をいただきましたから……」

「でもそのキャンセル料はちょうだいしています」

「それはそれです。私の気持がすみません」

円堂はきっぱりといった。女将は困ったようにうつむいたが、

「では二万三千円ちょうだいします。ナオちゃんのぶんは身内なのでいただけません」

といった。

「本当にそれでよろしいのですか」

女将は頷いた。

円堂は金を払い、

「タクシーを呼んでいただけますか」

といった。

「なんで？　もう待っているのに」

背後で声がした。奈緒子だった。円堂はふりむいた。

「まだ寝ているかと思った」

「車にいたの」

奈緒子はきのうと同じいでたちだった。

「円堂さん、こっそりでようとしてたの？　それは駄目よ」

フロント前でいいあうわけにもいかず、円堂は礼を告げて「藤の丸館」をでた。奈緒子のメルセデスが玄関前に止まっている。

「しかたがない」

円堂はいって助手席に乗りこんだ。運転席にすわった奈緒子に告げた。

「蕎麦屋の前に寄ってほしいところがある」

「どこ？」

「住所をいう」

中村の家の番地を告げた。奈緒子はカーナビゲーションにセットすると、それがどこなのかも訊

かずにメルセデスを発進させた。

「君が私の店にきた日、電話がかかってきたのを覚えているか」

「藤の丸館」の敷地をでると円堂はいった。

「はい。なんかガラの悪い人がきた、みたいな話をしてませんでした?」

「やくざが三人、店に現われた」

「何をしに?」

「二見さんの居どころを知っているかと訊きにきたんだ」

「どうしてです?」

「それは私にもわからない。いなくなったとき二見さんはあちこちに金を借りていて、そういう筋からの借金もあった。だが三十年前の話だ。今さら回収できるとは思えない」

「でも昨夜いっていた車を売ればお金になります」

「それはそうだが、その車がどこにあるのかを誰も知らない」

「そのやくざは、どうやって円堂さんのことを知ったんですか」

「それが蕎麦屋だ。蕎麦屋を始める前、銀座でポーターをしていた。ポーター時代、かわいがられていたやくざの幹部がいて、私の店にきた連中は、その幹部にさし向けられたらしい。前に蕎麦屋を訪ねたとき、私は自分の店の話をした。蕎麦屋からやくざに話が伝わったのだと思う。それに——」

「それに?」

「やくざがくる前にも、店に探りを入れにきた男女がいた。そのバックにもやくざとつながった人間がいる」

「でもどうして今なんです？」

「私が二見さんを捜していると考えていて、見つけたのなら、居場所を教えろと迫るつもりなのだろう」

「二見さんを捜しているのでしょう？」

「私が会いたいのは君の叔母さんで、二見さんではない。きのうまでは、二人がいっしょに暮らしていると思っていた」

「じゃあお蕎麦屋さんにいったのも、糸乃叔母さんの行方をつきとめるためですか」

「正直にいえばそうなる。中村は、二見さんを捜していたが」

「中村さんて、火事で亡くなられた昔の同僚の方ですね」

「そうだ。事故なのか事件なのか、警察は判断できなかった」

「事件てどういう意味です？」

「誰かが中村の家に放火した」

奈緒子は無言で目をみひらいた。

「中村は昔の二見さんの写真をパソコンで加工し、今の姿に近づけたものを使って捜していた。というのは、カリフォルニア・スパイダーを最近那須で見た人間がいたんだ」

「二見さんの車を、ですか」

「日本に何台とはない車だし、色も同じ赤だった。中村の担当編集者が中村の家を訪ねてくる途中で見たらしい。中村は小説家だった」

「小説家。それで誰が運転していたんですか、そのカリフォルニア・スパイダーを」

「女、としかわかっていない」

「糸乃叔母さんでしょうか」

「だとすれば、十年前、水商売をしていたという女将さんの話とつながらない。金に困っていたら、とっくに売っているだろう」

　円堂がいうと、奈緒子は黙った。

「それと、前回、『藤の丸館』に泊まったとき、ご主人にカリフォルニア・スパイダーの話をした。先代がクラシックカーを集めていたという話を聞いていたからね。すると『藤の丸館』の主人は、自分も白河高原のほうで見たことがある、といった」

「白河高原はだいぶ北のほうです」

「阿武隈川沿いの林道で、サングラスをかけた女が運転しているのを去年の暮れに見た、という」

「去年の暮れ？」

　奈緒子は意外そうにいった。

「去年の暮れ、と叔父さんはいったんですか」

「そうだ」

「去年の暮れは叔母さんが子宮癌の手術で入院していたんです。だから叔父さんはひとりで旅館を切り盛りしなきゃならなくて大変でした。白河にいく余裕があったのかな」

　奈緒子がいったので、円堂は息を吐いた。

「正直にいおう。ご主人は、私が二見さんを捜すのを嫌がっているように思う」

「わたしもそれは思ってました。きのう、チェックインしたときは叔父さん、ゴルフの予定があるなんてひと言もいっていなかったのに、夕食の仕度が終わったとたん、でかけちゃったんです。まるで円堂さんと話すのを避けるみたいに」

　円堂は頷いた。

「理由が何なのかはわからない。先代と二見さんの関係にあるのか、それとも君の叔母さんのことなのか」

「じゃあ白河高原で見たといったのはどうしてです?」

「那須から目をそらすためじゃないかと私は疑っている」

「目をそらす?」

「カリフォルニア・スパイダーは非常に珍しい車だ。今のオーナーが誰かはわからないが、日常的に乗り回していたら、あちこちで目撃され、その情報がインターネットなどにあげられていて不思議はない。だが、調べてみると、見たという情報はまったくない。つまり中村の担当編集者が見たというカリフォルニア・スパイダーは那須のどこかにあって、ごく限られた機会しか走っていない。もしそうならば、那須をシラミ潰しに捜せば見つけることができる。ご主人は中村や私にそうされては困ると思い、わざと白河高原の名を告げたのではないだろうか」

「叔父さんが困る理由は何です?」

「それはわからない」

一対一で話す他ない、と円堂は考えていた。女将や奈緒子のいない場所で問い詰める。

カーナビゲーションが目的地に近づいたことを知らせた。

「あそこですか」

焼けた中村の家が見えた。

「そうだ」

奈緒子がブレーキを踏んだ。

「ひどい……」

「中村は独身で、ここに犬といっしょに住んでいた」

「犬は?」

「わからない。死体は見つかってないので、逃げだしたようだ」

「だったらここに戻ってくるのじゃありませんか」

「そう思って捜したようだが、見つかっていないい」

前回よりは気持に余裕がある。円堂はメルセデスを降り、焼け残った家に歩みよった。

奈緒子も車を降りてきた。口に手をあて、目をみひらいている。

円堂は、中村の4WDの異変に気づいた。サイドウインドウが割れている。前にきたとき、4WDは無傷だった。

円堂は4WDに近づいた。砕けたガラスの破片がシートに散らばっていた。外からサイドウインドウを叩き割った者がいるのだ。

車上狙いか。火事のあった家の前に止められているので、人がいないと考え物色したのかもしれない。

円堂は4WDのドアを引いた。グローブボックスの蓋が開いたままだ。いかにも金目のものを漁ったように見える。

「何、これ」

歩み寄ってきた奈緒子がつぶやいた。

「前にきたときは、この車は無傷だった。火事になった家にあるんで、車上狙いにあったのだろう」

「中村さんの車なんですね」

円堂は頷いた。車内を見回した。中村は金めのものなど積んでいなかった。ふだんは買物くらいでしか乗っていない。だが亡くなる直前はちがった筈だ。加工した二見の写真をもって、ガソリンスタンドなどを回るといっていた。

グローブボックスの中身が助手席に散乱している。車検証やこまごまとした品だが、写真はない。

「何だか恐い」

奈緒子がいった。

「だろう。だからまっすぐ東京に帰ろう」

円堂がいうと、奈緒子は急に表情を険しくした。

「円堂さんはわたしを威かすためにここにこさせたのですか」

「威かしているわけじゃない。実際、何があるかわからないから心配しているんだ」

「心配して下さるのは嬉しい。でも、いなくなっているのはわたしの叔母さんでもあるんです。縁もゆかりもない人じゃありません」

「確かにそうだが……」

「お蕎麦屋さんにはいきます。そうだ、わたしひとりなら、妙に勘ぐられないですみます。ひとりでいってお蕎麦を食べて帰ってくればいい」

「ただのお客さんか。でもそれでは何もつきとめられない」

「そうか……」

奈緒子はうつむいた。頭を上げ、いった。

「じゃあやっぱり円堂さんと二人でいきます。二見さんといなくなったのは、わたしの叔母さんだと話したら、何か教えてくれるかもしれません」

円堂は奈緒子を見つめた。気になることがあると周りが見えなくなる、と自らいっていた。今もひどく思いつめた顔をしている。

「わかった」

円堂は頷いた。

「ただし私が帰ろうといったら、そのときはいうことを聞いてほしい」

「わかりました」

奈緒子はいい、二人はメルセデスに乗りこんだ。

20

蕎麦屋が閉まっていることを円堂は期待していた。閉まっていれば、東京に戻る他ない。

だが、見覚えのあるのぼりが立っていた。店は開いているようだ。

「あそこだ」

円堂はいった。以前と同じ場所に軽トラックが止まっている。奈緒子はそのかたわらにメルセデスを止めた。

「わたしからまずお話ししていいですか」

考えがあるのか、奈緒子がいった。円堂は無言で頷いた。

二人は車を降り、店の扉を引いた。

「こんにちは」

奈緒子が明るい声でいった。円堂は奈緒子のあとにつづいた。店内は暗い。が、奥から蕎麦つゆのいい香りが漂ってくる。

「いい匂ーい！」

奈緒子がうっとりしたようにいった。のっそりと高取が現われた。

「お蕎麦、いただけますか」

奈緒子が訊ねた。

「仕度がまだだ」

ぶっきらぼうに高取は答えた。奈緒子の背後にいる円堂には気づいていないようだ。

「待ちまーす。こんなにいい匂い嗅いじゃったら、食べないで帰れないもの」

奈緒子がいうと、高取は、

「じゃその辺にすわっててくれ」

といって奥にひっこんだ。間をおかず、店内の明りが点った。

「盛りでいいのかい」

奥から高取が訊ねた。

「はい！　二人前、お願いします」

奈緒子が答えると、高取は再び奥から顔をのぞかせた。そこで円堂に気づいた。

「あんた」

「先日はどうも」

とだけいって、円堂は頭を下げた。高取の携帯にメッセージを残したことはいわない。

高取の表情が険しくなった。

「楽しみです。すごくおいしいんでしょ」

奈緒子がいった。円堂は無言で頷いた。

「待ってろ」

高取はいい、ひっこんだ。円堂と奈緒子はテーブル席に腰かけた。奥から仕度をする気配が伝わってきた。水を流したり、何かを刻む音がする。

それが聞こえなくなると、円堂は立ち上がった。

「ここにいて」

小声で奈緒子にいい、奥に向かった。薄暗い通路の奥にある厨房をめざす。

湯気を上げる寸胴のかたわらに、高取が立っていた。こちらに背を向け、携帯を耳にあてている。

円堂は無言で見つめた。

「高取だ。この前の奴がきた。聞いたら電話をくれ」

相手は留守番電話だったようだ。そう告げて携帯をおろし、円堂に気づいた。

「何だよ——」

「五十嵐の手下に電話してたのか」

円堂はいった。高取の顔がこわばった。

「誰だって?」

「鹿沼会の親分の五十嵐さんだ。あんた、かわいがられていたんだろ。あんたから話を聞いたやくざが俺の店に押しかけてきた」

高取は目をみひらいた。

「はあ?　何いってる」

「とぼけるな。前にここにきたとき、もうひとり俺といっしょにいた男を覚えているか」

「眼鏡をかけてた奴か」

「そうだ。あのあと、またここにこなかったか」

「きてない」

「本当か」

「何なんだよ。嘘なんかついていてねえ。本人に訊けよ」

「訊けない。死んでしまった」

「死んだ?」

「聞いてないか?　那須の住居が火事になり、焼け死んだ」

「何だって?　わけわかんねえよ」

高取は顔をしかめた。

円堂は高取の目を見つめ、静かに告げた。

「人が死んでいる。一歩まちがうと、あんた、おごとに巻きこまれるぞ」

「威してるのか」

「威しじゃない。那須塩原警察の人間とも俺は会った。鹿沼会の話をだしたら、ここにすっとんでくるかもしれないな」

「ちょっと待てよ、おい。あんた、何か勘ちがいしてないか」

「そうか?　じゃ、今、誰に俺のことを知らせてた?　この前の奴というのは俺だろ」

高取は目をそらした。

「ちがうのか」

円堂はたたみかけた。高取は無言だ。肩で息をしている。

「あんたに恨みがあるわけじゃない。本当のことを話してくれたら帰る」

円堂はいった。

「何だよ、本当のことって」

高取は目を上げた。

「まず、電話していた相手を教えてくれ」

「あんたにいったってわからねえよ」

「わからなくてもいい。名前は?」

「松本さんだ」

「松本。下の名は?」

「政子」

「女性か」

「俺がこっちにひっこむときにいろいろ世話になった人だ。五十嵐さんとは関係ない」

「関係なくはないだろう。松本政子というのは元ソムリエで、五十嵐の援助をうけていろんな事業をやっている女だ」

「知ってんのか?!」

驚いたように高取はいった。

「長谷川にかけたのかと思っていたが、ちがうようだな」

円堂がいうと、

「長谷川?」

高取は訊き返した。

「やくざ者だ。あんたが教えたんで、俺の店にきた。二見さんの居どころを知っているか、と訊きに」

高取は首をふった。

「そんな奴は知らない。やくざをさし向けるなんてわかっていたら、あんたのことはいわなかった」

「いった相手は松本政子なのか」

「二見会長がきたことを知らせたら、もしまたきたら教えてほしいといわれた。あれきり会長はこないが、かわりにあんたらがきたというのを知らせた。信じてくれ。やくざをいかせるとは思わなかった」

「松本政子は二見会長を捜しているのか」

「わからないが、そうかもしれん」

「松本政子のバックは五十嵐だろ」

「知らねえ。銀座をあがってからは、五十嵐会長にはぜんぜん会ってないんだ。あがるといったら、松本さんを紹介してくれたんだよ。自分はこういう稼業だから、商売を始めるなら、松本さんに相談しろってな」

「なるほど」

「信じてくれるか」

「店を休んでいたな。携帯に伝言したのにかけてもこなかった」

円堂はいった。

「あのあとすぐ、風邪をこじらせて肺炎になっちまったんだ。ずっとここも閉めてた」

「中村は本当にきてないのか？　眼鏡の男だ」

「閉めてたから、わかんねえって」

円堂は高取を見つめた。高取は上目づかいに円堂を見返した。

「嘘じゃない」

「俺の留守電は消したか」

「消したが、あんたの番号はわかる」

円堂は頷き、高取の目をのぞきこんだ。

「あんたは俺のことを松本政子に教え、松本政子のことを俺に教えた。これがどういうことかわかるか?」

「どういうことって? どういう意味だよ」

「もし何か起きたら、どっちもあんたのところにまっ先にいく」

「何か? 何があるっていうんだ」

円堂は首をふった。

「そいつはわからないが、またどこかで火事が起きるとか、やくざ者が押しかけてくる、とか」

「勘弁してくれ」

高取の顔が白っぽくなった。

「俺は蕎麦打って、暮らしていきたいだけだ」

「だったら、かかわる相手を考えろ。俺は二見さんの下で働いていたから、生きてるなら会いたいと思っただけだ。だが五十嵐はちがうだろう。二見さんを捜してる理由がある筈だ」

「そんなの、俺にわかるわけがない」

「だからかかわるなといっているんだ。かかわればかかわるほど厄介なことになる」

「あんたは……本当に二見会長に会いたいだけなのか」

「それ以外に何がある?」

高取は黙った。

「松本政子から何か聞いているのか」

円堂は訊ねた。高取は首をふった。

「聞いてない」

「知りたいか?」

「知りたくない! 帰ってくれ。松本さんにも、あんたはすぐ帰ったという。それでもう、誰とも話さない。だから俺のことは忘れてくれ」

「もしまた俺の店にやくざ者がきたら、あんたがよこしたと警察にいう。あんたが五十嵐にかかわいがられていた話もするからな。極道がカタギにちょっかいをだしたら、警察は大喜びでとびかかってくる。五十嵐も大忙しだ」

高取は激しく首をふった。

「勘弁してくれ、本当に。誰にも何もいわないから」

円堂は黙っていると、

「約束する。何もいわない」

高取はくり返した。

「その言葉を信じるぞ」

円堂はいい、踵を返した。店内に戻る。

「でよう」

テーブルで待っていた奈緒子に告げた。

「え、お蕎麦は？」

「今日はできないそうだ」

円堂は告げ、店の扉に歩みよった。高取が奥からでてくる気配はなかった。

21

「このあとは？」

メルセデスに乗りこむと奈緒子が訊ねた。

「東京に戻る」

円堂はいった。

「お蕎麦屋さんは何も教えてくれなかったんですか」

「奴は君香のことは何も知らない。私が二見さんを捜していると思っていて、それをつきあいのあるやくざに教えたんだ」

奈緒子はメルセデスを発進させた。

「それに文句をいったの？」

ハンドルを切りながら訊ねた。

「そういうことだ。やくざにご注進をしていると、警察ににらまれるぞといったら、後悔したようだ」

「嘘」

「嘘？」

「円堂さん、もっとはっきり威したでしょ」

「私はやくざじゃない」

奈緒子は円堂を見た。

「お蕎麦屋さんの奥から戻ってきたときの円堂さんの顔、すごく恐かった」

「顔だけだ。見かけ倒しだよ」

奈緒子は首をふり、前方に目を戻した。

「糸乃叔母さんを、どうやって捜すんです？」

「女将さんに私の電話番号を教えた。彼女が会いたければ、電話をしてくるだろう」

「電話してこなかったら？」

「そこまでの話だ。会いたくない人に会うわけにはいかない」

「それでいいんですか」

「どうしようもないだろう。人の気持は人の気持だ。自分の気持とは関係ない」

「つまり円堂さんは、今でも糸乃叔母さんのことが好きなんですね」

「いったろう。好きというのとはちがう。何があったのかを知りたいだけだ」

「知りたいのは、まだ好きだから。そうじゃなけりゃ、どうでもいい筈です」

円堂は笑った。

「何を笑っているんです？」

「同じことをいった人がいる」

「いったのは女の人でしょう」

「そう」

「円堂さんのことが好きなのよ」

「それもわかっている」

「つきあってる人に、昔の女の話をするなんて――」

「つきあってはいない。長いつきあいだが、男女の仲になったことはないよ」

「でも円堂さんを好きで、円堂さんもそれを知っている。ひどい男」

　奈緒子は吐きだすようにいった。

「ひどいか?」

「ひどい。自分のことを好きだと知っていて、他の女の話をしているんでしょ。ひどいよ」

「その女の人も銀座で酒場をやっている。長いつきあいだから、飲めばどうしても昔話になる」

「昔話じゃなくて、未来の話をすれば? 円堂さんとその人の」

「今さらかい。お互い、いい年だ」

「でも明日死ぬわけじゃない。来年、再来年も生きているでしょう?」

「悪い病気にならない限りはそうだな」

「だったら未来の話もできる」

　今さら委津子を口説くのか。円堂はその可能性を考えた。

　自分は委津子に惚れているだろうか。惚れているというよりも、心を許している。おそらく、今は誰よりも心を許している女性が委津子だ。

　だがそれと男女の仲は同じなのか。

「考えているの? 未来を」

　円堂が黙っていると奈緒子が訊ねた。

「ああ」

「ひどい」

「え?」

「隣にわたしがいるのに、他の女の人のことを考えた」

「ちょっと待て。考えろといったのは君だ」

「考えろとまではいってない。未来の話もできる、といっただけ」

「同じだろう」

「だったら、わたしとの未来も考えて下さい」

円堂は思わず奈緒子を見た。横顔が君香に似ていて、すぐ目をそらした。

「やっぱり」

奈緒子がいった。

「何がやっぱりなんだい」

「わたしの顔を、円堂さんは長く見ない。ちらっと見て、すぐ目をそらす」

「それは――」

「糸乃叔母さんを思いだすから」


「そうだ」

「だったら糸乃叔母さんだと思って、わたしを抱けます？」

「馬鹿いうな！」

思わず声が大きくなった。奈緒子が目を丸くした。

「怒ったんですか」

「誰かの代わりに誰かを抱くなんて、絶対しない」

奈緒子は円堂を見た。

「運転中だ。前を見なさい」

円堂はいった。

「円堂さんて純粋な人なんですね」

「純粋なんかじゃない。当たり前のことをいっただけだ」

奈緒子は黙った。

「嫌になっちゃう」

やがてつぶやいた。

「この顔のせいで、円堂さんに相手にしてもらえないんですね」

「私なんかよりいい男はいくらでもいる」

「それ、はっきり断わってます?」

「そうだな」

「糸乃叔母さんと会ったらかわる?」

「なぜかわるんだ?」

「今の糸乃叔母さんを見たら、わたしが別人だと、はっきり認識できるでしょう?」

円堂は息を吸いこんだ。そうかもしれない。今の君香がどんな姿なのか、想像もつかないが、円堂の中では三十年前のままだ。

会えば、その変化に失望するかもしれない。

それは自分も同じだ。白くなった頭と顔の皺、つきでてきた腹は、かつての自分とはまるでちがう。

自分が忘れられないのは三十年前の君香であって、今の君香を見たら、若い奈緒子により魅力を感じるかもしれない。

「そうだろうが、それとこれとは別だ」

円堂はいった。

「何が別なんです?」

「彼女と君がはっきり別人だとわかっても、君にそういう気持はもたない。君に魅力がないわけじゃない。君はきれいだし、頭もいい。ただ、私には若過ぎる」

「男と女に年は関係ありません。そういう仲になったら、たとえ五十歳差があっても、対等になります。そんな人たちをたくさん見ました」

「それは銀座だからだ。あの街は特殊なんだ。しかもそうした関係は、大半は恋愛というより契約のようなものだ」

「全部が全部、お金目当てでつきあっているわけじゃないと思います」

「そうかもしれないが、お金がなければ始まらない。年をとった金のない男を、そういう女が愛するかい？　出会うことすらないだろう」

「でも、本当に好きなんですよ」

「お金も含めてよくしてくれたら、誰でも嫌な感情はもたない。年をとった男は、若い女に寛容だ。縛りつけることをせず、生活のすべてではなく一部を共有するだけで満足する。そういう関係なら、長くつづけようと女も思うさ。ただ、お互いわかっている。それが十年も二十年もはつづかない、と。やがて男は死ぬか病気で会えなくなり、女は次の男を見つける」

「身も蓋もない、いい方」

「だが真実だ。人生のごく一部を楽しく共有するという契約なんだ。本当の恋愛とはちがう」

「円堂さんは私と共有できないんですか」

「私にそんな余裕はない。若い女性と契約できるのは、金も地位もあるような人だ」

「でもすごく貧乏というわけではないでしょう？　それに独身だし」

「何がいいたい」

「契約するような人はたいてい結婚している。でも円堂さんは独身だから、本気の恋愛だってできるじゃないですか」

　円堂は息を吐いた。

「考えてごらん。君と私が本気の恋愛をして、いっしょに暮らすようになったとしよう。それが何年つづく？　私は六十二だ。あと十年、せいぜい十五年で、働くのも難しくなる。そうなったら君が私を食わせるのか？　もっと悪い、私が寝たきりとかになったらどうする？　生活と介護の両方に君は追われることになる。そのとき君は四十を過ぎたかどうかだ。そこから私が死ぬまで、面倒をみる羽目になる。つらいぞ」

奈緒子はショックを受けたように黙った。

やがていった。

「つまり、円堂さんとは遊びの関係しか成立しない。でも円堂さんは遊びはしない」

「遊びをしないわけじゃない」

真紀子のことが顔に浮かんだ。あれはまぎれもなく遊びだった。挑発され、のってしまった。

同時に、真紀子が松本政子とつながっていたことを思いだした。

「するんですか?!」

「相手によっては」

「でもわたしとはしない」

「そうだな」

深々と奈緒子は息を吐いた。

「なんか切ない」

円堂は笑った。

「笑うなんてひどくないですか！」

「すまない。だが恋愛は、始まらないで終わるのが一番きれいだ」

「何それ！　ロマンチストぶってる」

「私のことを純粋といったのは君だ」

「撤回します。円堂さんは女心を踏みにじるサディストよ」

「君にとってはそうかもしれないな」

「最低」

22

奈緒子に六本木で降ろしてもらい、円堂は地下鉄で自宅に戻った。時刻は二時過ぎで、店にでるにはまだ間がある。

リビングの充電器につないだ携帯を円堂は見つめた。

女将はいつ円堂の番号を君香に教えるだろう。昨夜のうちとは考えづらいから、今日のどこかか。夫の前で姉に連絡をとるのははばかられるかもしれない。

円堂は首をふった。考えても始まらない。たとえ女将が伝えたとしても、必ず君香が連絡をしてくるとは限らない。

それより「藤の丸館」の主人が何を隠しているかが気になる。二見の現在の境遇についてなのか。カリフォルニア・スパイダーについてなのか。

そして中村。

高取は、あれから中村は店にこなかったといった。だが中村の４ＷＤの窓は割られ、車内を物色された跡があった。

単なる車上狙いだったという可能性はある。が、そうでなかったら。

円堂は、長谷川らが中村の家の火事にかかわっているのかを確かめるつもりで「那須に住む作家の中村充悟」が二見の居どころを見つけたかもしれない、と告げた。

そのときの反応からすると、長谷川らは中村の家が燃えたことを知らないようだった。

だがその後那須にいき、中村の家を捜したにちがいない。そして燃えた家を見つけ、何か手がかりがないかと漁った。その結果が、割れた４ＷＤの窓だ。

長谷川らは中村の家がいつ火事になったのかを調べ、それが「いろいろ」にやってくる前だと知った筈だ。

遠からず、また円堂の前に現われるだろう。

それをただ待つのも嫌だった。

といって警察に泣きついても、中村の家の火事と連中が無関係なら、ただの嫌がらせをうけたとしかいえない。

無論それでも警察は動くだろう。ただしそうなったら、なぜ嫌がらせをうけたかの説明が必要になる。

それはそれで厄介だ。消えた二見の話をしなければならない。カリフォルニア・スパイダーのことを、長谷川たちは口にしなかった。

単に昔世話になったから会いたくて二見を捜していた。円堂に迷惑をかける気はなかった。もう近づかないと長谷川がいえばそこまでだ。

それで終わる筈はなく、もっと陰湿な方法で、円堂から情報を得ようとするだろう。

もっとも何をされたとしても、与えられる情報などない。君香と「藤の丸館」の女将の関係を連中に教える気はさらさらない。

何かできることはないか。

真紀子だ。真紀子の背後には松本政子がいて、松本政子は鹿沼会の会長五十嵐とつながっている。

真紀子とはラブホテルの前で別れたきり、話していなかった。電話番号を訊かれて教え、そのときに真紀子の番号も聞いた。

あの夜のことは、真紀子にとっては遊びで、円堂もそのつもりでいた。なのに電話をかけたら、誤解されるかもしれない。そう考えると、真紀子に電話をかけるのは抵抗がある。が、これはプライドの問題ではない。体を再び求めていると真紀子に誤解されたとしても、何だというのだ。

円堂は携帯を手にした。真紀子の番号を呼びだした。

真紀子が円堂と二度と会いたくなければ、電話にも応えないだろう。

「嬉しい。円堂さんからかけてくれたなんて」

電話にでるなり、真紀子はいった。

「その節はどうも」

「ごめんなさい。わたしから電話するといっておいて、あれからその暇がなかったんです。なんだかんだ忙しくて」

「あのあと私もいろいろあった。それで今日は、お願いがあって電話をした」

「何でしょう。わたしでお役に立てることがあるかしら」

屈託のない口調で真紀子は訊いた。

「松本政子さんを紹介してもらいたい」

真紀子は黙った。やがて訊ねた。

「わたし、円堂さんにその人の名前、教えました？」

「いや」

「じゃあ、どうして？」

「あれから私の店に藤和連合につながる男たちがきた。目的は、君や上野さんと同じだ」

「同じ？」

「二見を捜している」

「円堂さんの昔のボスね」

「そうだ。上野さんはあれから何もいってこないか」

「あの翌日、会った。二人きりになってどんな話をしたのかを訊かれた。隠さず、全部話した。そしたら、機嫌が悪くなった」

「機嫌が悪くなった？」

「わたしが円堂さんとホテルにいったのが許せなかったみたい。自分とは一度もそういうことがなかったのにって、ねちねちいわれた」

今度は円堂が黙る番だった。

「情報を欲しがったのは上野さんでしょうといったら、ホテルにいくことまでは求めてなかったって。だからホテルにいったのはわたしの意志で、上野さんとそうならなかったのもわたしの意志だって話したら、怒って帰っちゃって、それきり」

いって真紀子は笑い声をたてた。

危ない、と円堂は思った。真紀子は上野が自分に惚れているのを承知で、つきあってきた。上野の好意を利用したこともあったろう。

「男の嫉妬は面倒だぞ」

「上野さんには前も何度か誘われたことがあって、そのたびに断わってきた。だからヤキモチを焼くほうがおかしい」

「ビジネス上マズいことはないのか」

「多少はあるかもしれないけれど、上野さんのところ一本に頼っているわけじゃないから、何とかなると思う。もし切られたら、そのときはそのとき」

真紀子はひらきなおったようにいい、円堂は息を吐いた。

「でも……そうか。確かにいいかも」

不意に真紀子がいった。

「何がいいんだ？」

「松本さんに会うこと。上野さんがわたしを切るなら、その前に松本さんとコネを作っておく。そうなったら、上野さんがいなくなっても何かのときに頼れるでしょう」

「賢いというか、たくましいな」

「いったでしょう、わたしもいろんなことをしてきたって」

「松本さんの連絡先を知っているのか」

「知ってる。会社にもいったことがある。新橋よ」

「私のことを何と紹介する？」

「上野さんといっしょ。全部、話す。ホテルにいったことは別として。松本さんは、上野さんとちがって、そこは気にしないだろうけど」

「松本さんは、君と上野さんだけでは足りないと考えたのか、やくざ者を私の店にさし向けた。気をつけたほうがいい」

「そのやくざは暴れたんですか」

「いや。だが最初から居丈高でくるより厄介だ。もしそうなら１１０番すればすむ」

真紀子は考えていたがいった。

「とりあえず、松本さんに連絡をとってみます。これ以上わたしがかかわらないほうがいいと感じたら、松本さんの会社の場所を教えて、わたしは手を引きますね」

やはり頭の切れる女だ、と円堂は思った。

「わかった。そうして下さい」

告げて、電話を切った。

その後、真紀子から連絡はなく、店にでる時間になった。

開店の準備をすませ、店を開ける。その日は予約が一件も入っておらず、月曜日ということもあってか、ひどく店が暇だった。

九時を過ぎるとカウンターにいた常連客も帰ってしまい、客はひとりもいなくなった。

「雨降りでもないのに、珍しくないですか」

客が帰ったあとのカウンターをふいたユウミがいった。

「潰れるのかもしれないな」

円堂はいった。

「なわけ、ないじゃないですか。常連さんがいっぱい、いるのに」

「どうかな。新しいメニューも考えないと飽きられる」

「それよりユウミちゃんをバニースタイルにするというのはどうです?」

ケンジが珍しく冗談をいった。

「はあ?　なんでわたしがバニーなの?」

「悪くないね。ユウミちゃん、スタイルいいから、ウケるかもしれない」

円堂がいうと、

「じゃあ、ケンジさんもブーメランパンツで仕事して下さい。女性のお客さんにもサービスしないと」

ユウミがいった。

「そんなんじゃ揚げものとかできない。油がはねたら火傷しちゃう。それに俺、スタイルよくないもの」

「それはジムにいって鍛えてもらわないと。ね、親方」

ユウミが円堂を見た。

「あ、ついでに親方もジムに通って、ブーメランパンツになって下さい」

「俺とケンジの二人がパンツ一丁で店にでてみな。本当に潰れるぞ」

爆笑になった。

「駄目か」

「駄目だよ」

「だったらバニーもなしですね」

カウンターにおいた円堂の携帯が鳴った。

「さあ、お客さんだ！」

ユウミがいって、携帯を円堂に手渡した。

真紀子だった。

「円堂です」

「連絡、遅くなってごめんなさい。松本さんがつかまらなくて」

「いえ。面倒なことをお願いして」

「急なんですけど、明日の午後、円堂さんは時間ありますか？　二時くらいから」

「大丈夫だ」

「松本さんの会社で、話ができるそうです」

「それはありがたい」

「一時五十分に、新橋駅のSL広場にいらっしゃれますか。そこからわたしが松本さんの会社にご案内します」

「お手間をかけて申しわけない」

「じゃ、明日」

真紀子は告げて、電話を切った。

「残念ながらお客さんじゃなかったよ」

携帯をおろし、円堂はいった。その日は結局、看板まで客はこなかった。

23

真紀子はおとなしい黒のパンツスーツ姿で円堂を待っていた。化粧も前回より薄めだ。

円堂は礼をいい、中目黒の老舗の和菓子屋で求めた土産をさしだした。松本政子のぶんとふたつある。

「これを松本さんにさしあげて。ひとつはあなたに」

「あ、これ。好きなんです。嬉しい」

そつなくいって、真紀子は笑顔になった。

「松本さんは私と会うのを渋ったりしなかった?」

歩きながら円堂は訊ねた。

「いいえ。円堂さんが直接会って話をしたがっています、といったら、『あらそう。じゃいつがいいかしら』って」

「そうか」

「五十を過ぎたら、ああいう女性になりたい。ここです」

真紀子が足を止めたのは、決して新しくはない雑居ビルの前だった。古いエレベータで四階まで昇った。廊下を歩くと、「マツモトリカー」とすりガラスに記された扉を押した。

元ソムリエの女社長が経営している会社と聞いて、洒落たオフィスを想像していた円堂には意外だった。事務机に電話が並ぶ、パーテーションも観葉植物も何もない質素な部屋で、七、八人の男女が働いている。

さすがにパソコンは何台かあるが、すべての机というわけではないようだ。

「あ、沖中さん、いらっしゃい」

白いワイシャツ姿で手前の机にすわっていた二十代の男がパソコンから顔を上げ、いった。

「社長が奥でお待ちです」

男はいって机上の電話を耳にあてた。内線のボタンを押し、

「沖中様がおみえです」

と相手に告げた。

「はい。承知しました」

答えて、男は立ち上がった。オフィスの奥へと二人を案内する。

藤和連合の幹部が作らせた会社と聞いていたが、フロント企業を思わせるような社員はひとりもいない。一般企業としてもむしろ地味な部類だろうと円堂は思った。もっとも今は、少しでも暴力団の気配を感じれば金融機関や不動産会社が一切のかかわりを拒むので、事業がなりたたない。

若い男が奥の部屋の扉をノックして開いた。

正面の窓を背にする席に五十代の女がすわっていた。手前の左右に向かい合わせで二席があり、そこは無人だ。

女の席のかたわらに、古びた応接セットがあった。女が立ちあがった。

「いらっしゃい」

上品なグレイのスーツにクリーム色のブラウスを着け、短かめの灰色の髪をきれいにセットしている。

「ぶしつけなお願いをして申しわけありません」

円堂は頭を下げた。

「いいえ」

女はほっそりとして小柄で、見るからに華奢な体つきだった。色白で整ったこぶりの顔は、西洋人形を思わせる。

「どうぞおすわりになって。コーヒーを近所の喫茶店からとりますね。うちのよりおいしいから。あたたかいのと冷たいのとどっちがいいかしら」

「冷たいのを」

真紀子がいい、

「私も同じで」

円堂は答えた。

「アイスコーヒーをみっつ」

松本政子がいうと、

「承知しました」

といって若い男は部屋をでていった。

松本政子は並んですわった円堂と真紀子の向かいに腰をおろした。

「初めまして。円堂です」

円堂は頭を下げた。

「あ、これをいただきました。わたしのぶんまで」

真紀子が和菓子の袋をさしだした。

「ありがとうございます。でも初めましてじゃないんです。円堂さんには二度お会いしています。三十二年前の九月と十月に」

松本政子がいったので、円堂は目をみひらいた。

「もちろん覚えていらっしゃらないと思います。もうなくなった銀座の『マーメイド』というクラブで、わたしがソムリエをしていたときに、二見会長とお見えになりました。二見会長の係だった方が、他の店から移ってこられて。でも結局、その方が体を壊して銀座をあがってしまって」

「『マーメイド』」

円堂はつぶやいた。その名に覚えはあったが、従業員や内装までは思いだせなかった。

「すごい記憶力ですね」

真紀子がいった。松本政子は微笑んだ。

「それだけがとりえなの。一度お会いした人の名前と顔、場所は忘れない」

「厖大(ぼうだい)な量になるのではありませんか」

円堂は訊ねた。

「ふだんは忘れている。会った瞬間に思いだすの」

ことなげに松本政子は答えた。円堂はいった。

「二見さんと、それ以外の場所でお会いになられたことはありますか？」

「アフターで六本木のクラブに連れていかれたときにお見かけしました。円堂さんもいっしょにいらしてた。ご挨拶はしなかったけど」

君香の店にちがいない。円堂は小さく頷いた。

「高取の店にいかれたんでしょ？」

松本政子が訊ね、

「二度ほどいきました。二度めは、松本さんに電話をかけていきました」

円堂は答えた。

「なぜだか、あの人は円堂さんのことをすごく警戒していて、初めて円堂さんが自分の店にきたときも、すぐ電話をしてきたの」

松本政子がいったので、

「松本さんは二見さんを捜しておられるそうですね」

円堂はいった。松本政子は小さく首を傾げ、円堂を見た。

「高取がそういったのですか」

「二見さんがきたら知らせろと高取にいったと聞きました」

円堂は松本政子を見返し、つづけた。

「それに『城南信用サービス』の長谷川という男も二人の部下を連れて、私がやっている居酒屋に現われました。長谷川も二見さんを捜しているようでした。高取から私の店の名と場所を聞いて長谷川に教えたのは松本さんではありませんか」

松本政子は息を吐いた。

「そのことについては、円堂さんにお詫びをしなくては、と思っていました。長谷川はともかく、いっしょにいた者がひどく失礼な態度をとったようですね。申しわけありません」

「それはご心配なく。ただ、やくざ者がカタギのフリをすると、いろいろと厳しい時代です。場合によっては、松本さんのところにも警察がいくようなことになるかもしれない」

「あら」

松本政子はわざとらしく、目をみひらいた。

「それって、威してらっしゃるの？」

「事実を申しあげただけです。長谷川は、五十嵐という名前に反応しました。松本さんも五十嵐さんのことはよくご存じだと思いますが？」

松本政子の表情はかわらなかった。むしろおもしろがっているような笑みが口もとに浮かんだ。

「五十嵐さんにはたいへんお世話になりました。今はこういうご時世ですが、何か恩返しできることがあればさせていただきたいと、つねづね思っています」

「それが二見さんを捜すことになるわけですね」

松本政子は答えず、

「那須にお住まいのご友人が亡くなられたと高取から聞きました」

といった。

「中村という男です。私といっしょで二見さんの会社につとめていた。二見さんがいなくなったときに乗っていた車を、知り合いが見たと私に連絡してきました。私も中村も、二見さんはとうに亡くなったと思っていたので驚きました。そこで当たってみようという話になった。ところがその矢先、家が火事になり中村は亡くなってしまった。

火事の原因は失火ということになっていますが、放火された可能性もある、と私は考えています」

　松本政子は眉をひそめた。

「誰が何のために放火をしたのです？」

「中村が二見さんの居場所を知っていると考え、それを知ろうと問い詰めた。あげくに警察への届出を防ぐために焼き殺した」

　松本政子は首をふった。

「そのためにわざわざ火をつけるのですか。黙っていてほしいのなら、別のやりかたもあるでしょう？」

　円堂は息を吸いこんだ。

「あるいは渋る中村から情報をひきだそうと暴力に訴え、それがいきすぎてしまったのかもしれない。そうした証拠を湮滅（いんめつ）しようと火をつけた」

「お話をうかがっていると、中村さんという方が殺されたと円堂さんはお考えのようですが、警察も同じ考えなのですか」

「いえ。事件だという証拠は見つからず、捜査は打ち切られました」

「すると殺人を疑っていらっしゃるのは、円堂さんおひとり？」

　いって、松本政子は真紀子に目を向けた。

「わたしは今の話は初耳です」

　真紀子があわてたようにいい、

「沖中さんに中村の話はしていません」

　円堂もいった。

　松本政子は円堂を見つめた。

「ご友人が亡くなられたことと、わたしがかかわっているとお考えなの？」

「そこまでは思っていません。私の店にきた長谷川とその部下も、中村のことは知らなかったようです」

松本政子は息を吐いた。ドアがノックされた。

アイスコーヒーが届けられた。

三人は無言でアイスコーヒーを飲んだ。

「二見さんの行方をつきとめたら五十嵐さんへの恩返しになると松本さんがお考えになる理由を教えていただけませんか」

円堂はいった。

「二見さんは多額の負債を抱えて失踪しました。その負債は回収されていません」

松本政子はいった。

「今の二見さんならそれを返せるとお考えなのですか」

「車の話をお聞きなら、円堂さんにはおわかりになる筈です」

円堂は小さく頷いた。

「円堂さんも、それで捜そうと考えたのではありませんか?」

「私はそこまで捜したいとは思っていませんでした。中村が熱心だっただけで」

「円堂さんは二見さんのことをよく知っていらっしゃる。わたしの記憶では、二見さんは円堂さんを息子のようにかわいがってらした。二見さんを捜すという点では、円堂さんほど適任の方はいらっしゃらないと思うのですけど?」

松本政子はいって、微笑みを浮かべた。

「それはどういう意味ですか」

円堂は松本政子を見つめた。

「円堂さんが捜して下さるなら、『城南信用サービス』のような、すごむ以外能のない人間を使うより結果がでるのではないかしら」

あくまでも穏やかな表情で松本政子は答えた。

円堂は息を吸いこんだ。真紀子も賢い女だが、松本政子はその上をいっている。

「私は二見さんの側にいた人間です。二見さんを追いつめるようなことはしたくない」

松本政子はわずかに首を傾げ、円堂を見ていたが、いった。

「二見さんはとうに亡くなった、と円堂さんだけではなく、たくさんの人が考えていました。しかし高取の話で、生きていたことがわかった。人間的には魅力的な人だったかもしれませんが、事業に関しては、二見さんはおおぜいの人に迷惑をかけたままになっています。円堂さんが二見さんの側にいた人間だとおっしゃるなら、その迷惑を少しでも解消するべきだと思いません？　わたしがいっているのは、法律上の債務うんぬんのことではありません」

「それは、二見さんではなく、二見さんがいなくなったときに乗っていた車を捜したいということですね」

円堂はいうと、松本政子は答えた。

「フェラーリのたいへん珍しい車だと聞いています」

「カリフォルニア・スパイダーという車ですが、二見さんが今でもその車をもっているかどうかはわかりません。カリフォルニア・スパイダーを見たという中村の知り合いは、女性が運転していたといっています。つまり二見さんがその車を手放した可能性もある」

円堂はいった。松本政子は首を傾げた。

「それほど珍しい車が売買されれば、必ず噂になると思いません？」

「こっそり売ったとも考えられます。噂になれば、自分を捜す人間の耳に入る。相場より安く売ることで、噂になるのを避けた。もしそうだったらとっくにお金を使ってしまっているかもしれず、二見さんを捜す意味はなくなります」

円堂はいった。

「どうかしら。叩き売ったとしても、億単位の値はつく筈です」

カリフォルニア・スパイダーの価値を松本政子は知っているようだった。

「その金額をすべて二見さんが使ってしまったとは思えません」

円堂は首を傾げた。

「お金が残っていても、それは生活費では？」

「二見さんに迷惑をかけられた人間にすれば贅沢な話です。それに――」

松本政子は一拍おいた。

「資料によれば、二見さんは女の人と二人でいなくなっています。車を運転していたのは、その女性かもしれません」

「資料？」

円堂は不意に喉の渇きを覚えた。アイスコーヒーをひと口飲み、訊ねた。

「三十年前の資料があるのですか」

「三十年前の調査です。五十嵐さんのところの人たちが調べました。それによれば、二見さんが通っていた、六本木の今はもうなくなったクラブのホステスが、同じ時期にいなくなっています。源氏名を君香という女性でした」

「そのホステスなら私も知っています」

表情をかえないように努力して円堂は答えた。

松本政子は頷いた。

「二見さんよりむしろ円堂さんが親しかった人の

ようですね」

「そうだったら、二見さんといっしょにいなくならないのでは？」

感情を押し殺し、円堂はいった。

「いずれにしても、そのホステスの消息もわからないままになっています。二見さんは独身でしたから、三十年たった今もいっしょにいるかもしれません。そうならば、運転していたのはその女性だとも考えられます。高齢になった二見さんのかわりに走らせていた」

「高取の店に現われたとき、二見さんはひとりで、しかもバスに乗ってきたらしい。それならなぜ二人でこなかったのでしょう」

円堂はいった。

「さあ。ただ高取は、二見さんが少しぼけているように見えたといっていました。パートナーの女性の知らないうちに家を抜けだしてきたのかもしれませんね」

松本政子が口にした「パートナーの女性」という言葉が刺さった。円堂が無言でいると、松本政子はつづけた。

「いずれにしても、円堂さんにお願いするのが一番の方法だと思って、わたしからもご連絡をさしあげようと考えていました。円堂さんは、二見さんを追いつめたくないとおっしゃる。実際に二見さんを捜しだし、その状況がそっとしておくべきものなら、わたしもそのお考えに賛成です」

「そっとしておくべきものとそうでないもののちがいは何です？」

円堂は訊ねた。

「車の存在でしょうね。今も車をおもちで、その上で生活に困っていないようであれば、交渉すべきだと考えます。もし車を処分されていて、特に裕福な生活を送っていらっしゃるわけでないのなら、そっとしておく」

松本政子は答えた。

円堂は首をふった。

「二見さんは八十をとうに過ぎ、いっしょにいなくなった彼女も六十近い。それでも車をもっていたらとりあげるのですか」

「円堂さんのお年ならご存じの筈でしょう？　三十年前は、車どころではなく命まで失う人もたくさんいた。三十年間、債務を逃れて平穏に暮らしてきたひきかえと考えたら、それほどのことではないと思いませんか」

松本政子はいい、つづけた。

「円堂さんがお断わりになるのは自由です。でもその場合、『城南信用サービス』や他の、もっと頭の悪い者が、二見さんを捜しつづけるでしょう。二見さんの余生にとっては望ましいこととは思えないのですが」

「それは私を脅迫しているのと同じだ」

「もしそう思われるのなら、どうぞ警察にいって下さい。たとえ警察であってもこの段階で、わたしや五十嵐さんには指一本触れられないでしょうね」

松本政子の言葉通りだと円堂は思った。中村の家の火事と関係があるという証拠でも見つからない限り、警察は松本政子や五十嵐に手を出せないだろう。

「円堂さん、二見さんのためでもあるのですよ」

「私には店があります」

「もちろん店を休んでまで、とはいいません。もしお店を休まなければならないようなら、そのぶんの休業補償はいたします」

「そんなものはいらない」

即座に首をふった。

「金をもらって二見さんを捜すなんてしない」

だが自分が動かなければ、五十嵐の手下が二見を捜す。その過程で、今もいっしょにいるかどうかはわからないが君香も巻きこまれることになるだろう。

「失礼を申しました」

松本政子はいった。そして、

「円堂さん、考えて下さい。お願いします」

と頭を下げた。

「時間がほしい」

円堂はいった。それ以外の言葉が思い浮かばなかった。

24

「マツモトリカー」をでた円堂と真紀子は、無言で歩いた。新橋駅に着くと、真紀子がいった。

「軽率でした。上野さんに誘われたからといって、わたしなんかが首をつっこんでいいような話ではなかったんですね」

神妙な表情だった。円堂は首をふった。

「三十年前の話だよ。今になって二見さんを捜すという話に、私も驚いている」

「でも二見さんは、円堂さんを息子のようにかわいがっていたって——」

「そう見せるのがうまかった。二見さんは人たらしでね。いっしょにいると、この人のためなら何でもやろう、と思わされる」

真紀子は無言で頷いた。円堂はつづけた。

「でもこれ以上かかわらないほうがいいことは確かだ。仕事のこともあるし、上野さんとは仲直りして下さい」

真紀子は苦笑した。

「変な話。円堂さんのことでヤキモチ焼いているのに」

「我々には何の利害関係もない。だが上野さんとはちがう」

真紀子は頷いた。

「そうですね。わたしから食事にでも誘ってみます。それ以上はしませんけど」

「いろいろとありがとうございました」

円堂は口調を改め、頭を下げた。

真紀子は首をふった。

「でも円堂さんと知りあえたのはすごくよかった。少し時間がたって、問題が落ちついたら、連絡をいただけませんか。これきりになってしまうのは寂しいので」

円堂は無言で頷いた。おそらくこれきりになるだろう。だがそのほうが互いのためだ。

「じゃ、失礼します」

真紀子はいって、頭を下げた。

「失礼します」

タクシーに乗りこむ真紀子を見送り、円堂は新橋駅の構内に足を向けた。

携帯が鳴った。固定電話の番号が表示されている。見知らぬ市外局番だ。

「はい」

耳にあてた。一瞬間があき、

「円ちゃんの声だ」

君香がいった。

言葉がでなかった。円堂は立ち止まった。周囲の喧噪が遠のいていく。

「元気なのか」

ようやく、訊ねた。

「あんまり元気じゃない」

円堂は息を吐いた。

「それなりに幸せにやってるって思っていた」

君香は答えなかった。

「電話をくれてありがとう」

円堂がいうと、君香が答えた。

「信じられなかったよ。まさか円ちゃんが華乃と会ったなんて」

「姪ごさんの紹介だ。偶然知りあったんだ」

「奈緒子っていうんでしょ。あたしは会ったことないけど、似てるんだって？」

「ああ。初めて見たときは目を疑った」

「嘘」

「嘘じゃない」

お前のことをずっと考えていたんだという言葉を、円堂は呑みこんだ。

「まだあたしのことを覚えてるなんて、円ちゃんもかわってる」

「馬鹿野郎」

円堂は力なくいった。深呼吸し、訊ねた。

「どこにいるんだ？　東京じゃないのだろ」

「教えない。教えたら、円ちゃん、くるでしょう」

「俺に会いたくないのか」

「そういうのじゃない。会う資格ないし」

「資格って何だ」

「円ちゃん、まだ結婚してないって華乃から聞いてびっくりした。それとも一度結婚して離婚したの?」

君香は話をそらした。

「一度もしてない」

「お馬鹿さーん。結婚してたら子供も生まれて、下手したら孫だっている年なのに」

「ほっといてくれ」

君香が吐く息が耳に届いた。

「でも円ちゃんの声が聞けてよかった。元気そうだし」

「声を聞くだけのために電話してきたのか」

「そう」

円堂はいった。

「二見さんを捜している連中がいる。あまり筋のよくない奴らだ」

君香は無言だ。

「そいつらはお前のことも知っている」

「大丈夫」

君香はいった。

「何が大丈夫なんだ?」

「あたしのことは心配しないで。心配なんかしてもらえる立場じゃないし」

「そんなことを今さらいってどうする。俺は――」

「円ちゃんが元気でよかった。そう思ってると教えたかったから電話したの。じゃあね」

「待てよ――」

電話は切れた。円堂は着信番号にかけ直した。呼びだしに応える者はなく、やがて、

「ただいま、電話の近くにおりません」

というメッセージが流れた。

円堂は携帯を握りしめ、その場で立ちつくした。色々な感情がこみあげ、整理がつかない。少しで

も落ちつこうと、目についたコーヒーショップに入った。窓ぎわのひとり席にすわり、コーヒーカップを握りしめる。

三十年間、聞きたかった声だ。喜びと怒りが交互に心を揺さぶっている。

喜びは、君香が生きていて自ら電話をかけてきたことに。怒りは、それ以外のすべてにだ。

三十年前に突然いなくなった理由から、今日まで連絡をよこさなかったことまで、こんなにも激しい感情がまだ自分の中にあったのかと驚く。

無性に会いたかった。自然に洩れそうになる声をけんめいにこらえ、コーヒーで喉の奥に流しこんだ。

少し気持が落ちつくと、君香とのやりとりを思い返した。

あんまり元気じゃない、まだあたしのことを覚えてるなんて、円ちゃんもかわってる、教えたら、円ちゃん、くるでしょう、会う資格ないし、お馬鹿さーん、結婚してたら子供も生まれて、下手したら孫だっている年なのに、あたしのことは心配しないで、心配なんかしてもらえる立場じゃないし、円ちゃんが元気でよかった、そう思ってると教えたかったから電話したの。

円堂は両手で顔をおおった。涙がにじんでくる。たまらなく恋しい。

掌で目もとをぬぐい、息を吐いた。

落ちつくのだ。少なくとも君香は、円堂を拒否してはいない。拒否してはいないが、援助を望んでもいない。

そうだろうか。会う資格ない、心配なんかしてもらえる立場じゃない、という言葉の裏には、円堂に対する罪悪感がある。そうでなかったら、会いたい、助けてほしい、と思っているのではないか。

もう一度携帯から着信番号にかけた。やはり応答はなかった。市外局番は栃木県のものだとわかった。

どうすればいいのだ。自分がこれほど動揺するとは、まるで想像していなかった。電話番号は伝えたものの、君香のほうからかけてくるとは思ってもいなかった。

君香は過去を捨てさっている。君香に限らず、女性とはそういうものだと信じている。

委津子の言葉ではないが、過去をいつまでも捨てられないのは男だけで、女には現在と未来しかないと考えてきた。

どんな別れかたをしようと、女は未練などもたない。

自分にそういい聞かさなければ、君香との思い出から抜けだせなかった。

円堂がどれだけ焦がれ苦しもうと、君香はきれいさっぱり円堂を忘れ、幸福に暮らしている。だから考えるのは無駄だ。君香に染まった心は切り捨てろ、と。

だがそうではなかった。君香は円堂を覚えていて、声を聞きたいと思ってくれた。円堂が元気でよかったと思っていると教えたかった、といった。

円堂は再び両手で顔をおおった。涙が溢れてきた。

馬鹿じゃないのか。六十二にもなる男が、三十年前に捨てられた女と話し、泣いている。

心の中で自分を罵った。しっかりしろ。何を期待している？　まさか君香とよりを戻したいわけではあるまい。会ったら、お互いがっかりするのがオチだ。

　悪い予測を次々と思い浮かべ、気持を落ちつかせた。

　それより今考えなければならないのは、自分がどうすべきか、だ。二見を捜すのか、捜さないのか。二見が君香といるのかどうかという問題とは別に、心を決めなければならない。

　改めて自分に問うまでもなかった。二見を捜す。たとえ君香といっしょではなくても、居どころを見つける。

　それは、債権を回収したい五十嵐に加担するためではもちろんない。君香と消えたことへの恨みをぶつけるためでもない。

　ただ知りたい。三十年前に何が起こったのかを、知るために二見を捜す。

　もし捜しだせたらどうするかは、そのときに考える。

　今は、行動あるのみだ。

25

　その夜は、店でふだん通りふるまうのに苦労した。ふと気がゆるむと、気持が君香に向かってしまう。だが客の入りに助けられた。

　前夜とはうってかわって、忙しい日になった。看板ぎりぎりまで複数の客が残った。

　最後の客がでていき、ユウミが暖簾をひっこめたとき、円堂の携帯が鳴った。すぐ手にとれるようヒップポケットに入れていた。メールではなく電話だ。

「はい」

「まだ忙しい?」

委津子だった。ほっとしたような、がっかりしたような気分になった。

「今、閉めたところだ」

「その後、どうしたかなと思って」

「暇なのか、店」

「きのうは忙しかったのだけど」

「逆だな。うちはきのう暇だった」

「中目黒と銀座がいっしょだったら恐いわよ」

委津子と話したい、と思った。君香から電話がかかってきたと教えたい。それを思いとどまったのは、奈緒子の言葉を思いだしたからだ。

——自分のことを好きだと知っていて、他の女の話をしているんでしょ。ひどいよ
「そうだな。そういえば——」

目でユウミに帰っていいと告げ、円堂はカウンターの椅子に腰かけた。ケンジが板場の片づけを始めた。

「松本さんに会った。新橋の会社まで訪ねていった」

「どうだった?」

「煮ても焼いても食えない人だ」

委津子は笑い声をたてた。

「円堂さんらしい、いいかた。それで?」

「二見さんを捜してくれないかともちかけられた」

「捜すの?」

「俺が捜さなかったら、筋の悪い連中に捜させると脅された」

「やりかねない人よ」

「わかる。ここにもそういうのがきた。五十嵐の組の人間らしい」

「捜すのでしょ？」

　委津子はいった。

「どうしてそう思う？」

「わかるわよ。威されたからやるのじゃない。これまでの話を聞いていると、円堂さんは捜すってわかる」

「捜すといっても手がかりがない」

「車は？　そういえばうちにくるお客様で、クラシックカー専門のバイヤーの方がいる。頼まれて海外まで車を買いつけにいったり、日本から売ったりもしてる。すごい情報網をもっていて、日本にあるクラシックカーのことなら、何をどこの誰がもっているって、たいてい知っているって人。その人に訊いてあげようか、二見さんの車の話を」

「何か知っているかもしれないな。頼めるか？」

「毎晩、銀座にでてるから、今からつかまえられないか電話してみる。ただ、すんなり教えてくれるかどうかはわからないけど」

「結果を知らせてくれ」

　告げて電話を切り、ケンジを手伝った。片づけが終わり、帰り仕度をしていると、電話が鳴った。

「アフターでうちにきてくれるって。一時過ぎちゃうけど、円堂さん、こられる？」

　委津子が訊ねた。

「いくよ」

「マザー」に着いたのは午前零時過ぎだった。

　委津子の言葉通り、客がひとりもいない。

「口開けからこうなの。ひどいもんでしょ」

　店内を見回した円堂に、顔をしかめた委津子がいった。

「銀座の人気店でもこんな日があると知ると、ほっとするね」

「イヤミ？　それ」

「本音さ」

案内されたボックス席にすわり、円堂は答えた。

「今日は円堂さんのボトルからたくさんいただくから覚悟してね」

いったものの、手伝いの女の子をつかせることなく、委津子はひとりで円堂の席にすわった。

「ひょんなことで君香の妹と知り合った。俺の携帯の番号を教えておいたら、昼間、電話がかかってきた」

円堂はいった。委津子は目をみひらいた。

「君香さんから？」

「そうだ。どこで何をしているかは話さず、俺が元気でよかったといって、切っちまった。栃木の固定電話からだったが、折り返してもでない」

「君香さんの妹さんと、どこで知り合ったの？」

「中村の通夜にでたあと泊まった塩原温泉の旅館の女将だったんだ。君香は三姉妹のまん中で、姉さんとはそりが合わなかったが、妹さんとは悪い仲じゃないらしい」

「泊まったのは偶然？」

「偶然というか、その旅館の先代がクラシックカーを集めていたと聞いて、何か知っているかもしれないと思って訪ねていったんだ。その息子が、君香の妹の旦那だ」

委津子は首をふった。

「円堂さんらしい。昔からヒキが強い」

奈緒子の話はしないでおこうと決めていた。

「楠本さんならその先代のことを知っているかもしれない。楠本さんというのが、このあとくるクラシックカーのバイヤー。もう八十近いのだけれど銀座が大好きで素敵なおじさまよ」

「おじいさんじゃないのか」

「銀座じゃ、おじさま。それで、君香さんは今も二見さんといっしょにいるの?」

委津子は訊ねた。

「わからない。元気かと訊いたら、『あんまり元気じゃない』と答えた。もしかしたら別れたのかもしれない」

「どうするの?」

委津子は意味ありげな目つきをした。

「何が?」

「もし君香さんがひとりだったら、面倒みる?」

「ひとりかどうかなんてわからないだろう。別の男といて、たまたまうまくいってないだけかもしれない」

「そうね。ずっとひとりでいたのならともかく、二人でいてひとりになると寂しいから、たいてい女は新しい男を見つける。もし二見さんと別れたのなら、きっと次がいるわね」

今度は円堂が委津子を見つめた。

「実体験か?」

「ちがうわよ。あたしはずっと仕事に生きてたから男を欲しいと思ったことはない」

「一度も?」

「たまにはあったわよ」

「そういうときはどうした?」

「後腐れのない相手を見つけた」

答えた委津子の目が動いた。

「いらっしゃいませ!」

いって腰を浮かせた。ホステス二人をひき連れ、小柄な男が「マザー」に入ってきた。

身長は一六〇センチあるかどうかだろう。連れている二人は、ハイヒールのせいもあるが、どちらも十センチ以上男より大きい。

小柄ではあるが、仕立てのいいスーツを着け、ステッキをついている。

「おお、ママ、久しぶりだね。あいかわらず美人だ」

男はいって委津子と抱きあった。薄いがきれいな銀髪をなでつけている。

「楠本さん、会えて嬉しい。ぜんぜんかわらないどころか、若くなったのじゃない?」

委津子がいうと、男は顔をほころばせた。

「また、うまいなあ。いつもそれにやられるんだよな。シャンパンでも開けるか」

「わー、やったあ!」

委津子が小躍りし、やがて男の席にクリュッグのロゼが届けられた。

シャンパンが注がれ、男と連れのホステス二人、委津子が乾杯した。小柄だが男はよく通る大きな声で喋る。

「それで、クラシックカーの話を訊きたいってのは、どういうわけなんだい?」

男が訊ね、委津子が円堂をふりかえった。

「あちらのお客様から、楠本さんを紹介してほしいと頼まれたの。三十年以上前からおつきあいのある方で、人柄は保証します」

男が自分を見たので円堂は無言で頭を下げた。

「席にお呼びしていい?」

委津子が訊ね、男は頷いた。

「ママが保証するというなら、信用できる人だろう。お話を聞こう」

円堂は立ち上がった。男の席に近づき、もう一度頭を下げた。

「お楽しみのところをお邪魔して申しわけありません。円堂と申します」

「楠本です。どうぞおすわり下さい。ほら、女子、詰めて」

楠本は笑みを浮かべ、いった。目は笑っていない。

「失礼します。クラシックカーのバイヤーをなされているお客様がいるとこちらのママから聞いて、ぜひおうかがいしたいことがあったものですから」

楠本の向かいに腰をおろし、円堂はいった。

シャンパングラスが円堂の前にもおかれた。

「商売のほうは半ば引退したようなものですので、お役に立てるかどうか。まあ円堂さんもよろしかったらどうぞ」

楠本がいったので、円堂はグラスを手にした。

「ちょうだいします。ありがとうございます。今私は、小さな居酒屋をやっているのですが、三十年前まで二見興産という会社におりました」

「二見興産。聞いたことがある」

楠本はつぶやいた。

「会長の二見さんはフェラーリのカリフォルニア・スパイダーに乗っていました」

楠本は小さく頷いた。

「名車だ。しかも作られた台数が少ない。あの車はもともと一九六〇年代、アメリカのオープンカーのブームにあわせて、フェラーリが作ったものなのです。だからイタリア車なのにカリフォルニアという地名がついている。カリフォルニアの青い空のもとを走るのにふさわしいオープンカーというコンセプトだった」

「そうなんですね」

「車体はロングホイールとショートホイールの二種類があり、何ごとも大きいものを好むアメリカ人にはロングホイールが好かれたが、日本にはショートホイールのほうが向いている。二見会長が乗っておられたのは、ショートホイールの、赤のカブリオレでしたな」

楠本がいったので、円堂は目をみひらいた。

「ご存じなのですか」

「二見会長にカリフォルニア・スパイダーをお世話したのは、私の知人のアメリカ人です。テキサスで買いつけた車を東京まで運ぶときにお手伝いをした。二見会長と私はお会いしていないが、そのアメリカ人は確か十億で会長にお譲りしたと聞いている」

「十億！」

かたわらのホステスが叫んだ。

「そのアメリカ人のお友だちとは今もおつきあいがあるのですか？」

円堂が訊ねると楠本は首をふった。

「もう亡くなりました。不思議な男でね。亡くなったあと、ＣＩＡだったと聞いた。本当かどうかは知らないが」

「ＣＩＡですか……」

「海外のクラシックカー愛好家というのは、基本、大金持です。王族や油田のもち主だったり、武器商人などもいる。そういう点では、ＣＩＡが情報を集めるために、クラシックカーのバイヤーに化けても不思議はない」

「えっ、じゃ楠本さんもＣＩＡなの？」

ホステスが訊き、

「それはベッドの中でしか教えられないな」

楠本が答えたので嬌声が上がった。

「亡くなった理由は何だったのでしょう」

円堂は訊ねた。

「心臓発作ですよ。確かドバイの空港で倒れて、それきりだったらしい。今から七、八年前の話です」

円堂は頷いた。二見とは関係がなさそうだ。

「日本には何台くらい、カリフォルニア・スパイダーがあったのでしょうか」

「一番多い時代で二、三台といったところでしょうか」

「今は？」

円堂が訊ねると、楠本は円堂を見た。

「行方のわからない一台だけです。二見会長が乗っていたカブリオレだ」

円堂は息を吐いた。楠本はつづけた。

「二見興産の破綻が決定的になった三十年前、二見さんは何台もある愛車の中からカリフォルニア・スパイダーを運転してでかけ、それきり行方がわからなくなった。当時、多くの者が二見さんとカリフォルニア・スパイダーを捜し、結局見つからなかった」

「楠本さんはどうなったとお考えですか？」

円堂は訊ねた。

「どこか山奥で、主とともに朽ち果てている。ロマンチックに考えればそうなる」

楠本は円堂を見つめ、いった。

「ロマンチックに考えなかったら？」

委津子が訊ねた。

「『地上げの神様』と呼ばれた人だ。どこかで巻き返そうと、カリフォルニア・スパイダーをそのときのための資金にとっておいたかもしれない」

楠本は答えた。

「もしそうなら、カリフォルニア・スパイダーは売りにだされた筈です。楠本さんは、そういう話を聞いていらっしゃいますか」

　円堂が訊ねると楠本は首をふった。

「いや。聞いていません。ただご存じのように、バブル崩壊以降、日本にはクラシックカーに大枚をはたくような人物は少なくなってしまった」

「すると売るなら海外、ということですか」

「そうですな。二〇一五年の二月、フランスで開かれたオークションで、一九六一年製の250GTカリフォルニア・スパイダーのショートホイールモデルが一六三〇万ユーロで落札されました。当時のレートで、二十一億円です。日本ではとうていそんな値はつかなかったでしょう」

　楠本がいった。

「だったらこっそり国外にもちだすしかないわね」

　委津子がいうと、楠本は首をふった。

「クラシックの輸送は、非常に手間がかかる。簡単にはできない。作られてから六十年近くが経過した精密機械なのだ。コンテナに放りこんで運ぶというわけにはいかない。私だったら空輸を勧める。となると、輸送そのものにも費用がかかるし、梱包もプロの技術が必要だ」

「それをこっそりやることはできませんか」

　円堂は訊ねた。楠本は頷いた。

「こっそりやることは可能だ。二十億もの値がつく品だ。税務署の目を考えても、こっそりやりたいのが人の情だろう。ただ、私の耳に届かずに日本でそれをするのは不可能だね」

「すると二見さんのカリフォルニア・スパイダーはまだ日本にある、と楠本さんはお考えですか？」

「あると私は思う。問題はどんな状態であるか、というだけで」

「ごく最近、栃木県でカリフォルニア・スパイダーが走っているのを見た、という人間がいます。その人物は自動車雑誌の編集部にいたことがあるので、見まちがいではないようなのですが」

「栃木。ほう」

楠本はつぶやいた。

「どうお考えになります？」

「走っていたとすれば、状態はいい、ということだね。二見さんが乗って消えて三十年。その間、走れる状態を保つのはたいへんなことだ」

「そうなの？」

委津子が訊いた。

「ママだって三十年、あそこの手入れをせずに、いきなり男性を迎えいれられるかな？」

「ひどい。わたしはそこまでもてなくないわよ」

笑い声があがった。

「冗談はさておき、ときどき馴らし運転をしているだけでは、車というものはもたない。部品の経年劣化もある。しかもフェラーリのクラシックカーは、純正の部品が使われていないと価値がぐっと下がってしまう」

「六十年前の部品なんてあるの？」

「フェラーリは用意している。そこがフェラーリのフェラーリたる所以（ゆえん）だ」

「すごい」

「すると保管は難しいのですね」

円堂はいった。楠本は首をふった。

「車に詳しく、クラシックカーの扱いに慣れた人間なら、不可能ではない。劣化し、他の部分に影響を及ぼしそうな部品をとり外し、錆がでないようこまめな手入れを施してあれば、五十年でも百年でも走らせることができる」

「つまり二見さんのカリフォルニア・スパイダーは、そういう人間の手でずっと保管されていた、ということですね」

「それが本物のカリフォルニア・スパイダーなら」

円堂は無言で楠本を見た。

「ああいう名車のレプリカを作りたがる人間は意外に多いのだよ。売るためではなく、自分の楽しみで作る。今はいいマテリアルもたくさんある。小型車をベースに外箱をうまく作ってのせれば、一見、そうとしか思えない車ができあがる」

「何のために作るの？」

委津子が訊ねた。

「いわば趣味だな。人に見せるため。インターネットにはそういう動画があがっている」

「楠本さん、インターネット見られるの?!」

「馬鹿にするな！」

笑いがまきおこった。

「では楠本さんは、栃木を走っていたカリフォルニア・スパイダーはレプリカだとお考えなのですか」

円堂は訊いた。

「正直、その可能性は高いと思いますな。私はレプリカに関しては詳しくないし興味もないので、カリフォルニア・スパイダーのレプリカを作った人間がいるのかどうかは知りませんが」

レプリカ。そんなものがあるという可能性をまるで考えていなかった。

「レプリカも高く売れる？」

ホステスのひとりが訊ねた。

「本物ではないから何十億という値はつかない。ま、好きな人間なら、それなりの金はだすだろうが」

「それなりの金って？」

「一千万がいいところだろう。絵画とはちがう。偽物を本物といつわって売るのは不可能だ。エンジンを見ればひと目でバレる」

「そっか……」

「どうでしょう。お役に立ちましたかな」

楠本は円堂を見つめた。

「はい。ありがとうございます。お礼にもう一本、シャンパンをいかがでしょうか」

円堂はいった。

「いやいや。それには及びません。円堂さんは居酒屋をされているそうだが、銀座ですか？」

「銀座なんてとんでもない。中目黒です」

「ほう。私の自宅は自由が丘でしてな。一度寄らせてもらいますか」

「楠本さんのお眼鏡にかなうようなところではありませんが、気が向かれたらぜひ一度いらして下さい」

楠本は委津子を見た。

「ママはいったことがあるのかい」

「一度。おいしかった」

「では今度、ママと同伴するかね」

「あら、うれしい。こんなわたしをまだ同伴に誘ってくれるなんて」

「大昔はさんざん口説いたが、ちっともなびいてくれなかった」

「今ならいくらでもなびくから、口説いて、口説いて」

「残念だ。私の弾丸は撃ち尽くしてしまった」

「嘘！」

「まだいけるでしょ！」

どっと笑い声があがった。

26

結局楠本は言葉以外の礼をうけることなく、午前三時にひきあげていった。円堂もさすがに眠かったが、楠本より先に帰るわけにはいかず「マザー」に残っていた。

「役に立った？」

楠本一行を見送り、帰ってきた委津子が訊ねた。

「すごく役に立った。ありがとう」

円堂は礼をいった。

「そのわりに難しい顔ね」

「レプリカという可能性を考えていなかった」

委津子は円堂を見つめた。

「二見が生きていたのと、カリフォルニア・スパイダーが走っているのを見たという話を、俺はつなげて考えていた。が、そのカリフォルニア・スパイダーがレプリカだったのなら、話はまるでかわってくる。中村の知り合いが見たという車は、まったく無関係なレプリカだったかもしれない」

「でも栃木でしょ」

「二見が現われたという蕎麦屋は福島だ。栃木の近くではあるが」

「君香さんの電話も栃木の番号からだったっていってたじゃない。偶然にしては重なり過ぎ」

確かにそうだ。やはり「藤の丸館」の主人から話を訊く他ない、と円堂は思った。

「栃木にいって、もう少し調べてみる」

「あてはあるの？」

「君香の妹の旦那だ」

「塩原で旅館をやっている？」

　円堂は頷いた。

「俺の勘では、隠していることがあるような気がする」

「何を？」

　委津子は円堂を見つめた。

「それはわからないが、二見について何か知っているのは確かだ」

「松本さんには何というの？」

「引きうける、というさ。さもないとまたやくざ者をさし向けてくるかもしれない」

「無茶はしないでね。何かあったら警察に相談したほうがいい」

「もちろんだ。やくざ相手に立ち回りをするほど若くない」

「どうかしら。君香さんがからんだら、円堂さん、何をするかわからない」

　円堂は首をふった。

「そんなわけないだろう」

　勘定を払い「マザー」をでた。タクシーに乗りこみ、自宅に戻ったのは午前四時過ぎだった。

　手と顔を洗い、ベッドに入った。酔ってはいないが、体が重い。

　目を閉じた。君香の声がよみがえってくる。

　ようやくうとうとしたと思ったら、携帯が鳴った。ふだんはリビングにおくが、ベッドの横においてあった。

　登録のない携帯電話の番号が表示されている。

「はい」

「朝から申しわけありません。松本です」

時計を見た。午前九時を回ったところだ。

「ああ。おはようございます」

円堂は息を吐いた。

「まだおやすみでしたか」

「いえ。ご心配なく」

「申しわけありません。かけ直します」

「大丈夫です」

「お考えをうかがおうと思ってお電話さしあげました。二見会長の件、いかがでしょう」

円堂は体を起こした。

「捜していただけますか」

松本政子は訊ねた。

「ええ。捜します」

「よかった。ありがとうございます」

「いや。礼には及びません。二見さんが見つかっても、あなたに知らせるかどうかわからない。それに――」

「それに何です?」

「知り合いが見たというカリフォルニア・スパイダーはレプリカかもしれないという可能性があります」

「レプリカ?」

「模造品です。もしそうなら、まるで価値がちがう」

松本政子は黙った。円堂はつづけた。

「クラシックカーに詳しい人から話を聞いたのです。レプリカだとすれば、とても億という値はつかないそうです」

「二見さんを見つければ、はっきりすることです。もし二見さんの手もとに、まだ本物のカリフォルニア・スパイダーがあったら、お知らせいただけますか」

松本政子はいった。

「わかりました」

「それでどのように捜されるおつもりですか？」

「今はまだ何とも。手がかりがないか、昔のことを思いだしてみようと思います」

「もし何かお手伝いできることがあれば、何なりとおっしゃって下さい。この番号がわたしの携帯ですので、いつでもご連絡下さい」

告げて、松本政子は電話を切った。

息を吐き、円堂は天井を見上げた。頭の芯はぼんやりとしているが、眠けは覚めていた。

ベッドをでて顔を洗い、コーヒーをいれた。

記憶の中に手がかりがないことは、三十年前にわかっていた。円堂ら社員が思い浮かぶような場所に二見が向かわなかったことは確認ずみだ。

当時、二見が那須塩原方面に向かったと考えた者はいなかった。那須にもっていた別荘を二見が売却したのは、二見興産が危うくなるずっと前だったからだ。直前まで所有していたのなら、いき先として考えたかもしれないが、二見は複数の別荘をもっていた。残っている場所を、まず捜した筈だ。とうに売り払った別荘の所在地を調べようとはしなかった。

円堂は「藤の丸館」に電話をかけようとして止めた。前回、奈緒子と訪ねたとき、「藤の丸館」の主人は明らかに円堂を避けていた。

そんな相手から電話で何か訊きだそうとしても、答が得られる筈はない。アポイントをとろうとしても、はぐらかされるのが落ちだ。

直接訪ねていく他ない。

動くなら早いほうがよかった。松本政子は円堂に任せるようないいかたをしたが、「城南信用サービス」の連中が動いていないという保証はない。

何より、連中が君香のことをつきとめるのが不安だ。三十年、逃げのびたのだから、君香だってそう簡単に見つかるとは思えないが、もし二見と別れ水商売に戻っているとすれば、見つかってしまう可能性はなくもない。

極道は水商売の世界に強い。これこれこういう出自の女を捜しているという情報を流せば、特に地方では、見つかりやすい。

出自に関して嘘をついていたとしても、嘘をついていいるということは、周囲の人間にバレるものだ。そして嘘をついている、という時点で、怪しまれる対象となる。

極道が直接、店を捜して歩くわけではない。おしぼりや植木、花、出入りの酒屋、氷屋などから情報を収集するのだ。他にもホストや白タクの運転手もいる。

二見のもとで働いていた頃、情報収集能力で最も長けていたのは、暴力団系の金融会社だった。連中は、ささいな情報をもとに、住所、電話番号、乗っている車のナンバー、愛人のつとめ先まで調べてきた。

ひとりひとりは、松本政子がいうように決して賢くはない。が、組織力がある。強引な手段もためらわない。

だし抜かれたことがいく度もあった。むろんだし抜いたこともある。その結果、脅されたわけだが、連中は金にならない暴力はめったにふるわない。それでつかまり、刑務所に入れられても、組は何の補償もしてくれないからだ。

息を吐き、円堂はケンジの携帯にかけた。

今日は仕入れにいってもらっている。

「おはようございます。何か？」

「急で悪いが、今日、休ませてもらう。大丈夫か？」

「大丈夫です。今日は団体の予約も入っていませんし」

ケンジは答え、一拍おいていった。

「あの、俺で役に立つことがあればいって下さい。何でもやります」

何かが起きている、とケンジも気づいているのだ。円堂は息を吐いた。

「ありがとう。だが心配してもらうほどのことじゃない」

「この前店にきた連中と関係があるのじゃないですか」

「この前きた連中？　ああ、あいつらとは話がついた。向こうの勘ちがいだったんだ」

「そうなんですか」

ケンジは何かいいたげだ。

「店を頼む。それが俺には一番助かる」

「わかりました」

電話を切ると、円堂は身支度を整え、自宅をでた。中村の通夜にでたときと同じように、新幹線で新白河に向かい、レンタカーを借りるつもりだ。

新白河の駅には昼前に着いた。新幹線の中から予約しておいたので、レンタカーもすんなり借りられた。

あとは「藤の丸館」に向かうだけだが、その前にもう一度、円堂は中村の家に寄るつもりだった。

窓を壊されていた中村の車を詳しく調べたい。前回は奈緒子がいたので、早々にその場を離れてしまった。

カーナビゲーションの案内で中村の家に向かっ

た。

中村の家まで百メートル足らずのところまできて、円堂はレンタカーのブレーキを踏んだ。

中村の家の前に見覚えのない車が止まっているのが見えたのだ。ワゴンタイプの車だ。

道の端に寄せたレンタカーを円堂は降りた。

徒歩で中村の家に向かう。「城南信用サービス」の連中だろうか。

ワゴンのナンバープレートが見えた。「那須」ナンバーだった。円堂はさらに近づいた。

中村の4WDにかがみこんでいる男の背中が見えた。運転席の扉を開け、上半身を中にさし入れている。何かを捜しているようだ。

円堂は歩み寄り、足を止めた。気配に気づいた男が体を引いた。円堂をふり向き、棒立ちになる。

「藤の丸館」の主人の藤田だった。ジーンズに革のブルゾンを着けている。

「捜しものは見つかったか」

円堂はいった。藤田は無言だ。

「あんたとはもう一度話をしたいと思っていた。前回は逃げられたからな。いいところで会えた」

「話すことはない」

硬い声音で藤田はいった。

「そうか。じゃあ110番させてもらう。いくら亡くなった人間の車でも、窓を壊して中を物色したら犯罪だ」

携帯を手にして円堂はいった。

「ちがう！　これは私じゃない。ここにきたら、割られていたんだ」

藤田は首をふった。

「いいわけは警察でしろ」

「本当だ！」

藤田が声を張りあげたので、円堂は携帯をおろした。

「じゃあ、何をしていたんだ？」

藤田の目を見つめ、訊いた。

「写真だ。写真を捜していた」

「何の写真だ？」

「二見さんの写真だ。中村先生がうちにきて、見せた」

「写真を捜してどうするつもりだったんだ？」

藤田は黙った。円堂はさらに近づいた。

「あんたがこの家に火をつけたのか」

「馬鹿な！　そんなことするわけないだろう」

「本当のことをいえよ。なぜ中村を殺した?!」

藤田は激しく首をふった。

「俺じゃない！　俺はやってない」

「じゃあ誰がやったんだ」

「知らない！　知るわけないだろう」

「やはり警察だ。塩原署の担当の刑事に知らせる」

「待ってくれ。二見さんに頼まれたんだ」

「中村を殺せと頼まれたのか」

「ちがう！　自分を捜されたくないんだ。中村先生に見せられた写真があまりにそっくりだったから、それをいったら、写真がもうないか捜してほしいと頼まれた」

「二見がどこにいるのか知っているんだな」

藤田はうつむいた。

「逃げてきた二見をかくまったのは、あんたの父親なんだろう？」

藤田は無言だ。

「目的は何だったんだ。カリフォルニア・スパイダーか？」

「ちがう。親父は、二見さんとウマが合ったというか、仲がよかった。二見さんは那須にくると、うちで飯を食って、飲んでた。別荘には寝に帰るだけだった。それで、会社が駄目になったとき、親父のところにきたんだ。何日か、かくまってくれと。女もいっしょだった」

「あんたの女房の姉だ」

藤田は小さく頷いた。

「だがそのときは知らなかった。華乃とはつきあっちゃいたが、すぐ上の姉さんは高校卒業後、家をでていったきりだと聞いていた」

「それで?」

「親父は、うちの古い従業員用の宿舎に二人を泊めた。新しいのを建てたんで、使っていなかったんだ」

「そこに二人はずっといたのか」

「わからない。ひと月かふた月、もしかしたら、もう少しいたかもしれない。ほとぼりがさめるまで。食事とかは、お袋が運んでいた。朝晩の二回、うちでだす食事を届けてた。俺はその頃、仙台だったから、詳しくは知らない」

「そのあと、どこに移ったんだ?」

「あちこちだ。白河やいわきのほうにもいたみたいだ」

「今はどこにいる?」

藤田は黙った。

「どこにいるんだ?!」

「鬼怒川だ」

「鬼怒川のどこだ?」

「知り合いがもっている湯治場で暮らしている」

「女もいっしょか」

「知らない」

「知らない筈はないだろう。会っているから、写真を処分してくれと頼まれたのだろうが」

「二見さんは――」

いって藤田は息を吐いた。

「かわってしまった」

「かわった？　何のことだ」

「何ていうか。日によってちがうんだ。悪い日は俺を親父とまちがえたり、今いるのが那須にあった別荘だと思いこんでいたり。あんたが奈緒子とうちに泊まった翌日、俺は鬼怒川にいって話をした。二見さんはあんたのことを覚えていて、絶対に見つかりたくないといった。あんたは自分を恨んでいる。見つかったら仕返しされるというんだ。だから中村先生がもってきた写真を処分してくれと頼まれた。あの写真のせいで、いつか見つかると、二見さんは恐がってた」

円堂は大きく息を吸いこんだ。二見が自分を恐れているとは、考えたこともなかった。

が、二見にしてみれば、君香を奪ったという負い目があったのかもしれない。

「なぜ俺に恨まれるか、理由は聞いたか？」

藤田は首をふった。

「それはいわなかった。とにかく自分の写真をなくしてくれ。そうじゃないと夜もおちおち眠れないというんだ」

「だからここにきたのか」

「そうだ」

「なぜそこまでいうことを聞くんだ？」

藤田は答えない。

「なんだって二見に尽す？　父親はともかく、あんたは二見とそこまで親しくないのだろう？」

円堂は重ねて訊ねた。

「親父に頼まれた。二見さんの面倒をみてやってくれ、と」

藤田は下を向き、答えた。

「それだけか」

藤田は顔を上げた。

「それだけとは？」

「別の目的があるのだろう。カリフォルニア・スパイダーだ」

藤田は沈黙した。

「あんたは俺に嘘をついた。去年の暮れ、林道でカリフォルニア・スパイダーが走っているのを見たといった。だが去年の暮れは奥さんが入院していて、それどころじゃなかったと聞いたぞ」

藤田は顔を歪めた。円堂が見つめていると、

「いわないんだ！　都合が悪いとボケたフリをして」

吐きだした。

「いわない？　カリフォルニア・スパイダーがどこにあるのかをいわないということか」

藤田は頷いた。

「『あれは隠してある』というだけだ。『途方もない金になるから』と。だが別の日には、『そんな車は知らない』という。誰かにやった、というときもある」

「つまり二見は今、もっていないんだな」

藤田は頷いた。

「あるときまでもっていた。自分に何かあったら、俺の親父に渡すといってたんだ。だが親父のほうが先に死に、それからいうことがかわってきた。もう一度事業をたちあげる資金にするといったり、売ってハワイで暮らすといったり、日によってちがう。今はどこかに隠してあるが、どこだか忘れ

たという。嘘なんだ。人に渡すのが惜しくなったんだ」

　藤田の顔に怒りが浮かんでいた。

「これまで、三十年も親子二代で面倒をみてやったというのに、ボケたフリをしやがる」

　円堂は目をそらした。ある意味、二見らしいともいえる。人たらしの天才だ。その人間が求めるものを見抜き、上手に使う。

　これまでしてやったことの見返りとしてカリフォルニア・スパイダーが欲しいという藤田の欲を、二見はうまく利用しているのだ。

　二見を見捨てればカリフォルニア・スパイダーは手に入らない。それが藤田の弱みだ。

「鬼怒川のどこなんだ」

　円堂は訊ねた。

「やめてくれ！　あの爺さんを殺すのは」

　藤田が叫んだ。

「殺す？」

「死んだら、カリフォルニア・スパイダーのありかは永久にわからなくなる」

「俺が二見を殺すと思うのか」

「そういってた。『円堂は殺したいほど俺を恨んでいる筈だ。見つかったら終わりだ』と」

　円堂は息を吐いた。

「恨みがまるでないわけじゃないが、殺したいと思ったことはない」

「俺もそう思った。あんたから話を聞いたときは、そこまで恨んでいるようには見えなかったから。だけど二見は、『あいつは賢いんだ。自分の本当の気持を人に悟らせない』といっていた」

「馬鹿ばかしい。たとえ恨んでいたとしても、三十年だぞ。どんな恨みだって消える」

円堂は告げた。藤田は信じられないように円堂を見つめていたが、やがて肩を落として訊ねた。

「信じていいのか」

「俺がそこまで二見を恨んでいるなら、あんたも無事じゃすまない。親子でかくまっていたのだからな」

「じゃあなんで捜す？　カリフォルニア・スパイダーか」

「そうじゃない。奥さんから聞いていないのか？」

「何を？」

「奥さんの姉と俺はつきあっていた。結婚するつもりでいた。それが突然、二見といなくなった」

藤田が驚いたように目をみひらいた。

「華乃は何もいってない。そうだったのか」

「十年以上前だが、一度だけ彼女は『藤の丸館』にきたことがある。突然きて泊めてくれと頼まれ、そうさせてやったそうだ」

「聞いてない。たぶん、旅館が暇で、俺がいないときだ」

藤田は声を詰まらせた。

「奥さんは、彼女に俺という相手がいたのを前から聞いていた。それが突然、二見といなくなり、二十年近くしてひとりで『藤の丸館』に現われた。だが何があったのか、彼女は話さなかったらしい」

藤田は目を閉じた。

「しかたがない。俺も二見の話をあいつにはしていない。金のためにやっていると思われるのが嫌で」

「鬼怒川のどこなんだ？」

円堂は再び訊ねた。

「俺が案内する。わかりにくい場所だし、あんたひとりをいかせたら、それこそ恨まれる」

藤田は答えた。

「いいだろう。俺の車はその先に止めてある」

「待ってくれ。今日は駄目なんだ。旅館が忙しい。明後日(あさって)にしてくれ」

円堂は無言で藤田を見つめた。

「本当だ。本当に案内するから」

「明後日の何時にどこだ？」

「新藤原の駅にきてくれ。東武鬼怒川線の終点で、鬼怒川公園駅の次だ。そこに明後日の正午」

「明後日の昼の十二時に新藤原の駅だな」

「俺が車で案内する」

信じられないという気持はある。だが二見は逃がせても、藤田は逃げられない。

「いいだろう。もう一度訊くが、この家に火をつけたのはあんたじゃないんだな」

円堂はいった。

「俺じゃない。火事の原因は失火じゃないのか」

「警察も判断できなかった」

「まさか二見さんが……。それはないか。ひとりでここまでこられる筈ないしな」

藤田はつぶやいた。

「鬼怒川からここにくるのは大変なのか」

「車がなけりゃ難しい。電車とバスを乗り継いでくることになる」

そういえば高取も、二見はバスできたといっていた。

「もし新藤原にこなかったら、『藤の丸館』に乗りこむからな。客がいても関係ない」

円堂は告げ、踵を返した。

27

その夜は遅刻して店にでた。そして十一時に早上がりし、円堂は「マザー」に向かった。

楠本を紹介してくれた礼を兼ねて委津子に状況を報告し、自分の考えも整理したい。

「マザー」にはサラリーマンらしい若い客の団体が入っていた。だが円堂を見ると、

「でましょう」

といって、委津子は手伝いの娘たちにそれを預けた。奈緒子と出会ったバー「ビュウ」に二人は向かった。カウンターは埋まっていて、ひとつだけあるテーブル席で二人は向かいあった。そのほうが好都合だった。カウンターでは、他の客やバーテンダーの川口に話を聞かれかねない。

「見つかった?」

飲みものを頼むと委津子が訊ねた。

「『藤の丸館』の主人がかくまっていた。今は鬼怒川の湯治場にいるらしい」

答えて、円堂は中村の車を藤田が探っていた話をした。

「藤田の話では、二見は俺を恐がっている。見つかったら俺に殺される、といったらしい」

「おかしくないわね」

委津子がいった。

「円堂さんはそれくらい君香さんに惚れていたもの」

「だとしても、あいつはさらわれたわけじゃない。自分の意志で二見についていったんだ。恨むなら君香を恨む」

円堂は首をふった。

「二見さんに恨みはないの？」

「まったくないとはいわない。だまされたという気持はある。だが殺したいなんて思ったことはない。君香もだ」

「それで車は？　車もあったの」

「それがわからないらしい。藤田の話では、あるときまでは確かにもっていたが、ありかがわからなくなったというんだ。おそらくどこかに隠したのだろう、と。呆けたのかそのフリをしているのか、いうことがころころかわるらしい。最初は、世話になった礼に藤田の父親にやるという話だったが、今はどこに隠したのかを忘れてしまったといっている。藤田にいわせれば、惜しくなって忘れたフリをしているにちがいないと」

「君香さんがもっているのじゃないの？」

「もっているとしても、君香じゃ手に余る。処分しようとする筈だ。そうなったら楠本さんのような人の耳に入らないわけはないだろう」

「確かにそうね。あなたに会えば、二見会長も本当のことをいうかもしれない」

「しかし鬼怒川の湯治場とはな」

円堂はつぶやいた。

「湯治場にお年寄りはつきものだから、隠れるにはもってこいの場所よ」

「だがよく我慢できるな。あれだけ贅沢な暮らしをしていた人が」

「三十年もあれば人は変わる。本当は老人ホームにでも入ってのんびり暮らしたいのでしょうけど……」

「カリフォルニア・スパイダーを処分すれば、そんな金はすぐできる」

円堂がいうと、

「忘れたの？　そうしたら昔の借金とりに根こそぎもっていかれるだけよ。だから処分もせず、何かのときの頼りにと、隠しているんだと思う」

委津子が首をふった。

「それじゃにっちもさっちもいかない」

円堂はつぶやいた。

「でも年をとると、そのにっちもさっちもいかないところに人ははまりこむ。終活なんていうけど、しがらみをきれいさっぱりなくしてお迎えを待つなんて簡単じゃない」

委津子の言葉に円堂は息を吐いた。

「で、どうするの？　会いにいくんでしょ？」

委津子が訊ねた。

「明後日の正午に、東武線の新藤原の駅で、藤田と待ちあわせた。そこから二見のところに案内させる」

「君香さんもいるのね」

委津子は円堂を見つめた。

「俺はいないと思う」

「なぜそう思うの」

「八十を過ぎた二見はともかく、君香はまだ五十代だ。病気にでもなっていない限り、湯治場暮らしには耐えられないだろう」

いってから円堂はどきりとした。「あんまり元気じゃない」という君香の言葉は、病気にかかっているという意味だったのだろうか。

たとえば癌とか。

「確かにそうね。でも栃木の番号からかけてきたのでしょ。鬼怒川も栃木よ」

円堂は無言で頷いた。いずれにせよ二見に会えばわかることだ。

「見つけたらどうするの？」

「どっちを?」

「もちろん二見さんよ。君香さんのことは円堂さんだけの問題」

「別に。別にどうもしない」

「カリフォルニア・スパイダーは?」

「手元にあるかどうかだけだ」

「隠してたらその場所を捜さないの?」

「それは俺の仕事じゃない」

「でも皆が捜している。中村先生だって、どこでどうなっているのかを知りたかったと思う」

委津子がいい、円堂は首をふった。

「あの車がなけりゃ、二見ももっと静かに暮らせただろう」

「それはわからないわよ。売れば大金になるとわかってるのだから、支えにして生きてきたともいえる」

「藤田もそんなことをいっていた。もう一度事業をたちあげる資金にするといったり、ハワイで暮らす元手にするといったりするって」

「でしょう。何もなかったら、長生きもつらいのじゃない?」

円堂は答えなかった。そうかもしれない。自分だって「いろいろ」がなければ、この先に希望はない。

「じゃあ、ずっと支えにすればいい。俺には関係ない」

円堂はいった。委津子は無言で円堂を見つめ、やがて小さく頷いた。

「そうね。そういえるのは円堂さんだけ。他の人は皆、車を捜しているけど、円堂さんが捜しているのは君香さん」

「君がいうように男は馬鹿だから、いつまでも昔の思い出にしがみついている」

「男が馬鹿なのじゃない。円堂さんが馬鹿なの」

いって委津子は立ち上がった。

「お店に戻るわ。いろいろ教えてくれてありがとう」

どこかよそよそしく告げ、バー「ビュウ」をでていった。

あとに残された円堂は息を吐いた。委津子は怒ったように見えた。なぜ怒るのだ。

君香に対する未練に腹を立てたのか。だがこれまでもさんざん君香の話を、委津子とはしてきた。委津子のほうからもちだしたこともある。

奈緒子の言葉を思いだした。自分のことを好きだと知っていて、他の女の話をするのはひどいとなじられた。

なぜ今さら、と思った。そして気づいた。君香の存在が思い出の中だけではすまなくなったからだ。電話で話をした。そして二見に会えば所在が明らかになる。

それで腹を立てたのか。

君香と再会したからといって、昔の関係に戻るなどと円堂は思っていない。時間がたち互いに年をとっている。それこそ君香は、二見ではない誰かと結婚して子供を生んでいるかもしれない。

そうでなかったら？　君香が今もひとりで、円堂とよりを戻したいと望んだら。

ありえない。円堂は歯をくいしばった。ありえないと否定しながら、それを心のどこかで願っている自分がいる。

委津子はそれに気づいたのだ。ない、ない、といいながらも心のどこかで君香を求めている円堂に腹を立てた。

だが、と円堂は思った。君香とどうなろうと、委津子と自分の関係はかわらない。「マザー」に足を向けなくなることはないし、大切な相談相手でありつづける。

それでは駄目なのか。君香が再び円堂の生活に現われるのを、委津子は許せないというのか。

円堂は立ち上がった。ここでいくら考えていても始まらない。それにどれほど腹を立てても、委津子がこれから先、自分を拒否するとも思わなかった。

「お勘定を」

カウンターの中にいる川口に告げた。

「もういただいています」

川口がいった。

「え？」

「先ほど『マザー』のママがお帰りになる際にすませていかれました」

まるで気づかなかった。

「本当に？」

「はい」

川口は頷いた。

なぜそんな真似をしたのか。腹立ちまぎれに、円堂に奢られたくないと考えたのか。

それより、気づかなかった自分に呆れた。

「『マザー』のママ、あれからお客様をご紹介下さいました。ありがとうございます」

川口は頭を下げた。

「いや」

不意に自分がひどく無神経な人間に思え、円堂は首をふった。

28

乗り継ぎを時刻表で検索し、正午前に新藤原の駅につく時間を逆算して、円堂は午前八時に自宅をでた。

駅に向かって歩きだしたとたん、行く手を車が塞いだ。白のアルファードだ。

スライドドアが開いた。

「おはようございます」

「城南信用サービス」の長谷川だった。スーツにネクタイをしめている。

「先日は失礼しました。あのあときつく注意をされました。円堂さんに失礼は絶対いけない、と松本社長に叱られて」

笑みを浮かべ長谷川はいった。目は笑っていない。

「どちらまでいかれますか。お送りさせて下さい」

「必要ない」

円堂がいっても長谷川は笑みを消さなかった。

「そう、おっしゃらずに。松本社長からも、なるべく円堂さんのお役に立つよう、いわれているんですよ」

「仕入れにいくだけだ。ほっておいてくれ」

「豊洲ですか。だったら急がないと。早くに閉まってしまうのじゃないですか」

円堂は長谷川の目を見た。

「あんたには関係ない」

「まあ、そう邪険にしないで下さい。本当に円堂さんのお役に立ちたいだけなんですから。どこにでもお送りします。おっしゃって下さい」

押し問答をくり返すと電車に遅れそうだった。

「中目黒の駅まででいい」

「了解です。どうぞ」

車に乗りこんだからといって、長谷川らがいきなり暴力的になるとは思わなかった。それより時間が惜しい。

中目黒から地下鉄で北千住に向かい、北千住を九時十二分にでる「リバティ会津」に乗れば、十一時十九分に新藤原駅に到着する。それを逃すと正午には新藤原に着けない。

「中目黒の駅だ」

円堂がアルファードの後部席にすわるのを待って、長谷川は運転手に命じた。後部席に長谷川以外の人間はいない。店でやたらにすごんだチンピラはいなかった。

「松本社長から、円堂さんが我々を助けて下さると聞いて安心しました」

長谷川がいった。

「まだどうなるかはわからない。カリフォルニア・スパイダーを見つけたら知らせる、といっただけだ。それより、那須の中村の家にいったか」

「いきましたよ」

長谷川の口もとから笑みが消えた。

「知ってたんでしょう。火事で亡くなったのを。ひどい人だ。死人を俺たちに捜させた」

「あんたらが火事のことを知っているかどうか確かめたかった」

長谷川は目を細めた。

「そりゃ、どういう意味です?」

「警察は失火、放火の判断をつけられなかった」

「勘弁して下さい。放火なんて危ない真似、うちがする筈ないでしょう」

「どうかな。中村から二見の居場所を訊きだそうと痛めつけ、そのあと口を塞ぐために火をつけたのかもしれん。このあいだのチンピラならやりかねない」

長谷川は首をふった。

「あいつの威勢は口ばかりです。そんな度胸ありゃしません。中村さんは殺されたと円堂さんは思っているのですか」

「思っているね。失火で焼け死ぬような男じゃない」

「うちは関係ありません。本当です」

「だがあいつの車を壊した」

長谷川の表情が翳った。

「それについちゃあやまります。家の中は燃えちまって、手がかりになりそうなものがなかった。それでつい、あった車を――」

「警察にいえば、塩原署は、現住建造物放火の容疑で、お宅を調べるだろうな。そうなるといろいろでてくるのじゃないか」

「そんなことしたってうちも円堂さんも何ひとつ得がない。本当に火事とは関係ないのですから」

アルファードが止まり、

「つきました」

運転手がいった。

「この場では信じておく」

いって円堂はスライドドアを開いた。

「円堂さん」

長谷川がいい、円堂はふりかえった。

「あんた、ひと筋縄じゃいかない人のようだ。こうなったら俺も、全力で当たらせてもらいます」

「威しか」

「とんでもない。玄人どうしの仁義って奴だ。ナメていた俺が馬鹿でした」

長谷川の目は真剣だった。

北千住発九時十二分の「リバティ会津111号」に、円堂はぎりぎり間に合った。「リバティ会津」は東武浅草駅と会津田島駅のあいだを結ぶ特急で、新藤原には十一時十九分につく。

新藤原の駅は、ホームに屋根と階段をつけ足したような、こぢんまりとした造りだった。

鬼怒川と川治というふたつの温泉街にはさまれ、乗降する人間も少ないようだ。

十二時少し前に、見覚えのあるワゴン車が駅前に止まった。藤田がハンドルを握っている。藤田は約束を守ったのだ。円堂はほっとした。

「奥さんにいって、きたのか?」

助手席に乗りこみシートベルトを締めると、円堂は藤田に訊ねた。

「話してない。今さら話せるわけがない。ゴルフにいくといってでてきた」

いわれてみると、ジャケットの下はポロシャツだ。

藤田はワゴンを発進させた。

「湯治場はここから遠いのか」

「一時間くらいだ。距離はそんなにないが、奥鬼怒のほうにいく山道だからスピードがだせない」

「二見には?」

「何もいってない。二見さんは携帯をもっていない。話そうと思ったら、湯治場のフロントにかけて呼びだしてもらうしかないんだ」

藤田は答えてハンドルを切った。

「そんなひなびたところによくいられるな」

「本人が希望したんだ。白河やいわきじゃ人が多くて落ちつかない。もっと人里離れたところにいきたい、と」

「食事とかはどうしてるんだ？」

「炊事場がついてるから、そこで自炊してるみたいだ。歩いていけるところに小さな食堂が一軒だけある」

円堂は首をふった。二見が自炊する姿など、想像もつかない。

藤田の言葉通り、ワゴンは北に向かう国道を左に折れた。

「食堂……」

「季節になると熊や鹿の肉も食わせるようなところだ。あとは蕎麦だ」

「蕎麦といえば、会津高原にある『高取』という蕎麦屋を知っているか」

「『高取』？」

「会津高原尾瀬口の駅の少し手前にある。二見がひとりで現われたらしい」

「二見さんから前に聞いたことがある。ときどき、ひとりでうろついているみたいだ。徘徊の一種かもしれないが」

「帰り道がわからなくなるということはないのか」

「さあな。そんなことがあっても本人はいわないだろうし。なぜその蕎麦屋に二見さんがきたと知っているんだ？」

「その蕎麦屋は昔、東京の銀座で働いていたことがあって二見の顔を知っていた。それで今も銀座にいる仲間に教えたんだ。それが回りまわって俺のところに届いた」

「あんたも銀座の人間なのか」

「いや。俺は中目黒で居酒屋をやっている」

「居酒屋」

意外そうに藤田は円堂を見た。

「料理人には見えない。初めて会ったときは探偵か何かだと思った」

「料理は素人だ。二見の会社では調査の仕事をしていた。それより二見は本当に呆けているのか」

「俺にもわからないが、もの忘れはよくする。自分がいる場所がわからなくなるのはときどきだ。そうなるのは気候と関係があるみたいだ。はっきりとはわからないが」

「いつ頃からなんだ?」

「奥鬼怒に移ってからだ。人里離れたところがいいっていうんでそうしたが、かえってそれが悪かったのかもしれん」

「いっしょにいた女は?」

「奥鬼怒にはこなかった。その前のいわきまではいっしょだった」

「移ったのはいつだ?」

「七年前だ。それまでは家に訪ねていくと、いたりいなかったりだったが」

「いわきにはどれくらい、いたんだ?」

「十年だ。ずっと家にいるのもつらいんで、地元のスナックで働いているといってた」

「金に困ってたのか」

「困っちゃいなかった。親父を頼ってうちにきたとき、ボストンバッグに詰めた現金を見た。たぶん何千万かはあったと思う」

「たとえ一億あったとしても、三十年となると、一年に三百万ちょっとだ。それも二人で」

「切り詰めれば何とかなるのじゃないか。女も働いていたし」

六本木のクラブを離れ場末のスナックで働いてまで、二見を支えようとしたのか。円堂は苦い気持で思った。

「彼女が奥さんの姉だというのは、いつ知った?」

「奥鬼怒に移したときだ。女房のほうから二見さんの話を切りだされて驚いた。お互いに話しづらかったんだ。今も、あまりそのことは話さない」

女将は女将で、自分の姉が亭主に迷惑をかけている負い目を感じていたのだろう。

「二見は彼女の話はしないのか」

「しない。おそらく二見さんは捨てられたのだと思う」

円堂は黙っていた。君香と二見が別れたことにほっとする一方で、二見を見捨てたことを責めたい気持もある。自分を捨ててまでいっしょになったのだから、添い遂げてほしい。

「あそこだ」

川沿いに曲がりくねった道を進んでいると藤田がいった。

前方に、古びた木造の建物が見えた。二階だてで、小さい湖のほとりにたっている。まちがいなく昭和の時代に建てられたとわかる造りだ。

「一階の一番奥の部屋だ」

いって、藤田は車を止めた。

ガラスのはまった観音開きの扉には「湖畔荘」という木札がかかっていた。

扉をくぐってすぐに靴脱ぎ場があり、黒光りする板張りの廊下がのびていた。靴を脱ぎ、廊下を進んだ。途中、ガスコンロと流しが並んだ炊事場があり、円堂は学生時代遊びにいった友人の下宿を思いだした。

「ここだ」

一号室と記された扉の前で藤田は止まった。合板にシールを貼っただけの扉だ。

藤田はその扉をノックした。

「藤田です」

円堂は息を吸いこんだ。ついに二見と会う。中村もこの場に連れてきたかった。

返事はなかった。藤田はノックをくり返し、低い声で、

「二見さん」

と呼んだ。

応えはない。藤田は扉を引いた。鍵がかかっていた。円堂は無言で藤田を見た。

「おかしいな。でかけることなんてめったにない」

藤田がいった。

手前の扉が開いた。スウェットを着た八十代と思しい女性二人が現われた。シャンプーなどの入ったバスケットを手にしている。

「お隣りならでかけましたよ」

そのうちのひとりが藤田を見ていった。訪う声が聞こえていたようだ。

「え？　いつです」

「ちょっと前だよね。迎えにきた人がいて」

二人は顔を見合わせた。姉妹なのか、よく似ている。

「迎えにきたのは女の人ですか」

思わず円堂は訊ねた。

「いやあ、男の人たちだったね。どかどかきて、連れてった。にぎやかだから何だろうと思ったね」

「たくさんきたんですか」

「四人いたかね。ちょうどおカユたいてたときだから、十時くらいかね」

円堂は藤田と顔を見合わせた。

「ここのオーナーに訊いてみる」

藤田はいって携帯をとりだした。二人の老婆は扉の鍵をかけ、廊下を歩いていった。

円堂は扉を見つめた。すぐ目前まできて、二見が連れさられてしまった。

「オーナーは何も知らないそうだ」

携帯をおろした藤田がいった。

「じゃあ誰が連れていったんだ？」

「わからない。ここのことをつきとめた連中がいたんだ」

長谷川の顔が思い浮かんだ。確かに家の前で待ちかまえてはいた。だが鬼怒川にいくとはひと言もいってない。「城南信用サービス」の連中がきたのなら、どうやってここをつきとめたのか。

二人は建物の外にでた。

「あんたこそ心当たりはないのか。二見さんを捜していた連中がいるんだろ」

藤田がいった。円堂は携帯をとりだした。松本政子の番号はメモリに入っている。呼びだした。

「はい、松本です」

「円堂です」

「お疲れさまです」

「二見さんの居場所がわかったのですが、先回りして連れていった人間がいます。心当たりはありませんか」

円堂は一気に告げた。わずかに間があいた。

「どんな人たちです？」

「男ばかり四人で現われたそうです。『城南信用サービス』の人間ではありませんか」

「わたしは何も聞いていません」

「警察に連中のことを伝えてよろしいですか」

「何なんだ、『城南信用サービス』ってのは」

藤田が訊ねた。

「鹿沼会という暴力団のフロントだ。組長の指示で二見さんを捜していた」

「暴力団だと」

藤田の表情が険しくなった。円堂の携帯が鳴った。松本政子からだ。

「長谷川と話しました」

松本政子はいった。

「何のことかわからないといっています」

「長谷川は今朝、私の家の前にいました。私がここにくるのを確かめるつもりだったのじゃありませんか」

「あなたと会ったことは認めました。詫びをいいにいったと」

「朝早くに、ですか。それも今日になって」

「何と伝えるのです？」

「九十近い老人を誘拐したと」

「誘拐だとどうしてわかるんです？　それに『城南信用サービス』の人間だと決まったわけではないのじゃない？　二見さんを捜している人は少なくない筈」

「では確かめていただけますか。『城南信用サービス』に。私が問い合わせても本当のことを答えるとは思えません」

「わたしがそれをするの？」

松本政子の声が硬くなった。

「警察には、あなたの指示で連中が動いていたことを伝えます」

松本政子は息を吐いた。

「訊いてみるから、待っていて」

電話は切れた。

「それはわたしにはわかりません」

つき放すように松本政子は答えた。

「警察に連絡します」

「どうぞ。でも警察沙汰になったら、二見会長もお困りになるのじゃないかしら」

「困るも困らないもない。二見さんが自分の意志laでかける筈がない」

「いっしょにいなくなった女性はどうしたの？　二見さんといたのではなかったの？」

「何年か前に別れたようです」

「別れたとしても、二見さんが今いる場所を知っていたのじゃない？　その女性が誰かに頼んだとは考えられない？」

「何のためにです？」

「もちろん車を手に入れるため。他に何の理由がある？」

きっぱりと松本政子はいった。君香がそんな真似をする筈ない、といい返したいのを円堂はこらえた。三十年たった今、君香の何を自分は知っているというのか。

「なぜ今になってする必要があるんです？」

「それはわたしにはわからない。何かあったのじゃない？」

電話で話はした。が、それが理由になったとは思えない。

「とにかく、二見会長を捜している人はいっぱいいて、あの車が大金になると皆、知っています。わたしとわたしの関係者だけを疑うのは迷惑です。よく考えて行動して下さい」

松本政子はいって電話を切った。円堂は息を吐いた。

「どうなんだ？」

藤田が訊ねた。

「否定している」

「信用できるのか」

円堂は首をふった。

「煮ても焼いても食えない女だ」

「女？　女が暴力団なのか」

驚いたように藤田はいった。

「暴力団を動かしているのが女なんだ。表向きは酒屋をやっている」

理解できないというように藤田は眉をひそめた。

これからどうすればいいのだ。円堂は頭を巡らせた。松本政子が真実をいっているとは思えないが、はねつけられた今、これ以上情報をひきだすのは難しい。

松本政子とつながっている、他の人間はどうか。

沖中真紀子を思いだした。真紀子と上野は何かを知っているだろうか。

おそらく何も知らない。

高取だ。円堂は目をみひらいた。高取は松本政子とつながっていて、円堂が店を訪ねたときもすぐ知らせてきたと松本政子はいっていた。しかも高取なら、土地勘がある。何らかの方法で二見の居場所をつきとめ、知らせたのではないか。

「会津高原尾瀬口だ」

円堂は藤田に告げた。

「会津高原尾瀬口？」

「さっき話した蕎麦屋だ。蕎麦屋の主人が何か知っているかもしれない」

「二見さんがいったという蕎麦屋だな」

円堂は頷いた。

「その蕎麦屋が二見さんを連れていったのか」

「居場所を暴力団に知らせた可能性がある」

信じられないように藤田は円堂を見つめた。

「少なくとも何かを知っている筈だ。蕎麦屋の場所はわかる。いってみよう」

円堂がいうと、藤田は息を吐いた。

「わかった」

29

高取の店がまた閉まっていることを心配したが杞憂だった。藤田の運転で会津高原尾瀬口に向かうと、街道沿いにたてた「蕎麦」ののぼりを回収している高取の姿があった。

高取の携帯電話の番号は知っていたが、かけてはいない。前もってかければ逃げだすかもしれなかった。

「止めてくれ」

円堂は藤田にいい、ワゴンを降りた。

「高取さん」

円堂をふりかえり、高取は凍りついた。その表情で、何かを知っていると円堂は確信した。

のぼりを抱え、走りだそうとしたので、

「逃げるな！」

円堂は叫んだ。高取はあきらめたのか、抱えていたのぼりを地面に落とした。

「くるのじゃないかと思ってた」

高取は恨めしそうな目で、歩みよってくる円堂を見つめた。

「二見の居場所を教えたのはあんただな」

「湯治場のことを訊かれたんで教えただけだ。いっとき湯治場めぐりにはまってたんで」

「誰に教えたんだ？」

「松本さんだよ」

やはり嘘をついていたのだ。

「それはいつのことだ」

「きのうだ。きのうの昼、松本さんから電話がかかってきて、鬼怒川の湯治場のことを教えてくれといわれた。二見会長がいるって情報が入ったというんだ」

円堂は息を吸いこんだ。二見が鬼怒川の湯治場にいることを、誰が松本政子に知らせたのか。

「それで？」

「思いつく場所を四、五軒教えた。それだけだ」

円堂は高取を見すえた。

「電話で教えたのか、直接訊きにきたのか」

「きのうの夜、地図をもった連中がやってきた。詳しく教えろって」

「どんな連中だ？」

「やくざ者だよ。なりはきちんとしてるが、やくざ者だった」

「何人いた？」

「四人」

「名前を聞いたか？」

高取は首をふった。

「いくらもらった？」

「は？」

「金をもらったのだろ」

高取はうつむいた。

「十だ。見つかったらもう十だす、といわれた」

「二十万受けとったんだな」

「まだ十万だ。見つかったかどうかは聞いてない」

高取は力なく首をふり、円堂に訊ねた。

「見つけたのか」

「奥鬼怒の『湖畔荘』というところにいたのを連

れていかれた」

「あんなボロ宿にいたのか」

高取はつぶやいた。

円堂は携帯をとりだした。松本政子の携帯にかけようとして、思い直した。高取からかけさせたほうがいい。

「携帯をもっているか？」

高取は頷いた。

「松本政子に電話をしろ」

「なんで？」

「いいからかけろ」

「嫌だよ、勘弁してくれ」

「かけないなら、誘拐の共犯で、あんたを塩原署につきだす」

高取は着ている作務衣のポケットから携帯をとりだした。操作し耳にあてる。

「あ、松本さんですか。高取です。実は——」

円堂はひったくった。

「もしもし、やはりあんたのところの人間が連れていったんだな。警察に通報させてもらう」

「どうぞ。でもそんなことをしても誰も得をしない」

いきなり円堂が電話をかわっても、松本政子は驚かなかった。

「損得の問題じゃない」

円堂はいった。

「そう？　じゃああなたは何が欲しいの？」

一瞬、言葉に詰まった。

「二見の無事を確かめたいだけだ」

ようやく答えた。

「社員を捨てて逃げだした経営者を、いまだに慕っているわけ？　ずいぶんいい人なのね」

嘲けるように松本政子はいった。

「心配しなくていいわよ。九十近い人間を痛めつけたりなんかしない。車のありかがわかれば、元のところに帰す」

「『城南信用サービス』の連中が、そんなに賢いとは思えないな。特に頭の悪いのがひとりいるだろう。ああいうのは何をするかわからないぞ。長谷川はいっしょじゃないのだろう？　威すつもりでひっぱたいて殺してしまうかもしれない」

円堂がいうと、松本政子は黙った。図星のようだ。

「二見はどこだ」

円堂は訊ねた。

「協力してくれるなら教えてもいい」

松本政子はいった。

「協力？」

「車のありかを訊きだすのよ」

「つまりまだ二見は喋っていないんだな」

間が空いた。

「何のことだかわからないと、とぼけているみたいね。あなたなら、口を割らせられる？」

「ふざけるな」

「あなたはふた言めには警察に知らせるというけど、『城南信用サービス』は調査会社で、債権者の依頼をうけて、債務者の所在をつきとめようと動いている。いわばこれは民事なの。二見さんに暴力がふるわれたという事実でもなければ、警察だって介入できない」

松本政子はいった。

「バックに暴力団がいてもか」

「証明するのは簡単じゃない。今の時代、皆、知恵をしぼっているのだから」

それはその通りだろう。薄々は気づいていても、証拠がなければ警察も動けない。

　円堂が黙っていると、松本政子はつづけた。

「だからといって、あなたがいうように頭の悪い連中に任せきりにはできない。とりかえしのつかない事態になるのは避けたいから。円堂さんは穏便に車のありかを訊きだせる。二見さんの無事を願うなら、協力すべきだと思わない？　何かあって、頭の悪い連中がつかまっても、あなたにとって得することなんてないわよ」

「いったろう、損得じゃない」

「君香さんといったかしら。昔の恋人とも会えなくなる」

「威すのか」

「本当のことをいっているだけ。どうなの？　協力してくれるなら、そこに迎えをやるけど」

　円堂は深々と息を吸いこんだ。

「わかった。二見のところに連れていけ」

　一時間もしないうちに品川ナンバーのレクサスが、高取の店の前で止まった。運転席から降りてきたのは、「いろいろ」ですごんだ、あのチンピラだった。

　藤田は帰していた。万一の場合を考え、何かあったら那須塩原署の岩崎と丸山という刑事を訪ねろといってある。

　藤田は不満そうだったが、ここから先はやくざとの交渉になると告げると、意地を張ることなくひきあげた。

「どうも」

　円堂の顔を見ると、チンピラは頭を下げた。

「お迎えにきました。車に乗って下さい。あと、この前は失礼をしました」

仏頂面でいった。円堂は頷いた。

「あの」

高取が進みでた。

「謝礼の件は――」

チンピラはジャケットの内ポケットから封筒をだした。

「わかってるだろうが、べらべら喋るなよ」

「もちろんです」

高取は受けとると頭を下げた。そのまま店の奥に引っこむ。

「乗って下さい」

チンピラはレクサスを示した。他の人間はいない。

「あんたの名前を教えてくれ」

円堂は訊ねた。

「村地（むらじ）です」

チンピラは頭を下げた。

「鹿沼会の人なのか」

「『城南信用サービス』の社員です」

やくざだとは認めないていどの頭はあるようだ。

「どこにいくんだ？」

「近くの貸し別荘です。そこに皆います。おっつけ、長谷川さんもきます」

村地はいって、レクサスの後部席の扉を開いた。

「どうぞ」

円堂が乗りこむと、レクサスの運転席にすわり、発進させた。

「二見が湯治場にいるという情報を、あんたらはどこで得たんだ？」

円堂は訊ねた。ルームミラーごしに村地が円堂を見た。

「さあ。そういう話は現場には降りてこないんですよ」

明らかにとぼけている口調だった。円堂は口を閉じた。

会津高原尾瀬口から那須塩原の方角に三十分ほど走った場所に、村地のいう〝貸し別荘〟はあった。別荘とはとても思えないような、古い木造家屋だ。使われなくなった家を貸しだしているのだろう。

平屋で小さな庭があり、周辺に他の家はない。庭にメルセデスとアルファードが止まっていた。朝、長谷川に乗せられたのと同じ車のようだ。

レクサスが止まると、家の玄関をくぐって長谷川が現われた。車を降りた円堂に、

「どうも。ご協力いただけるそうで」

わざとらしい笑みを浮かべていった。

「朝は、探りを入れるためだったんだな」

円堂がいうと、首をふった。

「とぼけたのはお互いさまだ。いいっこなしにしましょう」

そして笑みを消した。

「初めてご本人にお会いしましたがね。相当の狸爺いですな。カリフォルニア・スパイダーとは何のことだとほざいてます」

「呆けているのじゃないのか」

「あれはフリです。呆けたフリをしているんだ。円堂さんが相手なら、そうはいかない。締めあげて吐かせて下さい」

円堂は答えず、玄関をくぐった。

「正面の部屋です」

あとをついてきた長谷川がいった。廊下のつきあたりにある引き戸を円堂は開いた。

家の裏山に面した部屋だった。中央に囲炉裏が切られ、縁側にジャージ姿の男がすわっている。囲炉裏のかたわらに、監視役かスーツを着た男がいた。

ジャージ姿の男はこちらに背を向け、山を眺めていた。白髪混じりだった髪はほとんど失われ、襟足近くに残っているだけだ。背中は丸まり、かつての威風は感じられない。

それでも二見だと、すぐに円堂はわかった。言葉にできない感情がこみあげた。懐しさと怒りと悲しみが混ざりあっている。

「会長」

円堂は呼びかけた。ジャージの背中がびくりと動いた。

二見がゆっくりとふりかえった。眉毛は白く、不精ヒゲも白かった。円堂を見た目が一瞬みひらかれた。

「久しぶりです」

円堂は告げた。二見は瞬きをくり返し、目を伏せた。

「どちらさまですかな」

「そんなにかわりましたか」

円堂はいった。二見は目を合わせようともせず、

「お会いしたことがありましたかね」

と訊ねた。

円堂は深々と息を吸いこんだ。

「任せます」

長谷川が小声でいった。囲炉裏のかたわらにすわる。

円堂はそのまま縁側に進んだ。二見の隣に腰かけた。

竹林が正面に広がっている。二見は無言でそれ

に目を向けていた。

「藤田さんから聞きました。俺に恨まれていると思っていたそうですね」

低い声でいった。二見は答えなかった。

「恨むのならあなたじゃない。君香のほうだ。結婚しようと思っていたのに」

円堂はつづけた。

二見は無言のままだ。

「なのに、あんたと消えた。苦しみましたよ、元からあんたとできていたのか。それと知らず熱を上げた俺はピエロだったのか。二人で俺を笑い物にしたのかってね」

「何のお話だか……私にはさっぱりわからない」

ようやく二見がいった。その目を円堂はとらえた。

「俺にだけは、そんな芝居はやめて下さい。あんたも心が咎めた筈だ。俺に殺されると藤田さんにいっていたそうじゃないですか。殺そうとは思わないが、もし咎めているなら、芝居はやめろ」

固唾を呑んだのか、二見の喉が鳴った。

「――お前が一番恐かった」

かすれ声で二見はいった。

「いろんな奴が私を捜すだろう。追いかけてくるだろう。その中で、お前が一番恐かった」

「だったらなぜ逃げたんです？」

「もうどうしようもなかった。首をくくるつもりだった。だが最後に女といたかった」

「それが君香だったのか。あんたに女はたくさんいた筈だ」

二見は小さく首をふった。

「俺にいた女は、どいつも金目当てだった。だが君香はお前に真剣に惚れていた。たいして金もないお前と本気でつきあっていた。うらやましい、と思った」

「うらやましい？」

思わず円堂は訊き返した。

「あんたみたいにすべてをもっていた男が、俺をうらやんだのか」

「君香のように、本気で惚れてくれる女が私にはいなかった。皆、楽しむことしか考えていなかった」

二見がいった。

「何をいっているんだ。俺のほうこそ、あんたがうらやましかった。あんたになりたいとどれだけ思ったか」

円堂はつぶやいた。

「あれは夢だったんだ。夢のように毎日が過ぎ、これがずっとつづくわけはないとどこかで思っていたのに、止めることができなかった」

ひとり言のように二見はいった。

「すべてが壊れたとき、私は意外でも何でもなかった。ああやっぱり、こういう日がきたかと思った。もう死ぬしかない。死ねばみじめな思いはせずにすむ。ただ死ぬ直前まで誰かにそばにいてほしい」

「心中しようと思ったのじゃなくて？」

二見は首をふった。

「死ぬのは自分ひとりでいい。だがそのときまではひとりぼっちでいたくなかった。金目当てじゃなく、真心で自分といたいと思ってくれる女といたかった」

「それが君香だったのか」

「頼んだんだ。いっしょに逃げてくれ、と。私が死ぬまででいい。ひとりぼっちでいたくない。指一本触れないから、ただそばにいてくれ、と」

「君香はそれを受け入れたのか」

二見は頷いた。

「最後の晩、いっしょに逃げてくれる女を捜して、ひとりで銀座を飲み歩いた。二見興産が危ないという噂はもう流れていて、どの女も、売りかけが回収できるかどうかを探ってくるばかりだった。こいつらとは逃げられない、と思った。頼んでも、ついてきっこないだろう。結局は金目当てでしかなかった。そう思ったとき、君香の顔が浮かんだ。あの子は、本気でお前に惚れていた。どれだけ通っても、私にはあんな女は見つけられなかった。そうしたら、無性に会いたくなった」

べろべろに酔った二見が現われ、「君香を呼べ」と叫んだという、君香の店の人間の話を思いだした。

「君香が席につくと、他の女を外させて、私は頼んだ。私が死ぬまでのあいだの、二、三日でいいからいっしょにいてくれ。体には触れない。ひとりぼっちにしないでくれ。君香は黙って考えていたが、『いいわ』といってくれた。ただし、お前には秘密だ、と」

円堂は息を吸いこんだ。

「翌日、二日酔いの頭を抱え、有り金をかき集めて、私は君香を待った。君香はきてくれた。なぜきてくれたのかを訊くと、お前が世話になっている人だから、と君香は答えた。どれだけお前に惚れているんだ、と私はうらやましくなった」

円堂は無言だった。死ぬまでの二、三日をいっしょにいる筈だったのが、なぜ三十年になったのだ。

二見は深々と息を吐いた。

「すぐに追っ手がかかることはわかっていた。二見興産には藤和連合の金が入っていた。銀行やただの金貸しはあきらめても、極道はそうはいかない。保険をかけてフィリピンに連れていかれるだろう。殺されるのはしかたないが、死ぬ場所や死にかたくらい、自分で決めたかった」

「だから『藤の丸館』を頼ったのか」

「私をよく知る連中は、沖縄や軽井沢を捜す。那須にもっていた別荘はとっくに処分していたから、誰も気づかないと思った。あそこの先代とは気が合った。損得抜きで助けてくれた」

円堂は竹林を見つめた。

「それから何日間か、静かな日を過した。東京じゃ大騒ぎになって、皆が私を捜しているのに、そこだけは台風の目の中にいるように静かなんだ。ほっとしていたら、あっというまに何日間かが過ぎた。君香が帰りたがっていることはわかっていた。だが君香が帰るときは、私が死ぬときだ。だからいいだせずにいる。それをいいことに、私は甘えた。だが死に場所を捜していたのは本当だ。車じゃ目立つから歩いて、川のほとりや山の中のいい場所を捜した。そうこうしているうちに一週間が過ぎてしまった。そうしたら、君香がいったんだ。このまま、二人で隠れていようって」

「二人で？」

思わず円堂は訊き返した。

「そうだ。自分がいなくなったら会長は死ぬ。それがわかっていて、会長をおいて東京に戻ることはできない」

「そんなことをあいつが……」

「円堂はいいのか、と私は訊いた。君香は泣いたよ。きっと自分を捜している。会長といっしょに逃げたと気づいただろう。二、三日ならごまかせたけれど、一週間もいっしょにいなくなっていたら、ごまかせない。本当のことをいっても信じてもらえるかどうかわからない。東京に戻れば会長は死に、自分はお前に捨てられる。そんなことになるくらいなら、いっそこのまま二人で逃げていよう、と」

円堂は歯をくいしばった。

君香の懸念はわかる。一週間二見と行方をくらまし、戻ってきたら、自分は君香をうけいれただろうか。おそらくうけいれなかった。

あのときも疑ったように、二見と君香が以前からつきあっていたのだと考え、責めたにちがいない。二人のあいだに何もなかったなどとは決して思わず、君香と別れようとしただろう。

「この先うまくいくわけないと思ってた、と君香はいった。お前は真面目な性格で、これまでいい加減な生きかたをしてきた自分を大切にしてくれた。その上、結婚まで考えてくれているのがわかって嬉しかった。だが、会社がこんなことになり、いい暮らしをさせられないかもとお前は結婚をためらうだろう。だから、お前とのことはいい夢を見た、と思って忘れることにする、と」

円堂は目を強く閉じた。喉の奥から声が洩れそうになる。

「あんたは、それを、うけいれたのか」

言葉をふりしぼり、訊ねた。

「すまない。そうする他なかった。私にとっては夢のような申し出だった。二人でいられるなら、死なずに生きていける。そう思った」

「そのかわり俺は地獄に落ちた」

「すまない。本当にすまない」

二見はのろのろと縁側に足をひきあげ、正座した。腰を折り、額を縁側にこすりつける。

「許してはもらえないとわかっている。三十年お前が苦しんでいたと、藤田から聞いて、わたしは何ということをしてしまったのだろうと……」

円堂は顔をそむけた。

「やめてくれ」

二見は円堂の横顔を見つめていたが小声でいった。

「お前にやる」

円堂は二見を見た。

「車はお前にやる。詫びのしるしだ。あいつらにはやらん」

長谷川たちの耳には届かない声でいった。

円堂は答えなかった。車などどうでもいい。知りたいのは、君香のことだ。

「そんなことより、あいつはどこにいる?」

「わからない。いわきを離れるときに話し合って、別々に生きることにした。もういいでしょう、といわれ、私もうんと答えた。二十年以上、つきあわせてしまった。こんなに長く生きるとは、思ってもいなかった。すべて君香のおかげだ」

円堂は顔をそむけた。

「ふざけるな」

力なくいった。

「本当だ。那須を離れてからは、私の体にいいものを食べさせてくれた。脂こいものや塩からいものは駄目だといって」

「そんな話は聞きたくない! あいつはどこにいるんだっ」

円堂は声を荒らげた。二見は怯えたように目をみひらいた。

「本当に知らないんだ。元のところには住んでいない。つとめていたスナックが潰れて、いわきを離れたと聞いている」

「連絡をとりあってないのか」

二見は首をふった。

「私は携帯をもってない。用があれば、向こうが私のところに電話をかけてくるだろう。だが用などない」

円堂はあらためて二見を見つめた。かつてあこがれ、その生きかたを真似たいと思った男が、怯え、身を縮めている。

「車の場所は君香も知っている」

ささやくように二見はいった。

「あんたは同じことをいって藤田さんを利用した。それも親子二代にわたってだ」

二見は目を伏せた。

「そんなことまで話したのか」

「あんたはずるいよ。寂しいのが嫌だといって君香をつきあわせ、車をやるといって藤田さんを利用した」

「その通りだ。いいわけはしない」

二見はつぶやいた。

「金じゃとり返せないものを、あんたは俺から奪った」

初めて、殺してやりたいと思った。この老いさらばえた男の首を絞めて、息の根を止めたい。拳を握りしめた。

「――そうだが、ついてくると決めたのは君香だ。私といるといいだしたのも、君香のほうだ」

二見がいい、円堂は息を吸いこんだ。

「私がこんなことをいえたものではないが、もしお前が君香のすべてをうけいれる気持でいたら、君香はお前のところに戻っていった」

　円堂は唇をかんだ。

　それはその通りだった。ホステスである君香の仕事に、自分はヤキモチを焼いた。他の客との同伴、アフターは、ホステスとして生きるために避けられない。だが、自分以外の客とそれをしたといって、何度も責め、喧嘩になった。

　――円ちゃんひとりのお客しかいないわけじゃないんだよ。食べていくには、同伴だってアフターだってするしかないじゃない。彼氏がいるからと、断われっていうの？　馬鹿じゃないの。そんなことできるわけないでしょう
　円堂は不安だったのだ。二見に限らず、君香の店には、自分より金持の遊び慣れた客がたくさんくる。そのうちの誰かに、目移りするのではないか。君香を奪われるのではないか。

　実際、君香に熱を上げ通っている客を何人も見ていた。いくらだせば、やらせてくれるんだと訊いた男は何人もいた。

「一億円！」

　そう答えている君香を、別の席から見ていた。

「本当だな！　一億もってくるぞ！」

　客がそう答えるのを聞いた晩は、大喧嘩になった。なぜ一億なんていったんだ。本当にもってきたら寝るのか、と責める円堂に、

「だったら何ていえばいいの？　あんたとは寝ないというの？　そんなのホステス失格でしょ。それとも十億っていうの？　いくらと答えても同じよ。ああいう客は、気に入った女を、金で何とかすることしか考えてない。あんたは、本気であたしがあんな奴と寝ると思っているわけ?!」

　涙目になって君香はいい返した。

円堂は若く、ホステスの仕事を頭では理解できていても、実際に他の男に愛想をふりまく君香を見ると、怒りを抑えられなかった。

そんな円堂に、君香は疲れていたのだ。

「一番の理由は何だか、わかるか？」

二見が訊ねた。

「俺が子供だった。他の客のことでヤキモチを焼き、あいつを責めたことだ」

円堂はいった。

「ちがう」

二見が即答したので、円堂は驚いた。

「何がちがうんだ」

「東京に戻らない、と君香が決めたあと、罪の意識もあって、お前とのことをいろいろ聞いた。確かにお前のヤキモチに君香は閉口したといっていた。だが何より君香が嫌だったのは、お前が自分を信じてくれていないことだった」

円堂は唇をかみしめた。

「自分より金持、自分よりいい男、自分より遊び上手な男に、いつか君香をもっていかれると、お前は怯えていたろう」

その通りだった。円堂は無言で目をみひらいた。

「それはつまり、君香のお前への気持を疑っていたのと同じだ。全身全霊でお前に惚れていた君香を、お前は信じてやらなかった」

「信じなかったのじゃない。自分に自信がなかっただけだ」

「君香にとって、それは同じことだ」

頭を殴られたような衝撃だった。円堂は喘いだ。

「私と何もなかったといっても、お前は決して信じないだろう。責められるにちがいないし、たとえその場はそれですんでも、また何かあればもちだされ、争いの元になる。そんなのは、もうたくさんだと彼女は思っていた。お前に、もっと自分を信じていてほしかったんだ」

顔をそむけた。涙が視界をにじませた。悲しみではなく怒りの涙だ。君香にではなく、自分への怒りに、円堂は体を震わせた。

いったいどれほど傷つけてしまっていたのか。疑われることに疲れ、信じてもらえないことに苦しんだ君香を、自分はいまだに恨みつづけてきた。もう遅い。とり返しはつかない。

思い出をつまみに男は酒を飲む、といった委津子の言葉がよみがえった。君香を傷つけていたことも知らず、自己憐憫にひたっていた自分を思い返す。

土下座して詫びたい。しがみついて許しを乞いたい。

「あんたのいう通りだ」

乾いた声で円堂はいった。

「俺のせいで、君香は帰れなくなったんだ」

「それも、もう何十年も前のことだよ」

二見がいったので、円堂はかっとなった。

「あんたにとってはそうでも、俺はこの三十年、時間が止まっていたんだ！」

二見を怒鳴りつけた。二見はびくっとして身を引いた。

視界の端で、何ごとかというように長谷川が腰を浮かせた。

「円堂さん――」

「大丈夫だ」

そちらは見ずに円堂は手をあげた。長谷川は再びすわった。

「あいつに会いたい」

円堂はいった。二見は黙っていた。

「どうすればあいつに会える?」

「車を捜せ」

「何だって?」

「『国本（くにもと）ガレージ』という古い自動車修理屋が那須にあって、私はそこにスパイダーを預けていた。手入れと、たまにこっそり走らせてもらっていたんだ。君香もあの車が気に入っていて、ときどき走らせにくると『国本ガレージ』の親父から聞いたことがある。『国本ガレージ』を私に紹介したのは『藤の丸館』の先代だが、息子はそのことを知らない。『藤の丸館』にあったクラシックカーを、息子が金のために処分するときに喧嘩になり、それきりらしい」

「カリフォルニア・スパイダーはそこにあるんだな」

二見は頷き、目で長谷川たちを示すと、

「あいつらにはいうな」

とささやいた。

「君香は『国本ガレージ』の親父とも仲がいい。連絡先を教えている筈だ」

円堂は息を吸いこんだ。

「あの車は君香とお前のものだ。誰にもやりたくない」

「俺は関係ない。君香にやったのだろう」

円堂がいうと、二見は目を伏せた。

「お前がいなけりゃ、君香は俺を助けなかった。だから、今は二人のものだ」

「勝手なことをいうな」

「わかってくれ。私ができる詫びはこれしかないんだ」

そして長谷川たちを見ながら大声をだした。

「本当に忘れてしまったんだ！　勘弁してくれ。どうしても思いだせない！」

円堂は歯をくいしばった。この芝居で、二見は円堂を味方につける気だ。

「ふざけるなっ」

円堂は叫んだ。が、それは二見の芝居に乗ったのと同じ結果をもたらした。

「やっぱり駄目ですか」

長谷川が立ち上がり、かたわらにきて訊ねた。二見が無言で円堂と長谷川を見比べた。

「芝居じゃないんですかね。円堂さんはどう思います？」

円堂が黙っていると、長谷川はいった。

「国本ガレージ」の話をするなら今だ。

が、円堂はためらった。嘘をついていたとわかれば、長谷川たちは二見を痛めつけるだろう。それより何より、君香を巻きこむことになりかねない。

「痛めつければわかるだろうが、こんな年寄りだ。下手をすると死んでしまう」

円堂はいった。二見の目に怯えが浮かんだ。

「そいつはマズいですよ。車が見つかる前に死んじまったら、元も子もない」

「時間をくれ。そうしたら思いだすから」

二見はいった。両手を合わせている。

「どうしますかね」

長谷川は円堂を見た。円堂は首をふった。

「どうしようもない」

「でもここにいつまでもおいておくわけにはいかないんですよ」

「元いた湯治場に帰してやれ。それで思いだすのを待つんだ」

「そんな。俺が叱られます」

円堂は長谷川を見た。

「だったら松本さんを連れてきて会わせればいい。どうにもならないとわかる筈だ」

長谷川は渋い顔になった。

「松本って誰だ?!」

二見がいった。

「あんたには関係ねえ」

長谷川がいった。

「ひどいことはしないでくれ。私はもう九十なんだ。死んでしまう」

「十分長生きしたってことだろうが、おい」

長谷川が二見のジャージをつかみ、ゆさぶった。

「お前が死んだら、車がどこにあるのか、永久にわからなくなる。いいのか、それで。車がかわいそうだとは思わないのか」

「そんなことをいわれても……。どこかに止めたのは覚えているんだが、それを思いだせないんだ」

「どこかってのはどこなんだ? 駐車場なのか、山の中なのか」

「それが……ああ、駄目だ」

二見は頭を抱えた。たいした演技だった。

皮肉な気持で円堂はそれを見つめた。

「もう俺は役に立たないな」

そうつぶやくと、長谷川は息を吐いた。

「今のところはそうみたいですね。どうします? これから」

「東京に帰る」

答えて二見に顎をしゃくった。

「このままずっとさらっているのか、思いだすまで」

長谷川はいまいましげに首をふった。

「とりあえず上と相談します」

「車を見つけたいなら、風邪をひかせたりしないことだ。本当に死んでしまうぞ」

円堂がいうと、長谷川は思いついたように目を見ひらいた。

「医者に連れていって薬とか飲ませたら、何とかなりませんか。最近は認知症に効く薬もあるんでしょう」

「俺にはわからん。だが、さらわれたと医者に話したらどうなる？　ボケ老人の妄想ですめばいいが、こんなメンツでいったら本気にされるぞ」

円堂の答に長谷川は渋面になった。

「そうかもしれません。しかたがない。円堂さんを駅まで送らせます」

「そうしてくれ」

長谷川は疑わしげに円堂を見た。

「本当に覚えてないのですかね。まさかこっそり教えられたなんてことはないでしょうね」

「疑うなら東京までついてきたらどうだ？」

円堂は長谷川の目を見返した。

「念のために訊いただけです」

長谷川は肩をすくめた。

「俺だったら元の湯治場に帰す。どうせどこにもいけっこない」

二見を見て円堂はいった。二見はうずくまったまま動かない。

「それを決めるのは俺じゃありません」

答えて、長谷川は村地に顎をしゃくった。

「おい、駅までお送りしろ」

30

村地は円堂が新幹線に乗りこむまで、ホームで見張っていた。

新幹線が発車して三十分ほどたったとき、携帯が鳴った。松本政子からだ。

円堂はデッキにでて耳にあてた。

「はい」

「二見さんと会った感想が聞きたい」

いきなり松本政子はいった。円堂は息を吐いた。

「小さくなっていた。昔はもっと大きかった。ただのぼけた年寄りにしか見えない」

「車の場所をあなたにもいわなかったの？」

「忘れてしまったらしい」

「昔から知っているあなたなら、嘘をついているかどうかわかるでしょ」

「いや、わからないね。昔から人を転がすのはうまかった。嘘か本当かわからないことをいっちゃ、味方につけるんだ」

「じゃあ忘れたフリをしているというの？」

「その可能性がまったくないとはいえない。だが向こうは恐いものがない。痛めつけたらすぐに死んでしまう人間を威す方法なんかないぞ」

円堂がいうと松本政子は黙った。

「とりあえず、元いたところに帰してやるんだな。今さらどこにも逃げられない」

「そうかしら。隠している車に乗って逃げだすかもしれない」

「目立つ車なんだ。逆に、すぐ見つけられる」

「そういえばそうね」

「ひとつ教えてくれ。二見が湯治場に隠れていると、どうしてわかった？」

「あなたはどう思う」

「あんたに知らせた人間がいた。そういう仲だとは知らなかった」

「本人に訊いてみたら。わたしからとやかくいうことじゃない」

松本政子はつきはなすようにいった。

「ああ。そうする」

「裏切ってないわね？」

円堂が切ろうとすると、松本政子はいった。

「裏切る？　誰が誰を裏切るんだ？　俺はあんたの仲間じゃないし、裏切られたのは俺のほうだ」

東京駅に着いたのは、午後五時過ぎだった。円堂は銀座に向かった。「マザー」は開店前だが、バーテンの崎田は仕込みに入っている時間だ。

「マザー」の扉は開いていた。掃除機をかける音が聞こえる。

ジーンズ姿の崎田が働いていた。円堂は扉の内側に立ち、掃除を終えた崎田が気づくのを待った。

「円堂さん！　どうしたんです。こんな早くに」

「ママと話がしたくてな。何時にでてくる？」

「今日は同伴がないので、七時にはみえると思いますが」

答えて、崎田は円堂を見つめた。

「何かあったのですか」

「崎田さんには迷惑をかけない」

「恐い顔です。見たこともない顔をしていらっしゃる」

円堂は首をふった。

「心配しなくていい」

「ママに連絡しますか」

円堂は頷いた。委津子の携帯は知っているが、直接会うまで話をしたくない。

　崎田が店の電話を使った。円堂には聞こえない、低い声で話している。受話器をおろすと、

「三十分でくるそうです。何か飲んで待たれますか?」

　と訊ねた。

「おかまいなく」

「じゃ私はキッチンにいますので、何かあったら声をかけて下さい」

　崎田は厨房に入った。円堂は手近のボックスに腰をおろした。

　やがて、委津子が、

「おはようございます」

　と扉を押して入ってきた。崎田が厨房から、

「おはようございます」

　と応えた。円堂は黙っていた。

　委津子は薄手のコートに地味なワンピースを着け、髪もセットしていない。そうしていると、ありふれた主婦のようにも見える。

　委津子は円堂には目を向けず、コートを脱ぐとクロークにかけた。すわっている円堂の前に立ち、大きく息を吸いこんだ。

「それで?」

　円堂の目を見つめ、ひらきなおったようにいった。

「それで、とは?」

「文句をいいたいのでしょ」

「理由を聞きたい」

「理由?」

「二見の場所をなぜ知らせた」

「恩があったから」

　委津子は横を向き、硬い声で答えた。

「恩？　松本政子にか」

「五十嵐会長に」

「五十嵐に？」

「バブルが弾けたとき、わたしが抱えていた売りかけを肩代わりしてくれた。五十嵐会長がいなかったら、よくてソープ、悪くて死んでいた」

「そんな話は聞いていない」

「してないもの。半端じゃない金額だったし、やくざの親分に助けてもらったなんていったら、皆、逃げだす」

「つきあってたのか」

「一瞬だけね。助けてもらったあと。この店をだすときに別れた」

「まるで知らなかった」

ふっと委津子は笑った。

「あなたはそれどころじゃなかった。君香さんを捜すのに必死で」

「確かにそうだな。知っていても助けられなかったろうし」

「そういうこと。二見会長の売りかけもあった。だからあなたから聞いた話を五十嵐会長に伝えたのを悪いとは思ってない」

円堂は目を閉じた。

「いつから知らせてた、俺の話を」

「中村先生が電話をしてきたって日から」

円堂は息を吸いこんだ。

「中村を殺したのは五十嵐か」

「わたしもそれは何度も確かめた。五十嵐会長は、中村先生のところに人はやってないといった。火事は関係ないって」

「それを信じるのか」

目を開け、円堂は委津子を見つめた。

「わたしは信じる」

委津子は答えた。

「わかった」

円堂はいって立ち上がった。

「二見会長と会ったのでしょ」

「会った」

「どうだったの。君香さんの居場所はわかった？」

円堂は無言だった。

「教えて。それくらい」

「君には関係ない」

そう告げると、委津子の顔が能面になった。

「そう」

「マザー」をでた円堂は大きく息を吐いた。

委津子との関係が終わった。友情とも愛情ともつかない、心地よい仲の相手を失った。

そう仕向けたのは自分だ。君香を信じてやれなかった自分、何も知らずに委津子に何もかもを話していた自分、すべてを招いたのは自分だ。どうしようもなく愚かな自分だ。

君香を捜し、二見を捜し、カリフォルニア・スパイダーを捜して、何を得た。中村が死に、委津子を失った。

何ひとつ得たものなどない。

だがここで止まるわけにはいかない。それだけは確かだ。ここで止まったら、失いっぱなしになる。

31

銀座から店に向かい仕事をして、翌朝早く円堂はレンタカーで那須塩原に向かった。

あれから二見はどうなったのか、長谷川も松本政子も連絡をしてこない。委津子からもなかった。

委津子に裏切られたという気持は消えていない。が、五十嵐に助けられたと聞いて、責める気持を失った。委津子にとって五十嵐に〝恩を返す〟機会を自分は与えた。そう考えるしかない。

あとは中村の死に五十嵐が関係しているかどうかだ。

そこはわからなかった。長谷川を始めとする「城南信用サービス」の連中はかかわっていない、と円堂は思っていた。二見の扱いを見ても、放火殺人を犯して平然としていられるほど冷徹な連中ではない。

バブル時代、地上げのために火をつけたり、老人に暴力を平然とふるう連中を見た。やくざではない。下積みがつらくてケツを割り、盃をもらえなかったようなチンピラだ。

目先のことしか考えず、その場がよければそれでいい。仲間の不幸も平気で笑い話にする、酒浸りかしゃぶ中ばかりだった。

長谷川も村地もそこまでのクズではない、と円堂は感じた。

あの連中が故意にせよ事故にせよ中村を死なせていたら、円堂の前でああも平然とはしていられなかったと思う。

が、「城南信用サービス」が中村の家の火事と無関係なら、別の人間が動いていることになる。「城南信用サービス」より危険で、手段を問わない人間だ。

そういう人間を動かそうと思えば動かせる立場に、五十嵐はいる。ただ、存在するかどうかが確かではないクラシックカーの回収に、そんな人間を使うだろうか。

やくざにとって暴力は商売の種だ。使えば大金になるかもしれないが、一歩まちがえれば刑務所いきだ。

まして放火殺人ともなれば、死刑の可能性すらある。

やるほうもやらせるほうも、あまりにリスクが大きい。

五十嵐がそこまでの危険を冒すとは、円堂には思えなかった。もし〝別働隊〟が動いていて、そいつらが中村を死なせたのだとしたら、たとえそれが弾みであっても、カリフォルニア・スパイダーの回収はあきらめるのがプロの判断だ。

〝別働隊〟をひきあげても、「城南信用サービス」の動きしだいで、警察は五十嵐を事件に結びつける。

逮捕、起訴できるほどの証拠を警察がつかめるかどうかはわからないが、五十嵐にとっては不穏な状況が生まれるのだ。存在するかどうかもわからない車のためにそこまでの危険を、組までもつ人間が冒すとは思えない。

委津子がいう通り、五十嵐が中村の死とは無関係である可能性は高い、と円堂は思った。

すると中村の死は、本当に事故だったのだろうか。

事故でないとしたら、他に犯人はいるのか。

二見。九十近い二見に、そんな真似ができる筈がない、と円堂は考えていた。

が、長谷川たちの前で演じた芝居を見て、わからなくなった。怯えたフリ、忘れたフリは堂に入っていた。昔から度胸があり、人を煙に巻くのがうまかった。見た目は衰えても、そこはまるでかわっていなかった。

　自分を捜されることを恐れた二見が中村に会いにいき、結果として火事になったという可能性がまったくないとはいいきれないような気が、し始めていた。

　レンタカーのカーナビゲーションに「国本ガレージ」の登録はなかった。スマホで検索すると、那須高原に同じ名の自動車修理工場がある。が、営業しているかどうかはわからない。

　とりあえずそこを目的地に設定し、円堂は走っていた。きのうの今日で、さすがに疲労感がある。昨夜はほとんど眠れなかった。

　二見に会い、委津子の裏切りを知った。眠れないのは当然だった。

　酒に走らなかったのは、今日のこの運転があるからだ。ろくに酔いも抜けていない体で走り回るわけにはいかない。

　午前十時過ぎに、那須インターを降りた。カーナビゲーションは、目的地まで二十一キロという距離を表示している。

　指示されるまま、円堂はレンタカーを走らせた。

　目的地周辺に到着した、とカーナビゲーションが告げたのは、那須岳を登る道の途中だった。カーブが連続し、牧場らしき草原をかたわらに見て走ってきた。

　円堂はブレーキを踏んだ。自動車修理工場などどこにもない。

　移転したのか。が、移転したのだとしても建物くらいは残っている筈だ。

　路肩に車を止め、降りた。携帯のマップ機能を使って再確認する。

　カーナビゲーションの表示とは微妙にずれてい

た。

円堂は徒歩で移動した。登ってきた道を百メートルほど下ると、側道があった。手書きのような看板が、先に温泉があることを示している。登ってくるときに見落としていた。

車に戻るとUターンし坂を下って、側道に入った。簡易舗装された道は、対向車がきたらすれちがうのも苦労しそうなほど狭い。

二百メートルほど走ると三叉路があり、道幅が広がった。登り坂と平坦な道とに分かれている。登り坂を選んだ。

すると百メートル走ったところで、これまで走ってきた那須岳を登る道に合流した。ここまできて道を曲がれば、細い道を通らずにすんだようだ。

車をターンさせ三叉路に戻ると、今度は平坦なほうの道を進んだ。

やがて数軒の家が並ぶ一画にでた。一番手前に、錆びたシャッターを下ろした平屋があり、かたわらに二階だての家がたっている。

シャッターに「KUNIMOTO GARAGE」と薄くなった文字で記されていた。

円堂は車を降りた。

平屋のシャッターは、車二台ほどの幅があるが雑草が生い茂り、めったに車の出入りはないようだ。建物の裏にはドラム缶やシートでおおわれた機械類などが積まれていて、人の気配はない。

円堂は隣接する二階屋に歩みよった。雪よけらしい大きな庇(ひさし)の下に玄関の扉がある。

「国本」と表札が掲げられていた。

扉には、使えるかどうかわからないような古いインターホンがとりつけられている。

その呼びだしボタンを押した。トゥルルという音がした。

　返事はなかった。一、二分待って、もう一度押した。

　不意に玄関の扉が開いた。白髪頭の大男が立っている。

「はい」

　シャツの胸もとから白い胸毛がのぞき、白いヒゲが顔の下半分をおおって、まるで熊のようだ。赤ら顔で鼻の頭も赤い。大きくみひらいた目で円堂をにらみつけている。

「何だい」

　年齢は七十前後だろう。

「国本ガレージさんというのはこちらですか」

　円堂は訊ねた。

「そうだけど、あんた何？」

　不審そうに男は訊き返した。

「円堂と申します。二見さんにここのことを教えられました」

　二見の名を聞いても、男の表情はかわらなかった。

「それで？」

「君香さんという女性を探しています。本名は黒松糸乃です」

　男は無言だ。

「二見さんの話では、彼女はここにときどききて、お預けしている車を走らせるということでした」

「あんたの名前をもう一度」

「円堂です。二見さんとも君香さんとも古い知り合いです」

　男は無言で円堂を見つめた。そして不意に扉を閉めた。

　おきざりにされた円堂は呆然とした。何か怒ら

せることをいっただろうか。が、一分もしないうちに、

「こっちだ」

という声にふりかえった。男がシャッターのある平屋の裏から呼んでいる。二階屋の通用口からでてきたようだ。

円堂は歩みよった。男は鍵束を手にしていた。シャッターのついた建物には裏口があり、ステイールの扉に錠前がいくつもついている。

男は鍵をさしこみ、順番にその鍵を外していく。

「あんたが何を捜しているかわかってる」

息を荒くしながら男はいった。錠前は全部で四つあった。

扉を開け、中に入った。電灯を点す。

「この奥だ」

男は手招きした。円堂は建物の中に入った。


オイルの匂いがした。コンクリートじきの床のあちこちに黒い油染みがあり、壁ぎわに工具類の入った木箱が積まれている。

シートをかけられた車が一台、その奥に止まっていた。

男がていねいな手つきでシートをめくりあげた。

円堂は息を呑んだ。きれいな状態のカリフォルニア・スパイダーがそこにいた。

暗いガレージの中で、カリフォルニア・スパイダーは光を放っているように見えた。

円堂は無言で見つめた。見れば見るほど美しい2シーターだ。

「ずっと預かってたんだ。こんなとんでもない代物をな」

男がいった。いまいましそうな口調だった。

「いつでも走れるようにしておくのはたいへんな

んだ」

見るとタイヤはすべて外され、車体は積んだブロックの上におかれている。ゴムの劣化を避けるためだろう、ビニールシートにくるまれたタイヤが四本、壁ぎわに積まれていた。

「金はくれたよ。だけどな、預かってるっていうだけで、すげえ負担なんだよ。ひきとってくれる人がくるのを待ってたんだ」

男はいって円堂を見やった。

「私はこれをひきとりにきたわけじゃありません」

「二見さんが教えるってのは、そういうことだ。あの人はもう乗らない。あの人から聞いてきたのが本当なら、あんたがこの車をもっていくんだ」

「私が捜していたのは車じゃない。この車を好きで、走らせていた女性です」

「あの人か」

「黒松糸乃さんです」

「名前は知らねえんだ。ときどき電話がかかってきて、それから二、三日するとくるんだ。だからタイヤをはめて、走れるようにしておく。雨降りの日はこない。天気がいい日にきて、一時間くらい、ここいら辺を走り回るだけだ」

「彼女の連絡先をご存じですか」

「知らねえ。向こうからかかってくるだけで」

二見は「連絡先を教えている筈だ」といったが、嘘だったのか。

円堂は足もとが沈みこむような落胆を感じた。

「そうなんですか」

「本当にこれじゃねえのか」

疑うように男はカリフォルニア・スパイダーを示した。

円堂は歩みより、シートをとりあげた。

「この車を欲しがっている人間はたくさんいるが、私はちがう」

カリフォルニア・スパイダーをおおった。

男が首をふった。

「しかたねえ」

「最後に彼女がこれを走らせたのはいつですか」

「いつだっけな。ひと月くらい前かな」

中村を訪ねてきた編集者が見たのは、そのときだったにちがいない。

「どれくらいおきに彼女は走らせているんです?」

「決まってないな。半年空くこともあれば、ふた月くらいのときもある。どっちにしても走らせてやんなきゃ駄目になる」

「あなたは走らせないのですか」

男はぶるぶると首をふった。

「冗談じゃねえよ。こんな宝物みてえな車。なんかあったら大変だ。エンジンかけてみるくらいだ」

円堂は息を吐いた。

「そうですか」

「どうすりゃいいんだ、俺は。こっちもトシだし、ずっと預かってるわけにはいかねえ」

二見が放棄するなら、君香のものになるべきだ、と円堂は思った。君香が維持するのは不可能だから、売る他ないだろうが。

君香のこの三十年を考えれば、そうする権利はある。

「彼女にあげてはどうですか」

男は顔をしかめた。

「前にもそういった。けど、あたしはもらえないって断わられた。そうだ、あんた説得してくれるか。今度電話がかかってきたら知らせるから」

男がいった。説得できるかどうかはわからないが、少なくとも君香に会うことはできる。

「わかりました」

男はガレージの隅にあるデスクから、メモ用紙とペンをとってさしだした。

「あんたの番号を教えてくれ。あの人から電話がかかってきたら連絡する」

円堂は携帯の番号と名前を記した。

「でも、私に知らせることはいわないほうがいい。彼女はこないかもしれない」

「わかってるよ。あんたら、昔何かあったんだろ」

男がいったので円堂は目をみひらいた。

「あの人はきれいだ。若いときはすげえ別嬪さんだったろ。これがうちの名刺だ」

男は黄ばんだ名刺をデスクからつまんでよこした。

「国本ガレージ　国本修（おさむ）」とあって、固定電話の番号が印刷されている。

「もう商売はやっちゃいないが、電話はつながる」

「ありがとうございます」

円堂は礼をいった。

「次はいつだかわからないが、電話があったら、あんたに連絡するから。そのかわり、もらってくれるよう、説得してくれよ」

国本はいい、円堂は頷いた。

32

レンタカーに乗りこんだ円堂は息を吐いた。

皆が捜しているカリフォルニア・スパイダーを見つけた。だが気持は晴れない。

自分が見つけたいのは君香だ。カリフォルニア・スパイダーなどどうでもよかった。

カリフォルニア・スパイダーの存在をこの目で確かめても、何もかわらない。君香には会えず、中村の死の真相も不明のままだ。

円堂は携帯をとりだした。長谷川の携帯を呼びだす。

長谷川が応えると円堂は訊ねた。

「二見をどうした？」

「どうもしませんよ。きのうひと晩泊めて、じっくり話したけど、何も思いだせないの一点張りで」

「今もいっしょにいるのか」

「います。こっちも用事があるんで東京に戻らなけりゃならないんですが」

「二見と話がしたい。かわってもらえないか」

本当に無事なのかを確かめようと、円堂はいった。

「ちょっと待って下さい」

間が空き、

「もしもし」

二見の声が聞こえた。

「きのう確かめられなかったことがある。中村に会ったか」

円堂は訊いた。

「誰だって？」

「中村だ。俺といっしょに二見興産で調査の仕事をしていた」

二見は黙った。

「中村はあんたをずっと捜していた」

「中村という人を覚えてない」

「そんな筈はないだろう」

「もう三十年も前だ。いろんなことがありすぎて忘れてしまった」

嘘だ、と思った。二見は中村について忘れたフリをしている。

だが電話でやりあっても埒は明かない。すぐ横に長谷川らがいるのだろう。二見は車のことを何も訊かない。頭がはっきりしている証拠だ。

「そんなことより、この連中に私を帰すようにいってくれ。きのうの晩は寒くてよく寝られなかった」

二見はいった。

「わかった。かわってくれ」

「もしもし」

長谷川がでた。

「どうするんだ?」

「このあと、元のところに送ります。訊いたら空いてる部屋があるっていうんで、若い人間をひとりそこにはりつけておこうと思いますが」

長谷川は答えた。

「それに松本さんから連絡がきて、この爺さんといっしょに逃げた女がいる筈だから、そっちを捜せといわれました。円堂さんは何かご存じですか」

円堂は黙った。松本政子はあきらめていない。息を吸い、答えた。

「昔、六本木のクラブにいた女だ」

「らしいですね。円堂さんといい仲だったらしいじゃないですか」

知っていて、長谷川は訊いてきたのだ。

「二見に乗りかえられたんだ。捨てられた俺が知っているわけないだろう。それこそ二見に訊けよ」

「訊きましたよ。女のことは覚えています。でも今どこにいるかは知らない。携帯の番号も知らないっていうんです。あとで送りがてら、爺さんの部屋を調べてみようとは思っていますが」

「がんばってくれ」

「また訊きたいことがでてくるかもしれません。そのときは電話します」

告げて、長谷川は電話を切った。

二見の部屋で、「国本ガレージ」や君香の居どころにつながる情報を長谷川は見つけるだろうか。君香に関してはともかく、「国本ガレージ」につながる何かは見つけるかもしれない。

そうなったら、五十嵐はカリフォルニア・スパイダーを手に入れる。

だからどうしたというのだ。君香が無事ならそれでいい。二見は落胆するだろうが、それは自業自得だ。どのみち、あの車を二見が処分することはできない。できるなら、とっくに売り払い、湯治場以外の場所で暮らしていた筈だ。

物理的に処分できなかったのではなく、心情的に手放せなかったのだ。今さら事業の再興などできない。が、いつかできると思う心の拠り処としてもっていた。しかし売れば噂になり、二見に〝貸し〟のある連中が集まってくる可能性が高い。

二見は、どうしようもないところにいる。

今が、二見にとって最も平和な時間なのだ。この環境を無理にかえれば、あっというまに死んでしまうかもしれない。

そう考えると腹立たしかった。さまざまな人間を巻きこみ迷惑をかけておいて、豊かではないかもしれないが、平穏な日々を送っている。

そのために犠牲になったのが君香であり自分だ。

円堂は歯をくいしばった。失った時間を取り返すことはできない。今の自分だって、それほど不幸なわけではないといい聞かせる。

君香のことは忘れ、元の生活に戻るのだ。

二見とカリフォルニア・スパイダーがどうなろうと、自分には関係ない。

携帯が鳴った。どきりとした。理由もないのに、君香がかけてきたような気がした。

ちがった。

「もしもし」

かけてきたのは藤田だった。

「円堂だ」

「あれからどうなったのか、心配で。二見さんは無事なのか」

「無事だ。きのう会って、ついさっきも電話で話した」

「『湖畔荘』に戻っているのか」

「いや。まだ今は別の場所だ。車を捜している連中が連れていった」

「車が見つかったのか」

藤田の声が高くなった。

「見つかっていない。おいた場所を思いだせないの一点張りだ。年寄りだから威すのも限度がある。やりすぎれば死んでしまう」

「でもやくざなのだろう、そいつらは」

「そうだが、そこまであくどい連中ではなさそうだ」

「大丈夫なのか」

「今日中に、元いたところに帰すといっている。ただし監視をつけるようだ」

「監視……」

「でかけたり、誰かが会いにきたら、調べるということだろう」

「どうしても見つける気なんだな」

「二見の会社に何億という金を入れていた組長の命令で動いているんだ」

「教えてもらった塩原署の刑事に連絡しようか」

「しても、警察は簡単には動けない。二見に怪我をさせたわけじゃないし、借金に関してはあくまでも民事で、警察は介入できない」

「でもやくざなのだろう」

「表向きは調査会社の社員だ。暴力団とつながっていることを証明するには時間と手間がかかる」

「じゃあどうすればいい」

「どうしようもない。二見が思いだすまでは何もできないという点では、連中もこっちもかわりがない」

「それじゃ車はどうなる?!」

「どうにもならない。今ある場所におかれたままだろうな」

本当にそうなるかもしれない。国本が死ねば、家族があのガレージを調べ、カリフォルニア・スパイダーを見つける。その価値を知らなければ、ただの古い車として扱われ、下手をすればスクラップだ。

「そんな!」

藤田は絶句した。円堂は息を吸いこみ、告げた。

「二見は、あの車は、あんたの奥さんの姉さんに半ばやったつもりでいる」

「糸乃さんのことか」

「そうだ。二十年、二見のそばにいたのだからな」

藤田は息を吐いた。

「糸乃さんは今どこにいるんだ?」

「二見は知らないらしい。用があるときは、向こうから連絡があるというんだ」

「やっぱり女房に訊くしかないか。喧嘩になるんで、糸乃さんの話をなるべくしないできた。糸乃さんは、車の場所をきっと知っている」

円堂は不安になった。藤田の勘は当たっている。

「もし彼女の居場所がわかったら、訊きにいくのか」

円堂は訊ねた。

「俺にだって権利がある。親子二代で面倒をみてきたんだ。半分もらってもバチは当たらない」

円堂は目を閉じた。

「そうだろ！」

藤田は声を荒らげた。

「悪いことはいわない。あの車のことは忘れろ」

「あんたにそんなことをいわれる筋合いはない。これまで、どれだけしてやったか、知らないだろう」

円堂は黙った。藤田は妻を問いつめるだろう。その結果、長年の夫婦の関係が危うくなるかもしれない。

が、他人の自分がそんなことをいっても始まらない。

国本のことを話してしまおうか、と思った。藤田にも〝権利〟があるというのはまちがっていない。

「あんた、今どこにいるんだ」

藤田が不意に訊ねた。

「那須だ」

「うちにこられるか」

「何のために」

「俺といっしょに女房を説得してくれ。糸乃さんの居場所を教えろといって」

「そんなことをしても、あんたと奥さんの仲が悪くなるだけだ。第一、奥さんは姉さんがどこにいるのかを知らないといった」

「それは、あんたに嘘をついたんだ。あのあと、本当は知っていると俺に白状した」

「だったら訊けばよかったじゃないか」

「喧嘩になった。姉さんをほっといてくれ、と女房がいいだして。あんたなら女房を説得できる筈だ。二見の居場所を教えてやったじゃないか」

円堂は目を閉じた。「国本ガレージ」のことを告げようか。が、円堂の口から聞いたといって藤田が押しかけても、国本があっさりカリフォルニア・スパイダーを渡すとは思えなかった。

国本がカリフォルニア・スパイダーから解放されたがっているのは確かだが、信用できると思った人間にしか渡さないのではないか。

それに二見の話では、父親のもっていたクラシックカーを処分したのが原因で、藤田は国本と仲違いしている。

国本は藤田には渡さないだろう。円堂が口添えしても難しいかもしれない。

カリフォルニア・スパイダーの在り処を知った今、素知らぬ顔で藤田に会うのは苦痛だった。

だが藤田の妻は君香の居場所を知っている。

それを訊きだせば、君香に会えるのだ。

「なあ、頼むよ。女房は、糸乃さんからあんたのことを聞いて知ってた。そのあんたが説得すれば、糸乃さんの居場所を教える筈だ。あんただって糸乃さんに会いたいのだろう」

「それと彼女の気持は別だ。向こうは会いたくないかもしれない」

「女房は、あんたの連絡先を糸乃さんに教えたといっていた。糸乃さんから連絡はきたのか」

「電話がかかってきた」

「居場所を訊かなかったのか」

「教えてくれなかった」

「教えてくれなくても電話をかけてきたということは、あんたを嫌っているわけじゃない。気まずいとかそういう理由で会わないだけだろう。会えばまた、ちがうのじゃないのか」

「そんなことは――」

会ってみなければわからないといいかけ、円堂は口をつぐんだ。君香に会う方向に話が進んでいる。

「一度だけでいい。俺につきあってくれ」

円堂は息を吐いた。

「たとえあんたと奥さんの関係がどうなっても知らないぞ」

「きてくれるのか」

「ああ」

「『藤の丸館』で待っているからな」

告げて、藤田は電話を切った。

円堂は「藤の丸館」に向かった。「国本ガレージ」からは一時間足らずの距離だ。

時間が早いからか、来客用の駐車場に車は一台も止まっていない。

レンタカーをおき、円堂は「藤の丸館」の扉をくぐった。

「いらっしゃいませ」

フロントにすわっていた女将が腰を浮かせ、目をみひらいた。

「円堂さん」

藤田の姿はない。

「お姉さんに伝言してくれてありがとうございます。一度電話がかかってきました」

円堂は告げ、頭を下げた。

「そうですか。だったら、どうして――」

「俺が頼んできてもらったんだ」

厨房から藤田が現われ、いった。

「あなたが――」

女将は藤田をふりかえった。

「糸乃さんの居どころを教えてくれ。円堂さんも知りたがっている」

「それは……。電話がかかってきたとき、訊かなかったんですか」

女将は円堂に訊ねた。円堂は首をふった。

「訊いても教えてくれなかった。教えたら、私がくるだろうといって」

女将はまじまじと円堂を見つめた。

「姉がそういったのですか」

円堂は頷いた。

「私が独身だと知ると、お馬鹿さんといわれた。元気かと訊いたら、あまり元気じゃないと答えた。だが心配なんかしてもらえる立場じゃない、と」

女将は大きく息を吐いた。

「姉は、わたしが円堂さんに会ったと聞いて、びっくりしていました」

「私が元気でよかったと思っていると教えたかったから電話した。そういって切ってしまいました」

女将は椅子に腰を落とし、目を閉じた。

「円堂さんに申しわけない。どれだけあやまっても、あやまり足りない、と……」

「事情は二見さんから聞きました。私にも悪いところがあった」

円堂はいった。

くれ」

藤田がいうと、

「なぜあなたがそんなことをいうの?」

女将は不思議そうに訊ねた。

「円堂さんは糸乃さんに会いたがっている。糸乃さんだって本当は円堂さんに会いたい筈だ」

「そうかもしれないけれど、あなたの理由は別でしょう。二見さんがもっていた車のことを知りたいのじゃないの」

「それはそうだよ。考えてみろ。親子二代でうちは二見さんの面倒をみてきたんだ。もともとあの車は、親父のものになる筈だった」

「それと姉さんは関係ない」

女将は表情を硬くした。

「関係なくない。糸乃さんは車がどこにあるかを知ってる」

「そんなのわからないじゃない」

「知っているに決まっているんだ。ずっと二見さんといっしょにいたのだから。円堂さんもそう思うだろう?」

藤田は救いを求めるように円堂を見た。円堂はしかたなく頷いた。

「円堂さんも車を捜していらっしゃるんですか」

女将が訊いた。

「もちろんだよ」

藤田がいうと、

「あなたに訊いたのじゃありません」

女将は首をふった。円堂はいった。

「私にとって車はどうでもいい。知りたいのは、彼女の居場所です」

「円堂さんは姉に会ってどうなさりたいのです

か」

　女将は円堂を見つめた。

「正直、それは私にもわかりません。初めてここにきて、お話をさせてもらったときは、彼女を責めたい気持ばかりでした。ですが二見さんからいろいろと聞いて、彼女がいなくなったわけも理解できた」

　円堂は答えた。

「だったら、そっとしておいてあげられませんか。姉は円堂さんにしたことを今も後悔し、苦しんでいます。それとも円堂さんは、姉と昔のようになりたいと思っていらっしゃるのですか」

　円堂は息を吸いこんだ。

「それは無理だとわかっています。三十年は長すぎる。たとえ会っても、時間はとり戻せない」

「だったらなぜ姉に会いたいのですか」

　円堂は目を閉じた。

「理由はいくつもあります。ありすぎるほどです。そんなに気に病まなくていい。私にも悪いところがあったといいたいし、彼女のことが心配で、健康なのか、困っていないのかを確かめたい。それに何より、なつかしい。会いたい」

　目を開けた。女将は泣きそうな顔になっていた。

「円堂さんは、きっとがっかりします。姉はそういっていました。今の自分を見たら、すごくがっかりするだろうって」

　円堂は首をふった。

「私だって六十二になります。彼女がどんな風にかわっていたとしても、がっかりはしません」

　女将は手で口もとをおおった。嗚咽がもれた。

「ごめんなさい。わたしの口からはこれ以上は申しあげられません」

両手で顔をおおう。

「どうしたんだ。糸乃さんに何かあるのか」

藤田が訊ねた。女将は手で顔をおおったままかぶりをふった。

「姉は……」

いいかけてやめた。

「糸乃さんが何だっていうんだ」

円堂は不安がこみあげるのを感じた。

「病気なのですか。彼女は」

女将に訊ねた。女将は顔から手を離した。呼吸を整え、

「それは姉の口から聞いて下さい」

と答えた。

「わかりました」

女将は携帯電話を手にした。

「姉に連絡します」

藤田が円堂を見た。円堂は無言で女将を見ていた。

操作し、女将は耳にあてた。

「もしもし、華乃。円堂さんがうちにみえて、姉さんに会いたいって」

円堂は息を止め、女将を見ていた。

「うん、うん、待って」

女将が携帯をさしだした。

「円堂さんと話したいそうです」

円堂は受けとった。

「もしもし」

「円ちゃん……」

あきれたように君香はいった。それきり黙っている。円堂はその場を離れ、二人に背を向けた。

「二見さんに会った。いろいろ聞いた。お前がこのままいようといいだしたんだってな」

すぐに返事はなかった。やがて、

「ごめんね」

と君香はいった。

「いいんだ。もし帰ってきても、お前が思った通り、俺はお前を責めた。俺は、俺は確かにお前を信じてなかった。二見さんにいわれて初めてわかった。お前にとって何が一番つらかったのかが」

「もういいんだよ、そんなこと。あたしより円ちゃんのほうがいっぱい傷ついたのだから」

あきらめたように君香はいった。円堂は息を吸いこんだ。

「電話をくれたとき、あまり元気じゃないといったろう。心配してるんだ。どこか悪いのか？」

「なんでそんなこと気にするの？　三十年も会ってないんだよ。あたしのことなんかとっくに忘れちゃっててていいのに」

「忘れるわけないだろう。お前が忘れてたっていうなら、それでもいい。だが俺は、一瞬だって忘れなかった」

「本当にお馬鹿さんなんだから」

君香の声に甘さが混じった。それが切なくて円堂は唇をかんだ。

「会ってくれないか。一度だけでいい。顔を見たいんだ」

「会ったらがっかりする」

「そんなことはない。俺だって、もう六十二なんだ」

「華乃がいってたよ。ダンディで格好よかったって」

「馬鹿」

思わずいった。君香は沈黙した。円堂は待った。

「円ちゃん、二見さんから車のこと、聞いた？」

「ああ。国本さんにも会った。お前に渡したがっている」

　藤田に聞こえていないのを確認しつづけた。

「二見さんも、お前にやりたいといっていた」

「それは嘘だよ。あの人は、いろんな人にあの車をあげるといって利用してきたの」

「国本さんは本気だ」

「あたしがもらってどうするの」

「お前もあの車が好きなのだろう。走らせにくるといっていた」

　君香は息を吐いた。

「好きだよ。車は嘘をつかないもの。走らせたければ走るし、止めたければ止まってくれる。よけいなことは何もいわない。どんな車でも人間よりはいい」

　円堂は息を吸いこんだ。

「何があったんだ」

「何がって、いろいろよ。三十年だよ。思ったんだ。あたしずっと幸せすぎたって。好きなことして、ちやほやされて、円ちゃんみたいな人に出会って。一生ぶんの幸せを味わっちゃった。だからあとはずっと幸せじゃなくてもしかたがないって」

「馬鹿なこというなよ。お前はいつだって幸せになる権利がある」

「ないよ。円ちゃんを苦しめたんだもの」

「俺がいいっていってるんだ。幸せになれ」

「もう、遅い」

　不安で胸がしめつけられた。

「何かあったのか」

「円ちゃんにはいわない」

「なあ、頼む。一度でいいから会ってくれ」

君香は大きく息を吐き、黙った。

「今、どこにいるんだ?」

「東京じゃない」

「どこだっていい。教えてくれたら会いにいく」

円堂はいった。君香は答えない。円堂は待った。

やがて君香はいった。

「国本さんのところにいくよ。そこで会おう」

「いつだ?」

間が空いた。

「明日の午前中。十時くらい」

「わかった。明日の午前十時に『国本ガレージ』だな。藤田さんも連れていっていいか。ずっと車を捜していたが、まだ『国本ガレージ』のことは話してないんだ」

「二見さんはね、ずっとあの親子を利用してたんだよ。車をあげるといって。ひどいと思ったけれど、自分も世話になっていたからいえなかった」

「お前が苦しむことじゃない」

「円ちゃんはあの車をいらないの?」

「俺には何の権利もない。二見さんに貸しがある連中も捜している。欲しい奴がもっていけばいい」

「だったら藤田さんにあげて。華乃にもいっぱい迷惑かけたし」

君香はいった。

「わかった。だがそれはお前がいわないと、国本さんは納得しないと思うぞ」

「うん」

「明日の十時、『国本ガレージ』で」

「明日ね」

告げて君香は電話を切った。円堂は胸がしめつけられた。

「明日ね」は、君香の口癖だった。帰る円堂を店から送りだしながら、必ず「明日ね」というのだ。『おいおい、どれだけひっぱるんだよ』『明日もまたこいっていうのかよ』

苦笑しながら答えたものだ。君香は目を輝かせながら頷いた。

『そうだよ。毎日、会いたいもの』

『毎日、店で使えってことか』

『ホステスだもん。あったり前じゃん』

携帯をおろし、円堂は宙を見つめた。

やっと君香に会える。喜びというより、背負ってきた重い荷物をおろせる、そんな安堵がこみあげた。

「円堂さん」

藤田の声に我にかえった。

「糸乃さんは何と――」

「明日、会ってくれるそうです」

「どこで？」

藤田は思いつめたような表情を浮かべている。かたわらの女将の顔も真剣だった。

円堂はとっさに頭を働かせた。今この場で「国本ガレージ」の名をだせば、藤田はすぐにでもいくだろう。

「それは明日、また連絡があります」

「明日のいつです？」

「朝です」

「朝？」

「場所は、那須高原のどこかでしょう」

「朝って、いったい何時なんです？」

不審げに藤田は訊ねた。

「八時くらい、といっていました。八時に連絡があって、どこで会うか決めることになりました」

「そんな。連絡がなかったらそれきりじゃないですか」

　不信感をあらわにして藤田はいった。

「あなた」

　女将がいった。

「姉さんはそんな嘘をつきません」

　藤田は不満げだったが口を閉じた。円堂は女将に携帯を返した。

「ありがとうございます。やっと彼女に会える」

「八時に、円堂さんに電話をしてくるんですね」

　女将は円堂の目を見ながらいった。円堂は頷いた。

「そうです。場所は那須高原のどこかだといっていました」

「車もそこにあるのか」

　藤田がいった。円堂は頷いた。

「おそらく」

「わたしもいきます」

　女将がいった。

「お前も――」

「自分の姉です。当然でしょう」

　夫に告げ、女将は円堂を見た。

「よろしいですか」

「ええ」

　円堂は頷いた。

33

「藤の丸館」に泊まれというのを断わり、円堂は新白河のビジネスホテルに部屋をとった。

「藤の丸館」にいれば、質問責めにあいかねない。必ず連絡すると約束して、藤田から解放された。

　女将もくるという言葉に、円堂は少し安心した。

妻がいっしょなら、藤田も無茶をしないだろう。国本もさほど態度を硬化させないかもしれない。

ビジネスホテルに入ると、円堂は国本に電話をした。明日のことを伝える義務がある。

長い呼びだしのあと、国本は応えた。

「もしもし」

「昼間うかがった円堂です」

「あんたか」

国本はぜいぜいと喉を鳴らしながらいった。

「ひょんなことから、彼女と連絡がつきました。明日、十時にそちらにうかがいます」

円堂は告げた。

「明日だと」

驚いたように国本は訊き返した。が、短い沈黙のあと、

「わかった。走れるようにしておく」

といった。

「ありがとうございます。それと、藤田夫妻もいっしょです」

「藤田?」

「『藤の丸館』のご主人です」

「あの藤田か。なぜくるんだ?」

「『藤の丸館』の女将は、彼女の妹なんです。それで連絡がつきました」

「なんと……。藤田は親父の財産を全部売っ払った馬鹿者だが、その女房があの人の妹なのか」

「そうです。藤田さんは親子二代で二見さんの面倒をみてきました」

「それは藤田の親父さんから聞いて、知っている。親父さんは面倒見のいい立派な人だった」

「そのようですね」

「『藤の丸館』が今もあるのは、親父さんに世話

になった人たちがもりたてているからだ。それをあの馬鹿息子は――」

いって国本は言葉を切った。円堂は車を藤田に渡すつもりでいることを今は告げないでおこうと思った。国本を説得できるのは君香しかいない。

「明日、よろしくお願いします」

「まったく。今夜は徹夜だ」

「急で申しわけありません」

「そのかわり、明日は必ず車をもっていってくれよ」

「努力します」

告げて、円堂は電話を切った。

夕方になっていたが、朝から何も食べていないにもかかわらず、食欲がない。

横になれば今なら眠れそうな気もするが、おそらく中途半端な時間に目覚め、そのあとはずっと起きていることになるだろう。

自分を叱咤し、円堂はビジネスホテルの部屋をでた。何か口に入れておきたい。

白河はラーメンが有名だ。中村といった居酒屋は避けたくて、評判のラーメン店をフロントで訊いた。駅前ではなく少し離れた場所にあるらしい。

カーナビゲーションで検索すればでてくるというので、言葉にしたがいレンタカーに乗りこんだ。

ラーメン屋は、駅から離れた場所にぽつんとあった。田畑が広がる一画に、店舗とラーメン屋には不釣り合いなほどの広い駐車場がある。

駐車場には十台近い車が止まっていて、人気のほどがうかがえた。それでもまだ同じ数の車を止められるほどの広さがある。

円堂は車を止め、ラーメン屋に入った。平屋だが、「いろいろ」の四倍以上広い。東京のラーメン屋にありがちな食券制ではなく席で注文できる。

円堂は長いカウンター席のひとつにすわり、壁に貼られたメニューを眺めた。メニューのかたわらには、この店を訪れた著名人の写真や色紙が並んでいる。

その一枚に目が止まった。

「美味一閃　中村充悟」

とある。中村の色紙だった。

注文をとりにきた中年の女性に、色紙を示した。

「あれは作家の中村さん？」

「え？」

女性はきょとんとしたが、カウンターの奥で働く男たちに向かって訊ねた。

「大将、あの色紙って作家の人の？」

中心になって働いていた体格のいい五十代の男がふりかえった。

「誰？」

「作家の中村充悟さんです」

円堂はいった。

「ああ、中村先生ね。そうそう、よくきてくれたんだよ。亡くなったって聞いて、びっくりしました」

白い調理衣を着た男は答えた。

「そうだったんですか」

円堂はつぶやいた。

「最後にみえたときは、奥さんみたいな人といっしょでしたね」

「奥さん？」

「ええ。女の人ときたのは初めてで、でも年代からいって奥さんみたいでした」

「中村さんはずっと独身だったのじゃありませんか」

思わず円堂はいった。

「え？　そうなんですか。あんまり、ほら、訊けないから」

男はいって、女性に目配せした。

「ご注文は何を」

「すみません。チャーシューメンを下さい」

男は仕事に戻っている。これ以上は話せない雰囲気だった。今さら中村の友人だったといっても、警戒されるだけだろう。

中村にもそういう存在の女性がいたのだとすれば、悪い話ではない。ただ葬儀にそれらしい女性はおらず、地元の知人だという男たちも、そんな話はしていなかった。

通夜の席で話したのは、スーパーマーケットとガソリンスタンドをそれぞれやっているという男たちだ。

円堂は届いたチャーシューメンを食べながら、携帯で付近のスーパーマーケットを検索した。

中村の家の周辺にスーパーマーケットは二軒しかない。どちらも夜八時まで営業しているのを確認し、円堂はラーメン屋をでた。

レンタカーのカーナビゲーションに二軒のスーパーの電話番号を打ちこみ、向かった。

一軒めのスーパーのレジに、見覚えのある男がすわっていた。「藤の丸館」のことを教えた主人だ。

客はおらず、壁にかかった小さなテレビを眺めている。円堂は歩み寄り、告げた。

「こんばんは。先日、中村の通夜でお目にかかった者です」

「あっ、その節は」

主人はすぐに思いだしたらしく、腰を浮かせた。

「こちらこそお世話になりました。教えていただいた『藤の丸館』さんに、あのあと泊まりました」

「そうですか。先生の家があのままなんで、前を通るたびにあたしも思いだしますよ。今日は、またどうして?」

主人は訊ねた。

「近くに別件で用事がありまして。ところで最近、ひょんなところで中村に奥さんらしい人がいた、と聞いたんですが」

「奥さんですか。おかしいな。先生は独身で、うちのが作った惣菜をいつも買って下さっていたんですがね」

「それらしい女の人はいませんでしたか」

「いや、女の人ときたことは一度もありませんね」

主人は首をふった。


「そうですか。何かのまちがいだったのかな」

円堂は答え、部屋で飲む地酒とつまみを買った。ビジネスホテルに戻るとシャワーを浴び、ベッドに腰かけた。

もやもやとした、落ちつかない気持が広がっている。

中村がラーメン屋に連れてきたという女は何者だったのか。

地酒を開けた。辛口が好きならと、スーパーの主人に勧められた酒は、確かに超辛口でさっぱりしている。

中村が連れていた女については考えないことにした。編集者だったかもしれないし、作家だった中村には、自分の知らない交友関係があって不思議ではない。

明日会える君香のことを、円堂は極力頭からしめだそうとしていた。いろいろ感情がこみあげ、眠れなくなるのが見えている。

　が、気づけば考えている。妹である「藤の丸館」の女将は君香の変化について、「わたしの口からはこれ以上申しあげられません」と涙ぐんだ。病気なのかと訊ねると、「姉の口から聞いて下さい」と答えた。

　それはおそらく病気であることを意味している。病気で面がわりしてしまったのか。

「本当にお馬鹿さんなんだから」

　という君香の声を思いだし、胸をかきむしられた。酒を呷る。

　思いだすまい、考えまい、と何度自分にいい聞かせてきたろう。だが今夜だけは許そう、と思い直した。

　明日、会えるのだ。何があっても二度と会えないと思いつづけていた君香と話をすることができる。

　三十年間抱えてきた荷物をおろせる。その結果、別の悲しみを得るかもしれないが、何もないよりはマシだ。

　二見に会い、君香が消えた理由を知ることができた。三十年前の自分なら、二見に怒り、君香に食ってかかったろう。

　だが今は、君香の気持がわかる。君香の選択が正しかったとまでは思わない。が、そうさせてしまった自分の至らなさを否定できない。

　二見には、君香を巻きこまないでほしかった。自分のことを真剣に思う女がいないからといって、なぜ君香でなければならなかったのか。

　そして最も考えたくないのが、二人が男と女の仲になったかどうかだ。

なっていておかしくない。二十年もいっしょに隠れていたのだ。これまでの暮らしとはまるでちがう日々の不安や寂しさから逃れようと、体を重ねて不思議はない。

円堂は息を吐いた。かつてのような嫉妬は起きない。あきらめとやるせなさのような気持がこみあげるだけだ。

やはり三十年という時間は長い。思い出の甘美さと現実の重みを、分けて受けとめられる年齢に、自分もなったということだ。

明日会い、そして別れたら、君香への気持に整理がつくだろうか。

つけられるような気がする。本当の意味で思い出にできるのではないか。疑問が解け、戻らない時間を実感すれば、これからは記憶に苦しめられることはないだろう。

円堂はベッドに横たわり息を吐いた。そう自分にいい聞かせると、眠れるような気がしてきた。

すべては明日だ。

34

五時少し前に目覚め、眠れなくなった。七時になると食堂に降りて、朝食をとった。

八時少し過ぎ、藤田の携帯に電話を入れた。朝食の仕度と片づけで忙しいのか、応答はなかった。メッセージを残さず、円堂は電話を切った。着信記録を見ればかけてくるだろう。

八時半にホテルをチェックアウトし、レンタカーに乗りこんだ。「国本ガレージ」に向かう。

十時よりだいぶ早く着いてしまうかもしれないが、君香と二人で話す時間ができるかもしれない。

君香はどうやって「国本ガレージ」までくるのだろう。ふと思った。

電車とタクシーを乗り継ぐのか、それとも車か。三十年前も、君香は車の運転が好きだった。自分の車はもっていなかったが、当時円堂がもっていた車を交代で運転し、遠出をした。

円堂が乗っていたのは、メルセデスの2シータ―だった。中古で買ったせいか、よく故障した。「ベンツじゃなくてボロツ」と、君香は笑った。

九時過ぎに、「国本ガレージ」の前に円堂は車を止めた。周囲に人けはない。

エンジンを切った。あたりは冷えこんでいて、うっすらと霜がおりている。

携帯が鳴った。藤田だった。

「もしもし」

「電話にでられなかった。糸乃さんから連絡はあったか」

「あった」

「で、どこで会うって?」

「『国本ガレージ』にこいといわれた」

「どこだって?」

「『国本ガレージ』だ」

あっと藤田が小さく叫んだ。

「そうだったのか」

「何がそうなんだ?」

「親父が懇意にしてた修理屋だ」

「そうなのか」

「そこで何時だ?」

「十時といわれた」

「何だって。もうあまり時間がないじゃないか。大急ぎで向かう」

藤田は電話を切った。

車の音がした。目を上げると、うしろから軽自動車が近づいてくるのがルームミラーに映った。

円堂は体をねじり、ふりかえった。キャップをまぶかにかぶった人物が運転席にいる。ナンバーは「宇都宮」だ。

レンタカーのドアを開け、降りた。

軽自動車の運転席に君香がいた。記憶より色が黒くなり、目もとが深くくぼんでいる。

君香はジャケットにデニムを着けていた。フロントガラスごしに円堂を見た。

ひと目で病気だとわかった。もともと華奢な体つきだったが、それよりさらに痩せている。

切れ長で、怒ると豹のようにきらめいた瞳には、熱に浮かされたような光がある。キャップの下は、円堂が一度も見たことのないショートカットだ。

だがそれらを除けば、君香の風貌はそれほどかわっていない。

エンジンを切らず、君香は軽自動車のドアを開けた。

「さむっ」

と首をすくめる。円堂は無言で君香を見つめていた。

「久しぶり」

君香が笑みを浮かべた。口紅を薄くさした唇のわきに皺がよった。

言葉が浮かばなかった。ただ、三十年ぶりに会った君香から目を離すことができずにいた。

「恐いよ」

君香がいった。かすれ声だ。

「そんな顔してにらんで」

円堂は深々と息を吸いこんだ。喉の奥が震えた。

「もう会えないと思ってた」

ようやくいった。君香は小さく頷いた。

「うん」

「どっか悪いのか」

円堂が訊くと、目をそらした。

「トシだからね。色々」

「俺より若いじゃないか」

「円ちゃんは元気そうだね」

「どこが悪いんだ？」

「教えてもしょうがないでしょ。円ちゃん、お医者さんじゃないし」

「国本ガレージ」を示した。

「いかないの？」

「藤田夫婦がくる」

「華乃もくるの？」

円堂は頷き、訊ねた。

「なあ、ちゃんと病院にいっているのか」

「いってるよ」

明るい声で君香は答えた。

「今、どこに住んでいるんだ？」

「今？　今は宇都宮。円ちゃんはどこ？」

「中目黒だ」

「へえ。いいとこ」

「東京には戻らないのか」

「戻らない。友だちとかも宇都宮にいるし」

距離を感じた。

「そうか」

円堂はうつむいた。

「ごめんね」

君香がいった。

「何をあやまってるんだ？」

「全部。円ちゃんに悲しい思いさせた」

「よせよ。俺がお前を信じなかったのがいけなかったんだ」

　君香は円堂を見つめた。

「すごく怒ったでしょ。絶対怒っていると思ってた」

「怒るっていうか、混乱した。こっそり二見さんとつきあっていたのかと思った」

　君香は首をふった。

「わけないじゃない。でも、かわいそうだったの。ひとりぼっちの二見さんが。あのときは」

「その話はよそう」

　円堂はいった。君香はあきらめたような笑みを浮かべた。

「いいわけは聞きたくない？」

「そうじゃない。今のほうが大切だ」

　君香は吹きだした。

「何なの、今って。あたしたちの今？」

「そうだ」

　君香は驚いたように目を広げた。

「何があるの、今に」

「これからだ。俺たちのこれから」

　再会したときからこみあげていた感情が口をついた。

「そばにいたい」

「何いってるの」

「病気なんだろ。心配だ。そばにいたい」

「円ちゃん……」

　あきれたように君香は首をふった。

「わかってる。三十年、離ればなれだった。今のお前のことは何も知らない。お前の世界を壊そうなんて思っていない。ただお前が心配で、そばにいたいだけだ。恨みごとをいう気もないし、もう一度昔のようになりたいと思っているわけでもない」

「なれっこないでしょ。こんなおばさん相手に何いってるの」

円堂は無言で君香を見つめた。君香はかぶりをふった。

「やめて。ずるいよ、そんなの。昔みたいな目で見ないでって」

円堂は目をそらした。こみあげる気持をおさえようと深呼吸をくりかえす。

「でもよかった。本当に元気そう」

「妹さんから聞いたかもしれないが、居酒屋をやっているんだ」

「円ちゃん、料理が得意だったもんね。わたしもいっぱい食べさせてもらった」

「そうだっけ?」

「パスタとか。お鍋もよくやったし」

円堂は首をふった。

「忘れたの? ひどいね」

君香を見た。

「思いだしたくなくて、忘れようとしたんだ。忘れきれなかったが」

君香は無言で見返した。目がうるんでいる。

エンジン音が聞こえた。円堂は息を吸いこんだ。アルファードとレクサスが近づいてくるのが見えた。

「何?」

ふりかえった君香がつぶやいた。

「カリフォルニア・スパイダーを捜している連中だ。カタギのフリをしたやくざだ」

円堂はいった。

二台の車は、君香の車のうしろに止まった。アルファードの扉が開いた。長谷川と二見が降りた。そのあとに二人つづく。レクサスからも村地ともうひとりが降りてきた。

「円堂さん」

長谷川はいって、首をふった。

「まったく食えない人だな。それとも食えないのはこの爺いか。部屋にここの名刺があったんで、問い詰めたらようやく吐いた。人を手玉にとりやがって！」

二見をつきとばした。二見は地面に倒れこんだ。

「よせ」

円堂はいった。二見は手を合わせ、長谷川を仰いだ。

「乱暴しないでくれ」

「ここをつきとめたのは俺だ」

円堂は長谷川に告げた。

「なるほど」

長谷川はいって君香を見た。

「そちらが捜すようにいわれていた、あんたの元カノだな」

長谷川がかたわらのチンピラに顎をしゃくった。チンピラが二見の襟首をつかみ、ひきずり起こした。

「案内しろや」

二見は無言でうつむいている。

「俺が案内する」

円堂はいった。長谷川は怪訝そうに円堂を見た。

「あんたが？」

「いったろう、ここを見つけたのは俺だ。ご主人の国本さんとは話がついている」

「車はあるんだろうな」

「ある。この目で見た」

円堂が答えると、長谷川は頷いた。

「わかった」

円堂は君香をふりかえった。君香は無言で見返した。

国本の家の玄関に歩みよった。インターホンを押す。

「そっちじゃない。こっちだ」

声がした。シャッターの降りた建物の裏手に国本がいた。白いツナギを着ている。昔の修理工のようないでたちだ。

「乱暴はするなよ」

円堂は長谷川にいった。

「約束はできない。次第によっちゃ、怪我人がでる」

長谷川は円堂をにらみ、いった。

円堂は君香を先に押しやった。君香、円堂、長谷川の順で建物の裏手に近づいた。

「あんたもきたのか」

君香を見た国本が顔をほころばせた。円堂に目を移す。

「今日はずいぶんおおぜいだな」

「二見さんもお連れしてます。今は表で待っていらっしゃいますが」

長谷川がいった。国本は長谷川に目を向けた。

「あんた、誰だ」

「二見さんとご縁のある者です」

長谷川はいって腰をかがめた。

「カリフォルニア・スパイダーをお預かりしに参りました。二見さんにも了解していただいています」

「ほう」

国本はいって家の表を見やった。アルファードやレクサスの周囲に立つチンピラを見つめる。

「何か？」

長谷川が鋭い目で訊ねた。

「いや、別に」

国本は答えて円堂を見た。円堂は小さくかぶりをふった。

「こっちだ」

国本は扉を開いた。三人は扉をくぐった。

「おっ」

長谷川が声を上げた。タイヤをとりつけられたカリフォルニア・スパイダーがある。

「失礼します」

いって、長谷川はカリフォルニア・スパイダーに近づいた。ジャケットから携帯をだした。

「何をする気だね」

国本が訊ねた。

「写真を撮らせてもらいます」

長谷川は角度をかえ、カリフォルニア・スパイダーの写真を何枚か撮ると、携帯を操作した。

「松本さんに送ったのか」

円堂は訊ねた。長谷川は答えず、車内をのぞきこんだ。

「キィがありませんが？」

国本を見た。

「ここにある。あんたに渡しておく」

ぼろぼろになったルイ・ヴィトンのキィホルダーを、国本は君香にさしだした。君香は無言で受けとった。

それを見て長谷川は何かをいいかけた。そのとき長谷川の手の中で携帯が着信音をたてた。

長谷川は携帯の画面に目を落とした。見つめていたが、国本に訊ねた。

「こいつは走れるんですか」

「もちろんだ。そのためにずっと手入れしてきた」

国本は頷いた。

「東京までも?」

「走れる。ただし、この車の運転に慣れた人間じゃなけりゃ駄目だ。無茶をすればミッションがいかれる。そうなったら部品をイタリアからとり寄せなきゃならん」

「こんな古い車の部品なんてあるんですか」

長谷川は訊き返した。

「フェラーリにはある」

国本はきっぱりといった。

長谷川は携帯を操作した。メッセージを送ったようだ。

すぐに返信がきた。長谷川は国本を見た。

「国本さんは運転できますよね」

国本は首をふった。

「私は駄目だ。慣れているのはこの人だよ」

君香を示した。

「この姐さんが?」

驚いたように長谷川は訊ねた。

「二、三カ月に一度、こいつを走らせにきてくれた」

国本はいって君香を見た。君香は硬い表情で頷いた。

長谷川は渋い表情になった。

「車の運転がうまい奴ならいます。それじゃあ駄目ですかね」

「六十年以上前に作られたマニュアル車を運転したことがあるのかね」

国本は長谷川を見つめた。長谷川は息を吐いた。

携帯を操作する。円堂はやりとりの想像がついた。

　松本政子はすぐにでもカリフォルニア・スパイダーをもち帰れと要求しているのだ。クラシックカーのことを知らなければ、運転は誰がしても同じだと思っているにちがいない。

　実際にこの車を見れば、そんな考えは消える。まるで宝石のような車だった。繊細な美しさと優雅な機能を兼ね備えている。

　円堂ですら、この車を知識のない人間に預けるのは冒瀆だと感じた。

「姐さん、お名前は何とおっしゃるんですか」

　長谷川は君香に訊ねた。

「糸乃」

　君香は短く答えた。

「糸乃さんにお願いしたいんですが、こいつを東京まで運転してもらうわけにはいきませんか」

「そんなことをさせなくても、運搬用のトラックをもってくればいいだろう」

　円堂はいった。

「こっちは急いでいるんだ。もう買い手がついているんでね」

　長谷川は首をふった。

「それはそっちの都合だろう」

「おい」

　長谷川の表情がかわった。

「ごちゃごちゃうるせえんだよ。あんたの役割は終わった。口をはさむな」

「そうはいかない。彼女は具合が悪いんだ。そんな神経をすりへらすことはさせられない」

「あんたには訊いてない。糸乃さん、どうですか？　やってくれませんか。もちろんお礼はさしあげます」

君香は円堂を見た。

「待ってくれんか。まるであんたにこの車の所有権があるような口ぶりだが、二見さんは納得しているんかね」

国本がいった。長谷川は携帯を操作し、耳にあてた。

「二見さんをお連れしろ」

数分後、村地ともうひとりにひきたてられるようにして二見が現われた。

「しばらくぶりです」

国本がいった。二見はうつむいている。

「二見さん、こちらの方が、この車の所有権が誰にあるかを知りたがっています。二見さんの口から説明していただけませんか」

長谷川がいった。二見は顔を上げた。国本を見やり、ついで君香と円堂に目を移した。

「もうじき藤田夫妻もくる」

円堂はいった。

「藤田？　誰だ、藤田って」

長谷川が眉をひそめた。

「東京から逃げてきたとき、この人をかくまった地元の人間だ。旅館を経営している。二見さんは世話になった礼に、この車をやると約束していた」

「あきらめてもらうしかないな。こっちには何億って貸しがある」

長谷川はいった。

「本人はそのつもりだ。もし駄目になったら訴えるかもしれん」

「勝手に訴えるんだな」

円堂は首をふった。

「あんたも債権回収をしたことがあるならわかる

だろう。三十年も前の証文にどれだけの効力がある？」

「知ったことじゃない。文句はクライアントにいってもらう。我々の仕事はこの車を東京にもって帰ることだ。姐さん、どうなんだ？　運転してくれるのか」

「ここまで乗ってきた自分の車はどうするの？」

　初めて君香が口を開いた。

「あの軽かい？　こっちの人間に運転させ、ついていかせる」

　君香は無言で考えていた。

「やめておけ。何かあったら大変だ」

　円堂はいった。長谷川が円堂の襟をつかんだ。顔を近づける。

「口をはさむなっていったよな。怪我しないとわからないのか」

「やってみろよ」

　円堂は長谷川の目を見て告げた。

「この野郎」

　村地が近づいてきた。長谷川に訊ねる。

「外に連れていきますか」

「おう。偉そうな口をきけなくしてやれ」

　村地が円堂の腕をつかんだ。

「こいや」

「この人に怪我をさせたら、絶対に運転しない！」

　君香がいった。凜とした声だった。村地は長谷川を見た。

「つまり、怪我をさせなけりゃ運転するってことだね」

　長谷川が君香の顔をのぞきこんだ。

「する」

「やめろ」

いった円堂の首を長谷川がつかんだ。

「この野郎。今この場で死にたいのか。お前と姐さんをぶっ殺して、東京からトラックを呼んでもいいんだぞ」

慣れた手つきで締めつけた。血が止まり、視界が狭まった。円堂は長谷川の腕に手をかけもがいた。

「やめてくれ！　この車はやる。やるから乱暴はせんでくれ」

二見が叫んだ。長谷川は二見を見た。

「何をいってやがんだ。この車はな、とっくにうちのもんなんだ。ごちゃごちゃいってると、お前も殺すぞ」

ようやく長谷川の腕が外れ、円堂は息をついた。

「よさんか！」

国本が大声でいった。

「警察を呼ぶぞ」

長谷川は村地と入ってきたチンピラに目配せした。チンピラが上着の下から匕首(あいくち)を抜いた。国本が目をみひらいた。

「こっちは穏便にことをすまそうとしてるんだ。荒だてんで下さいよ」

円堂は壁ぎわの棚に走った。工具箱から大型のスパナをつかみあげた。

「ほう。やろうってのか」

長谷川がいって、チンピラに右手をさしだした。匕首が長谷川の手に渡った。

「勝負つけてやろうと思ってたんだよ」

鞘を払い、長谷川はいった。切っ先を円堂に向け、刃先を上にする。

「そのかわり、命失くす覚悟しろや」

「円ちゃん——」

君香が叫んだ。円堂はその場の全員を見回した。ゆっくりカリフォルニア・スパイダーに近づくと、フロントガラスの上にスパナをふりあげた。

「何しやがる！」

長谷川が目をみひらいた。

「やめてくれっ」

国本も叫んだ。

「退れ、お前ら。退らないと、叩き割る」

円堂はいって、さらにスパナをふりかぶった。

「手前！　そんなに死にてえのか」

村地がいって、腰からナイフを抜いた。円堂は村地の目を見た。

「こいよ。お前が俺を刺しているあいだにこの車をベコベコにしてやる」

「よせ」

長谷川が村地に命じた。チンピラにも合図をして、後退った。

「退るから、無茶するな」

「こっちに」

円堂は君香にいった。君香が言葉にしたがうと、円堂は長谷川を見た。

「ヤッパ捨てろ」

「ふざけるな」

長谷川はいって、かたわらの二見の肩をつかんだ。匕首を首もとにあてがう。

「爺いを殺すぞ」

君香が息を呑んだ。二見はされるがままになっている。円堂は二見を見た。二見が円堂を見返した。はっとした。その目に恐怖はない。

「やってくれ」

二見がいった。

「何だと」

　長谷川が訊き返した。二見は匕首を握った長谷川の腕に手をそえた。

「殺してくれ」

「何いってんだ、爺い！」

「ずっとずっと死ねなかった。あちこちに迷惑をかけ、生きてきた。殺してくれるなら、本望だ」

「馬鹿野郎！」

　長谷川は二見をつきとばした。よろめきながらも二見は踏みとどまった。両手を広げ、長谷川の前に立つ。

「さあ、どこでもいい。ぶすっと刺してくれ」

　長谷川は目をみひらいた。

「手前、気は確かか」

「死にたいんだ。死にたくて死にたくて、死にきれなかった。なあ、頼む。私を刺してくれ！」

　二見は長谷川ににじり寄った。押されたように長谷川が後退る。

「君香、110番しろ」

　円堂はいった。君香が携帯をとりだし、操作して耳にあてた。

「手前！　何してやがる⁈」

　村地が叫んで、君香にナイフを突きだした。円堂はスパナをその腕に叩きつけた。ナイフが飛び、カリフォルニア・スパイダーのボンネットに当たった。ガツンと音がした。

「馬鹿っ」

　長谷川が叫び、村地は凍りついた。

「刃物をもったやくざに威されています。すぐきて下さい」

　君香がいうのが聞こえた。

　長谷川は深々と息を吸いこんだ。

「警察がくる前に、お前ら皆殺しにしてやる」

「やれるものならやってみろ」

円堂はいった。

「何い」

「俺も思い残すことはない」

長谷川をにらみつけた。長谷川は目をみひらいている。

「ただし、お前らも無傷じゃすまさない」

君香が「国本ガレージ」と、この場のことを告げている。

「円堂……」

二見が小さな声でいって、円堂をふりかえった。涙目になっている。

「すまなかった」

「あんたは関係ない。俺がここにきたのは別の理由だ」

「それも、だ。本当にすまなかった」

いうなり、二見は長谷川に抱きついた。

「よせっ」

長谷川が手を引いたが、匕首が二見の腹に刺さった。

「やだっ」

君香が声をあげた。二見のシャツに見る見る血の染みが広がる。長谷川は信じられないようにそれを見つめた。

「何てことしやがる」

二見は無言で長谷川を見返した。その唇がゆがんだ。笑った。

「あんたの、負けだ」

「ふざけるな！　このボケ爺いが」

二見は腹の傷を手で押さえた。すとんと、床に膝をついた。

「ヤバい！　逃げないと」

チンピラが叫んで、長谷川の肩をつかんだ。

「救急車をお願いします！」

君香が携帯に叫んでいる。

長谷川は顔をゆがめた。

「くそっ、なんでこうなるんだ」

「とにかく逃げましょう」

村地とチンピラにひきずられるようにして、長谷川がでていくと、円堂は二見のかたわらにひざまずいた。出血が激しく、床にも血だまりができつつある。

「二見さん」

はっはっと浅い呼吸をしながら、二見が円堂を見た。

「大丈、夫だ。たいした傷じゃない。あいつらを追い払うためだ」

車のドアが閉まる。バタンバタンという音がした。エンジン音が遠ざかる。

「これを」

国本がさしだしたタオルを二見の傷口に当てがった。傷は左のわき腹で、深さはわからない。

「芝居だとしても無茶しすぎだ」

円堂はいった。二見は答えなかった。目を閉じ、薄く笑った。

表で車の止まる音がした。救急車やパトカーにしてはサイレンが聞こえなかった。

「国本さん――」

声が聞こえた。藤田だった。開け放たれていたガレージの戸口から中をのぞきこみ、立ちすくんだ。かたわらに女将もいる。

「いったい、どうしたんですか！」

そこにサイレンを鳴らした車が何台も到着した。

35

二見の傷は致命的なものではなかった。が、全治一カ月を要する大怪我だと医師からは告げられた。高齢であることからくる抵抗力の低下で感染症を警戒しなければならない、数日は集中治療室でようすをみる必要があるという。

同行を求められた那須塩原警察署で、円堂は刑事の岩崎と丸山に再会した。事情聴取に立ち合った二人は、二見を刺して逃亡したのが、暴力団につながる調査会社の人間だとわかると表情をかえた。

「そういう人間が動いていると、なぜ知らせて下さらなかったのですか。わかっていれば、中村さんのお宅で起こった火災の捜査も、まるでかわっていました」

丸山が険しい表情でいった。

「あの時点では、連中が動いているとは知りませんでした。それに最後にいただいた連絡では、警察はこれ以上、捜査はしないというお話だった」

円堂がいうと、丸山は気まずそうに黙った。

「円堂さんは、なぜ、その『城南信用サービス』の人間が、暴力団関係者だとわかったのですか」

岩崎が訊ねた。

「昔の商売が商売でしたから。前にも申し上げましたように不動産関係、平たくいえば地上げ屋のような仕事をしていました。当時は、同じことをやっている暴力団員がたくさんいた」

円堂が答えると、岩崎と丸山は顔を見合わせた。

「円堂さんも、組関係だったのですか」

丸山が訊いた。

「ちがいます。私と中村がつとめていたのは、今日、刺された人が会長をやっていた二見興産という会社です。暴力団の金は流れこんでいましたが、会社そのものは暴力団とは関係がなかった」

「でも暴力団の金で地上げをやっていたのですよね！」

丸山の語調が厳しくなった。

「そういう時代だったんです。銀行も暴力団も関係なく、地上げに金をつっこみ、荒稼ぎをしていた。暴力団が事業をしてはいけないなどという法律はその頃なかった」

円堂が答えると、丸山は信じられないというように首をふった。

「それじゃあ、カタギと極道の境（さかい）がないじゃないですか」

「境は、地上げのために平気で人を傷つけたかどうかだけです。カタギはそこまでやらなかった。極道は、威したり火をつけるのを平気でやった。皆、ひと晩で動く、何億という金に狂わされていた。銀行も極道も、やっていることは同じでした。そそのかし、たぶらかし、売らせて売りつける。それでいっぱしの事業をやっているつもりでいた」

円堂はいった。

「話は何となくわかります」

岩崎が頷いた。「城南信用サービス」については話しても、松本政子や鹿沼会の五十嵐のことは、円堂は告げていない。

「二見興産に金を入れていた暴力団が、フロントである『城南信用サービス』を使って、二見さんの車を見つけ、焦げついた債権を回収しようとした、そういうことですね」

円堂は頷いた。

「『城南信用サービス』の長谷川と村地ですか、その二名についてはすぐに手配をします。ですが、二見さんから刺されにいったというお話をうかがう限り、殺人未遂で令状をとるのは難しいかもしれません」

岩崎がいうと、

「火災についてはどうなんです？　関係しているようなことをほのめかしたりはしませんでしたか」

丸山が訊ねた。

「それはないと思います。私の店を訪ねてきたとき、連中は中村が死んだことを知りませんでした。私も確かめるつもりで中村の名をだしてみたのですが」

円堂はいった。

「確かめるって、もしそうだったらどうするつもりだったのですか」

「わかりません。お二人に知らせるか、その場で連中を刺したかもしれない」

丸山は目をみひらいた。岩崎が息を吐いた。

「そうならなくてよかった。確かに円堂さんにはそういう恐いところがあるのを感じます。刑事ですからね。わかるんです」

「口だけです。実際はできなかったでしょう」

円堂は首をふった。

「中村さんのお宅の火事はやはり事故か失火ということになりますか」

岩崎が円堂の目を見ていった。

「そうですね。そうかもしれないし……」

「しれないし？」

円堂は息を吐いた。

「いや、きっとそうなのだと思います」

「何か、まだお話しになっていないことがあるようですね」

岩崎が目をそらさず、いった。

「人の名誉にかかわることなので、安易には口にできません」

それを見返し、円堂は答えた。

「わかりました。ですが、もし何か判明したことがあったら、今度こそお知らせ願えますか。怪我人がでる前に」

「お約束します」

「それから、手配した二人の身柄が確保されるまでは、身辺に警戒なさって下さい。仕返しというほどのことはないでしょうが、若いチンピラが押しかけてくる可能性はあります」

「気をつけます」

円堂が取調室をでると、廊下の長椅子に先に事情聴取を終えた君香がいた。缶コーヒーを手にしているが、顔色がひどく悪い。

円堂は隣に腰をおろした。藤田夫婦はとうに帰され、国本は現場検証に立ち合うために自宅に残った。

「大丈夫か。疲れた顔をしてる」

「うん。ちょっとね」

円堂は君香を見つめた。

「どこが悪いんだ?」

「だからいわないって。いってもどうしようもないのだから」

「宇都宮まで送っていこうか」

「大丈夫。友だちに迎えにきてって、さっき頼んだから」

「そうか」

円堂は目をそらした。

「女の人だよ。同じ職場にいたんだ」

「同じ職場？」

「介護やってたんだ。病気になるまで」

君香は笑みを浮かべた。

「そうだったのか」

「いつか円ちゃんの介護もしてあげたいと思ってたけど、無理みたい」

「頼むよ」

「駄目。あたしのほうが先にいなくなる」

「そんなこというな」

二人は黙った。

「中村さん那須に住んでいて、火事で亡くなったんだって？」

君香が訊いた。

「ああ。お前が走らせていたカリフォルニア・スパイダーを、奴のところにきた知り合いが那須高原で見かけたのが始まりだ」

「ひと月前？」

円堂は頷いた。

「何となく覚えてる。すれちがうときにびっくりしたようにこっちを見てた人がいた」

「そのすぐ後に中村が電話をしてきたんだ。そういえば、中村が女を連れて、白河のラーメン屋にきたらしいんだが……」

「あたしのわけないじゃん」

君香は笑った。

「中村さん、あたしのこと嫌ってたでしょうが」

「そうだっけ」

「あたしを、奥さんと同じような金目当ての女だと思ってたもの。まして、円ちゃんおいていなくなったあたしをラーメン屋なんかに連れていく？」

「確かにそうだな」

円堂はつぶやいた。

取調室に残って打ち合わせをしていた丸山が現われ、二人の前に立った。

「これから現場検証に合流するのですが、お二人の車は国本さんのお宅のところですよね。乗せていきましょうか」

「お願いします」

円堂はいった。レンタカーを返さなければならない。

「あたしは友だちが迎えにきてくれるまでここにいます。車は国本さんのところに預けて」

君香はいった。

「そうですか」

丸山はあっさり頷いた。円堂は立ち上がった。

「元気でね、円ちゃん」

君香も立ち上がり、手をさしだした。円堂はその手を握った。ひどく骨ばっていて、痩せているのを実感した。

「落ちついたら、電話していいか」

勇気を奮い、円堂は訊ねた。

「いいよ」

君香は頷いた。

「宇都宮に遊びにきなよ」

「お前も、俺の店に遊びにこい」

間が空いた。君香は円堂の顔ではなく、胸もとを見ている。

「うん」

やがて答えた。

「約束だぞ」

君香は円堂の目を見た。

「わかったよ」

「円ちゃん、あいかわらずやさしいね。昔とちっともかわらない」

円堂は顔をそむけた。

「ああ。かわってない」

低い声でいった。

36

丸山に送られて「国本ガレージ」に戻ると、円堂は国本に詫びを告げた。

「本当にご迷惑をかけました」

「いや、二見さんが助かってよかった。あいつらはもうつかまったのかね」

「まだですが、警視庁にも協力を要請したので、時間の問題だと思います」

丸山が答えた。国本はカリフォルニア・スパイダーをふりかえった。

「あれを、どうすればいい？」

「証拠品になりますので、裁判所の許可がでるまでは、動かさないで下さい」

国本は渋い顔になった。

「誰かに早くもっていってもらいたいんだ」

「さしでがましいことをいうようですが、この車は藤田さんに渡すのが一番だと思います」

円堂はいった。国本は驚いたように目をみひらいた。

「え？」

「二見さんは大怪我をしましたし、彼女がこの車を維持していくのも難しいと思います。藤田さんなら価値を知っています」

「そうかな……」

「二見さんが退院されたら、話し合ってみてはどうでしょう」

　国本は息を吐いた。

「まったく、あの人も……。昔からワガママで無茶な人だったが……」

　国本は「藤の丸館」の先代の紹介で二見と知り合ったのだと話した。那須の別荘に乗ってきたカリフォルニア・スパイダーの調子が悪くなり、直してやったのがきっかけだという。

「威勢がよくて大金持で、男なら皆憧れるような人だった」

　国本の言葉に円堂は頷いた。

「わかります」

「だがあるとき、もう東京を逃げだしたあとだったか、いわれた。全部嘘だったと。あぶく銭があったから格好つけられただけで、本当の自分は情けない小さな男なんだと」

　国本は円堂を見た。

「あんたもそう思うか？」

　円堂は息を吸いこんだ。

「あの時代は、皆、夢の中にいたようなものです。夢は、見ているときは楽しいが、覚めたときは寂しい。楽しければ楽しい夢ほど、寂しいし、みじめです。私も同じでした」

「そうか」

　国本は息を吐き、小さく頷いた。

　国本の家を辞し、円堂はレンタカーに乗りこんだ。新白河の駅に着いたときは夜になっていた。

　新幹線のチケットを買い、人けのないホームに立つ。

　君香はもう帰っただろうか。宇都宮に向かいたい衝動をこらえ、携帯をだした。

　松本政子にかけた。松本政子は応答せず、留守番電話に切りかわった。円堂は吹きこんだ。

「円堂です。何があったか聞いたと思うが、あんたの話はしていない。五十嵐さんの話もだ。これを聞いたら、電話をくれ」

数分後「非通知」から着信があった。

「はい」

「松本です」

松本政子の声は硬かった。

「話は聞いているか」

「一種の事故だったと。でも警察はそうは考えないだろう、と」

「長谷川と村地は手配されるようだ」

松本政子は一拍おいた。

「なぜ私のことを話さなかったのですか」

「わかるだろう」

円堂はいった。

「お金?」

「まさか。車のことをあきらめてもらいたい。二見にも君香にも、これ以上、つきまとってほしくない」

「君香さんというのは、二見さんといなくなった六本木の女性ですよね」

「そうだ。彼女は病気なんだ。そっとしておいてくれるなら、あんたたちの名はださない」

松本政子は黙った。

「どうなんだ?」

「自分のことはいいんですか」

「俺のこと?　もちろんほっておいてほしいね」

「そうではなくて……」

松本政子は口ごもった。

「何をいいたいんだ?」

「迷惑をおかけしたことへのお詫びはしなくてい

いのですか」

「そんなものを受けとったら、俺はあんたたちと同じ側になる。二見さんに含むところがなかったわけじゃないが、それを金やモノで解消しようとは思っていない」

円堂はいった。

「わかりました。失礼を申しました」

松本政子はいって黙った。

「何かを渡さなければ、黙っていてもらえるかどうか心配なのか」

「そこまでは思いません」

「ひとつ訊きたいが、中村という俺の知り合いに、あんたは会っていないか」

「火事で亡くなった方ですね。いえ、会っていません」

「そうか。じゃあ俺からいうことは何もない」


電話を切り、迷った。が、腹を決め委津子の携帯にかけた。店にでているとしても、店の電話で話すのは難しいだろう。

二度の呼びだしで委津子がでた。

「電話かけてくるなんて。何かあったの」

「二見が刺された。命に別状はない。刺したのは五十嵐の手下だ」

委津子は黙った。電話の向こうから犬の吠え声が聞こえた。

「もう店か」

「まだよ。仕度してたところ」

委津子はラブラドールを長く飼っていたが、去年死んだと円堂は聞いていた。

「もう、二度と話せないと思ってた。君香さんには会ったの?」

「会った。病気らしい。あまり長く生きられないようなことをいっていた」

　委津子は再び黙った。犬がまた鳴いた。

「ひとつ訊きたい。中村と新白河のラーメン屋にいったのは君か」

「そうよ」

「なぜ会った？」

「車を見つけたら先に知らせてもらおうと思った。中村さんが那須に住んでることは知ってたし、電話番号も聞いていたから」

「マザー」に、上京した中村を何回か連れていったことを円堂は思いだした。水商売の女には警戒心を抱く中村が、委津子にだけは心を許していた。

　ああいう女を嫁さんにしたかった、というのを聞いたことがある。一番強かなんだといっても、信じなかった。

「中村はうんといったのか」

「ラーメンを食べたあと、先生のお宅に泊めてほしいって頼んだ。先生はびっくりして、でも喜んで、二人でお酒を飲んだの。そこで車の話をした。そうしたら、すごく怒りだして……」

　円堂は息を吸いこんだ。

「あなたに黙って、それも車の情報がほしくて会いにきたなんて、最低の人間だっていわれた。自分たちの周りにいた女の中で、わたしだけはまともだと思ってたのにって」

「それで？」

「最初はリビングにいたのだけど、怒った先生はお酒をもって書斎に閉じこもっちゃったの。帰ろうと思ったけど、足もないし、リビングでうとうととして待ってたら、ムラマサがすごく吠えだして
……」

「火事か」

「書斎が燃えてた。先生、中から鍵をかけていて、ドアを叩いて呼んでも返事がなくて……」

「119番はしなかったのか」

「したら全部、話さなけりゃならない。あなたにも伝わる。それが恐かった」

「どうやって逃げた?」

「那須にもうひとりお客さんがいたのを思いだして、電話した。いい人だけどかわっていて、わたしのためなら何でもするっていってくれている古いお客さんなの。少し離れたところまで迎えにきてもらって、車でムラマサと東京まで送ってもらった。口の固い人だから、誰にも喋らない」

円堂は深々と息を吸いこんだ。

「本当の話よ。中村先生は怒ったせいもあって、すごく酔っぱらっていた。わたしは火なんてつけてない」

「俺も、そう、信じたい」

「信じて。わたしが中村先生の家に火をつけて、何の意味があるの。もしそうだったら、ムラマサを連れて帰ってこない」

「警察にもそう話せるか」

「もちろんよ。話すの?」

円堂は宙を見つめた。

「今はまだわからない。君の話をよく考えてみる」

「いいわ。好きにして」

電話は切れた。円堂はベンチで携帯を握りしめた。心がきしんだ。

委津子は嘘をついていないような気がした。たとえ中村に拒まれたのだとしても、放火をするほどの理由にはならないし、そんな人間だとは、さすがに思えない。

アナウンスが流れた。上りの列車がじき到着する。新白河をでると次は那須塩原、そして宇都宮に停車する、といっている。

君香は宇都宮に着いただろうか。円堂は唇をかみしめた。まだかもしれないがかまわなかった。失った時間を、たとえわずかでもとり戻したい。それが後悔にかわるとしても。

列車がホームに入ってきた。

この作品は二〇二二年六月、小社より刊行されました。
本作品はフィクションであり、登場する人物、団体などは
架空のものです。

大沢在昌●おおさわ・ありまさ

1956年名古屋市生まれ。79年「感傷の街角」で第1回小説推理新人賞を受賞し、デビュー。86年「深夜曲馬団」で第4回日本冒険小説協会最優秀短編賞、91年『新宿鮫』で第12回吉川英治文学新人賞、第44回日本推理作家協会賞、94年『無間人形　新宿鮫4』で第110回直木賞、2001年『心では重すぎる』、02年『闇先案内人』と連続で日本冒険小説大賞、04年『パンドラ・アイランド』で第17回柴田錬三郎賞、06年『狼花　新宿鮫4』で日本冒険小説協会大賞、10年に第14回日本ミステリー文学大賞、12年『絆回廊　新宿鮫10』で日本冒険小説協会大賞、14年『海と月の迷路』で第48回吉川英治文学賞を受賞する。2022年、紫綬褒章受章。近刊に『黒石　新宿鮫12』『予幻』『魔女の後悔』などがある。

晩秋行（ばんしゅうこう）

二〇二四年六月二二日　第一刷発行

著者―大沢在昌（おおさわありまさ）

発行者―箕浦克史／発行所―㈱双葉社

〒一六二―八五四〇

東京都新宿区東五軒町三番二八号

〇三―五二六一―四八一八（営業）

〇三―五二六一―四八三一（編集）

印刷所―大日本印刷株式会社

DTP―株式会社ビーワークス

カバー印刷―株式会社大熊整美堂

製本所―大日本印刷株式会社

落丁・乱丁の場合は送料双葉社負担でお取り替えいたします。「製作部」あてにお送りください。ただし、古書店で購入したものについてはお取り替えできません。［電話］〇三―五二六一―四八二二（製作部）

定価はカバーに表示してあります。

ISBN978-4-575-00812-8　C0293

http://www.futabasha.co.jp/

（双葉社の書籍・コミック・ムックが買えます）

好評既刊

Kの日々

大沢在昌

闇に葬られた三年前の組長誘拐事件。身代金を受け取り変死した男の恋人K。彼女は恋人を殺した悪女なのか、それとも今も彼を思う聖女なのか。逆転、また逆転の手に汗握るサスペンスが展開する傑作長編小説。

（双葉文庫）

好評既刊

夜明けまで眠らない

大沢在昌

タクシー運転手の久我はかつてアフリカの小国で傭兵をしていた。ある時、乗せた客が携帯電話を残して姿を消す。それをきっかけに久我の過去の因縁が彼を戦いの渦へといざなう。疾走感あふれるハードボイルド長編。

（双葉文庫）